まほり　上

高田大介

角川文庫
22993

目次

第一章　馬　鹿

少年は水飛沫《みずしぶき》の散る苔《こけ》の砂防堰堤《さぼうえんてい》をどうにか登りきって濡れたシャツの裾《すそ》を絞りながら、眼下に流れくだっていく小さな滝を満足そうに眺め下ろした。

渓流は先週の台風以来ようやく水量が落ち着いてきていたが、昨晩も激しい雷雨が山間《やまあい》にあった。岩を洗い淵に落ち込む川水はいまだ豊かに濁って、昼なお暗い谷間にどうどうと響きをこもらせていた。都会育ちの淳《じゅん》にはこうして沢を一人で登ってくるのはちょっとした冒険である。引っ越してきた当初だったら砂防堰堤や滝に行く手を阻《はば》まれれば、どうやって川岸を迂回したものかも判らず、そこから引き返すしか手がなかったところだ。だが前にここに連れだってきたとき、武男《たけお》は事も無げに「なかのぼればわっきやねぇ（楽勝だ）」と言ってのけていた。

沢を遡《さかのぼ》るとき川岸に道が途絶えても、堤《つつみ》だろうと滝だろうと川中《かわなか》を登ってしまえばいいのだという発想が淳にはなかったのだ。武男は馬鹿にしたりしなかったが、山に入ってくると淳がまるでお味噌あつかいだったのは事実だ。都心に近い衛星都市に育った淳は山の作法に不案内で、せいぜい虚勢を張っていたものの新しくできた仲間内で山に遊べば何かと不甲斐ないことが多かった。だからこの日は敢えて一人で沢を登ってきたのだ。

もっともそこが町育ちの判っていないところで、土地の者なら一人で沢登りに赴くような不用心はしない。川辺に近づくときは少なくとも二人組、不測の事態に助けを呼びにいけるように人数を確保しておくのが本当で、まして親に何処《どこ》に行くとも告げないで沢に入るなど、どうあっても後で大目玉を食らうに決まっている。淳が一人で行くと知れば武男なら留め立てしたことだろう。実際、前にここに来たときに「てっぽうが出ることもあるしな」と武男は注意した。淳はこの辺りが猟区にあたり散弾銃の流れ弾でも来るという話かとおびえたのだった。「てっぽう」は鉄砲水のことだ。武男は山を下りてから「淳ちゃんは撃たれるか知らんつって怖がった」と笑い話に隣組に言ってまわった。悪気はないのだろうが、淳には腹の立つことだった。

山を知らぬ淳が、鉄砲水というのがどれくらい不意打ちに来るものか知らなかったのは仕方のないことだろう。こちらからは見えぬ山向こうで夕立があったというだけで、突然に川岸まで泥流に飲み込まれる。淳の育った新興住宅地は自然災害の脅威などとはほとんど無縁で、いつでも山に一抹の恐れを抱いて暮らしている山間の人々の心性を理解できようはずもない。鉄砲水、山崩れ……この地域では焼泥押《やきでいおし》、つまり浅間《あさま》噴火に伴う山津波の災禍のことまでが家庭に今も語り伝えられている。山に住むものが心情的に山に近しいと考えるのは都市生活者の偏見であって、地域の者はほとんど本能的に山を恐ろしいもの、気の許せぬものと考えていた。

その恐れを共有しない淳は、やはりここでは無知で愚かな町育ちのぼんにすぎなかった。

だが仮にも中学生の淳が、数歳年下の学童からお味噌に扱われているというのはなにしろ業腹だ。元の学校では成績でも運動でも人に大きく後れを取ったことがないというのにである。

武男だって二学年も下だった。小学校も中学校も同じ屋舎に押し込められたこの地の分校で上級生としての権威を保つには、どうしたって山の暮らしの実力を証明して汚名を雪《すす》がなければならない道理である。引っ越してきたのも妹のための転地であって、もとより意に沿わぬこと、山の暮らしに馴染まねばならぬ謂《いわ》れも動機も淳自身にはなかったが、「都会もん」には都会もんなりの意地がある。淳は里の学童でもそう簡単には釣り上げられぬ渓流の魚を釣り上げて、自分を低く見ている下級生になんとか意趣返ししてやろうと期するところがあったのだ。

前に武男とこの沢に来たとき、上流の淵、岩陰の瀞《とろ》に悠然と泳ぐ山女魚《やまめ》の魚影を見たと思った。あれを釣り上げるには里の者の無手勝流では手に負えない。警戒心の強い山女魚は銛《もり》をもって淵を騒がせて追ったのでは捕まらない。これは知恵の勝負だ。それ以来、淳は図書館やネット上の情報で渓流釣りの秘訣を研究してきた。追っても追いつかぬ渓流の宝石を、根気と机上のノゥハウとをもって自分一人で釣り上げてやるという決心である。立派な型の山女魚を持ち帰れば面目躍如は間違いない。その時は武男も皆も淳に教えを請いに来るだろう。そうしたら最新技術の細糸を使ったミャク釣りの秘訣を大威張りで伝授してやるつもりだ。

いまだ渓流釣りの難しさを実感として知らぬ少年だけに手前勝手に釣果《ちょうか》を見込んで意気揚々であった。とは言え、なるほど渓流釣りの最大の秘訣は場所どりそのものにあるというのは、どの釣りの指南書も言わず秘している勘所《かんどころ》である。少年は山里のものでも足を踏み込まぬ深山を踏み分け、足音を山女魚に気取られるのを恐れるように沢を登っていった。水量が増している今ならパックに持ってきた糸蚯蚓《いとみみず》が使える。確かこの先に倒木が流れを塞いでいるところがあったはず、あれで反対側の岩に渡って……。もう人の手も入っていない支流を遡っていく、その先に目指す淵がある。崩れ落ちそうな崖にしがみついた広葉樹が水面《みなも》に大きく張り出して覆いかぶさり、淵の暗がりに川水は魚影を隠して静まっている。

渓流は樹林の覆う山腹に鋭く切り込んだように深く続いてゆき、武男たちが本拠にしている谷川はもう山の向こうの別世界のように思える。この釣り場《ポイント》は淳一人のものだ。

少年はサンダルを滑らせないようにそっと足を運んで危なげに倒木を渡り切ると、人目を忍ぶように木陰の暗がりを進み出ていった。山女魚は音に敏《さと》い、淵は近い。鼻水を啜るのすら控えていた。だから初めにその足音を耳にしたときに湧き上がった感情は、驚きではなくてむしろ憤りだった。

こっちがこんなに気をつけているのに何だよ！　山女魚が逃げちゃうだろ！

だがこのような深山に自分以外の足音を聞くということの意味をすぐに思い出した淳はとっさに手近な岩陰にしゃがみ込んだ。えっ……？　こんなところに……誰が……？

冷えた渓流の底で淳の背中が総毛立った。一番に脳裏に浮かんだのはこんな山奥の渓《けい》畔林《はんりん》に棲むという妖怪のことだ。図鑑に見たときは剽軽《ひょうきん》に見えたその姿が、いまや禍々《まがまが》しく思い出される。ここで「ひととって喰おうか」などと歌い出されたら卒倒してしまいそうだ。一人で来るんじゃなかった！

いや、ここは人の踏み込まぬ原生林、足音の主は狸か鹿か、人とは限らない。岩に身を寄せて身を隠したまま渓流の騒《ざわ》めきに耳を澄まして、淳は足音の方を窺《うかが》うことも出来ないでいた。かたり、と再び鳴った足音は、しかし獣のものではなかった。下駄の歯が岩をかむ音だった。

下駄？　岩に縋《すが》るように貼りついて淳は頭《かぶり》を振った。いくら田舎のそのまた奥山だからといって下駄なんか履いている者といったら……妖怪ぐらいしか思い浮かばない。彼らの里でも下駄、雪駄など鎮守の祭りか本流の花火大会の時でもなければいまどき見られるものではない。だが確かにその足音は谷川の水際《みぎわ》に下駄を軋《きし》らせて近づいているのだった。

好奇心が勝《まさ》った。淳はそっと暗い岩陰から向こうを窺った。鼻の下を伸ばしてそっと頭をもたげていった。葉陰の向こう、瀬の一段と上がったところに人影が見える。暗い谷間に花を散り敷いたかのような鮮烈な赤だった。

和装だった。川辺の少女は着物姿で川の方を向いて佇《たたず》んでいた。彼岸花のような鮮やかな朱が裾にかけて紅に濃くなずんでいき、紅葉の葉の形が白抜きに散って階調を足していた。袖が短めで、襟を大きく抜き、扱《しご》きの兵児帯《へこおび》を右後ろ脇に絞って垂らした様子に妙に着崩した感じがあった。というより着崩れた様子があった。尋常でなかった。射干玉《ぬばたま》の黒い髪は肩ほどの長さに乱れ、藪《やぶ》を引き分けてきたのだろうか羊歯《しだ》の葉が後ろ髪に絡《から》みついて下がっていた。後ろ姿からすると淳と同じほどの年恰好《かっこう》と見えた。

淳は、すわ妖怪かと窺った渓流の瀬にこのような際物めいた出で立ちの少女を目にして唖然として立ちすくんでいた。言葉もなかった。

少女は片足が裸足で、手に脱いだ片方の下駄の鼻緒をぶら下げて垂らしていた。つま先から最初の歯までが楔形《くさびがた》に続いている女物の下駄だった。淳は鼻緒が切れたんだと思った。自分は下駄など履きつけないが、これは時代劇によく見る風情だ。するとここは自分が手ぬぐいでも引き裂いて鼻緒をすげてやる場面なのか？　淳がこんな山中の突然の行き合いに出方を決めかねている間に、その少女は手にした下駄を持ち上げてしげしげと見つめると、ついでその下駄を渓流の流れに塵《ごみ》でも捨てるように放った。下駄は瀬の石に当たり、跳ね返って、泡立つ清水に沈んで流れ去っていった。

淳はまだ、これが幽霊か何かではないだろうなとおびえていた。少女の出で立ちにはどこか着回しの整わぬところがあって、俗な怪談噺《ばなし》の挿し絵に見る風体に見えたのだ。この世ならぬ風情があった。少年がもう少し和装の機微に長《た》けていたら、その風情を遊女めいた様子と見てもおかしくはなかった。

深緑の谷川の瀬に深紅の和装の少女、浮世離れした光景に淳は目も離せず、言葉も出せず、すでに岩陰に身を隠すことも忘れて立ちすくんでいた。だが彼が本当に魂消《たまげ》たのはこの後の成り行きだった。

少女は水際にもう一歩にじりよると屈みこんで川水に手を洗った。そして立ち上がりしなに手を振って水を切った後で、着物の裾をはしょって捲《まく》り上げた。小さな白い尻が剝《む》き出しになった。淳は瞬間にまずいと思った。足音を忍ばせていた自分に向こうは気がついていない。

自分が足音を忍ばせて瀬に立ち寄ったのは山女魚の淵を騒がせないためだった。釣り人の当然の作法だった。だがそれが判ってもらえるか。出歯亀を決め込んでいたのでないと理解してもらえるか。狼狽《ろうばい》した淳の手から継ぎ竿《ざお》の袋が滑り落ちた。竿は足下に乾いた音を立てて転がった。向こうを向いていた少女がゆっくりと振り向いた。腰元まで着衣を捲り上げたままで。

目を見開き、息を詰めて見つめる少年、その前で少女は着物を臍《へそ》まではしょったなりに突っ立っていた。惨烈なまでの明眸《めいぼう》だった。

啞然と見開いた双眸《そうぼう》の上の眉はくっきりと細く弧を描いて、しばたく薄い睫《まつげ》毛は涼やかに風を孕《はら》む。震える白い頰に産毛がたち、谷川の飛沫は玉になって留まっている。紅を差したような唇が驚きにわなないているように見えた。谷間の暗がりの中で黒々とした眼《まなこ》がまっすぐに淳を射ていた。

あっ、あっ、と淳はたたらを踏み、後ずさって一瞬、取り落とした竿袋とまだ手の中の釣り道具の袋を交互に見やった。それが何かの言い訳になるとでも言うように。そうしながら目の前の少女のあられもない姿に視線は戻っていった。

少女は淳の前で着物の裾をからげて持ち上げたまま、その身を晒《さら》していた。捲り上げた着物を下ろす気遣いも無いようだった。見てはならないものがすべて眼前に晒されていた。少女はやおらその場にしゃがみ込んだ。そのあいだ少年はずっと魂消て視線を逸らすことも出来ないでいた。

少女は目を丸くして初めて目の当たりにした動物でも見るかのように淳に視線を据えたまま、彼の目の前で小用を足し始めた。一段下がった瀬の岩陰から、少年はその様子をずっと見ていた。少女の尿が放物線を描いて、泡立つ渓水と合流し、淳の足下まで流れ下ってきた。

少年は混乱した。目の前の少女は用を足しながら、まるで立派なことでもしているかのように、満足そうな手柄顔の薄笑いを浮かべて淳の目をまっすぐ見つめているのだった。

上《かみ》の藪の中から、渓谷に大声が響き渡る。

「おった！　おった！」

淳は慌てて足下の竿を取り上げた。

「下さぁ！　追っとばして！」

響く声は森林の下草に遮られて遠く聞こえる。だがそれは思ったより近いはずだ。目の前の少女はびくっと体を震わせると立ち上がる。はしょっていた裾がすとんと足首まで落ちた。身を翻《ひるがえ》して、瀬に足を踏み入れ、上へと進み出した。

「川べりにおる！　いごいちゃだめだんべで、今いぐから！」

無理に羊歯の下草を踏み分ける音、声は数人が呼び交わしている。淳はどうしてよいか判らず相変わらず岩陰に固まっていた。少女は川べりに淵の水を撥ねさせて、不恰好な足取りで川上に走っていた。片足だけの下駄で、角の立った渓流の石に裸足の右足をとられていた。

「動くなてゆったべやぃ！　今いぐから！」

呼び交わす声が近づく。

「あっこおる！　赤いのさぁ！」

それは少女の赤い装束を目印に渓流への藪を抜けてきているのだと判る。淳は岩陰から動くことも出来ずに、川の上手に人が集まっていくのを凍りついて見ていた。

やがてずっと上《かみ》のところで藪を掻き分けてきた男の前で少女は悄然《しょうぜん》とうなだれて足を止めた。男もまた和装で、それはこのような奥山の川辺にあってもなお、少女の紅の装束よりも場違いに見えた。

男は藪を掻き分けた時に装束にからんだ羊歯を恨みがましく川辺の石に投げつけて、少女に歩み寄ると一発、平手を見舞った。少女は諾々とうなだれて両手のこぶしをそろえて差し出していた。

「おぉか勝手なことすんなて！　打《ぶ》つから！　いいな！」

少女は両手を差し出したまま、上目遣いに男を見上げて頷いていた。

「張っとばすよ！　判るね！」

男の後について川辺を登っていく少女は、誰も見ていないのに何度もなんども頷き続けていた。

渓谷が静まり返ったあと、淳は熱に浮かされたように山を下りた。もう山女魚のことなど考えてはいなかった。だがその日の一件をだれにも話すことがしばらく出来なかった。何度もなんども同じ光景を脳裏に反芻《はんすう》していた。隣組の子供会のキャンプの間も、東京の母方の祖父の家に泊まりに行った時も、周りのものが心配するほどにぼんやりしていた。

その間に淳が思い返していたのはもちろん、うなだれて道無き藪を引き分けて、渓流の上にのぼっていく少女のことだった。いや、目の前で当たり前のように小便をしていた少女のことだった。いや、そうではない。薄暗い渓流に朱の和装で忽然《こつぜん》と現れ、尻を晒したままで少年のことを見とがめ、どこか満足そうな笑みを浮かべて近づいてきた、しゃがみ込んだ、あの時の少女の……黒い目を瞭然と見開いて、見慣れぬものを凝視する、凄絶とも形容すべき眼差しに浮かされていたのだ。

古来「目は口ほどに」と言うように、眼差しというものは必ず何かしらを語るものだ。言わずとも言ってしまうものだ。だがあの眼差しにはなんらの言葉も無かった。なにも訴えてはいなかった。そのように見えた。

もし仮に……あの眼差しに何か謂《いい》があるとしたら……それは何を謂わんとしていたのだろうか？　少年にはさっぱり判らなかった。気持ち悪かった。どうしてもその眼差しが頭から離れなかった。

あのように、あんなかたちで人を射竦《いすく》めて、それで何の「言葉」も告げないというようなことが人に出来るのだろうか。

「ばあちゃん、子供のころ、きもの着てたん？」

お茶請けに出た残りの沢庵《たくあん》をかじりながら淳は聞いた。テレビでは衛星放送でマス席の埋まっていない序二段の取り組みがかかっていた。

「着ないねぇ、着物なんか。ばあちゃんの頃でもねぇ」

淳は地場の訛りは喋りつけなかったが、ばあちゃんと話すときはどうしてか訛りがうつった。ばあちゃんは本当を言えば父方の曾祖母で山麓支流筋の河岸段丘の集落に養鶏場を営んでいた。平飼いの地鶏は捗《はか》は悪いが、割高で手堅く売れる。最近では自然農法の直販店に卵を委託していた。

無駄に広かった曾祖父の代からのこの家に淳の家族が越してきた理由は一つ、妹の依《よ》子《こ》の小児喘息《ぜんそく》に良いようにである。依子の喘息は長患いで、母の正枝《まさえ》は常態化したステロイド吸入と、発作を抑え込むリリーバーの使用があまりに頻回になっているのが恐ろしくなってしまったのだ。いろいろと副作用も問題になっている薬剤をこのように多量に使い続けることが果たして依子のためになるのか。無論、一度発作が始まれば薬剤は手放せない。

なんとか投薬の頻度や分量を減らせないかと家族は転地に踏み切ったのだった。それというのもばあちゃんちに泊まりに行くといつでも依子はぱったり発作を起こさなくなるのに気付いていたからだ。不思議なことだが神経質なまでに清潔に保たれたマンションの一室よりも、鶏の羽が舞うどう見ても不潔そうな田舎の平屋のほうが依子の症状には好ましいらしいのだ。なんらかのアレルゲンが問題なのか、はたまた気圧の関係か、食べ物の違いか、なにか依子の気を晴らすものがあるのか……？

彼らはこちらにも救急外来センターがあることを確かめると、いずれ住み慣れた都会の我が家を売り払って面倒の多い田舎暮らしに飛び込んできたのだった。割を食ったのは冗談みたいな通勤時間を忍ばねばならぬ父、清《きよし》と、友達と別れて田舎の分校に行かされることになった淳である。だが夜中に依子が息も絶えだえに悶《もだ》え、為す術もなく救急車の到着を待つあの焦慮、あの無力感、あの恐怖を思えば、家族の間に問答はもはやなかった。引っ越してきてからばあちゃんちの黒電話のダイヤルが救急車を呼んだことは一度もない。短い間に依子は目に見えて明るくなった。

現にこの日も依子は友達と連れ立って集会所に遊びに行っていた。集会所に学童文庫があって、そこで折り紙を教わりに行くという話だった。依子は今では外出時にリリーバーを忘れていくことまでよくあった。

「ばあちゃんの頃はね、淳ちゃんぐらいんとき戦争中。あっぱっぱだねぇ。あと野良でもんぺはいとった」

ばあちゃんは土間で枝豆の鞘をむしりながら応えた。ご当地力士のことを気にしていた。

「あっぱっぱ？」

「そう言うん。男の子は夏は褌《ふんどし》だったね。川では褌」

「褌はしっこするときどうするん」

ばあちゃんはにやにや笑み崩れると答えた。

「横いちょから出すんよ」

「へえ、出るもんかね。固ぁに縛ってあるだろ」

「相撲取りの褌みたいんじゃないんょ。六尺」

ばあちゃんの説明はいつも要領を得ないが仕方がない。

「今でもきもの着てる人っているのかな」

「いないよ。いればお花のお師匠《つしょ》だろ」

「子供でさ」

「七五三」

「夏だよ。今の話だよ」

「なんでよ。淳ちゃん着物みたんかい」

「うん……」

「子供かい」

「うん。僕んぐらいの」

「保存会じゃないんの。法被《はっぴ》だろ」

ばあちゃんのいう保存会というのは地場民謡の保存会のことで、お囃子《はやし》には子供会が動員されるのだ。下本流の街では祭りは大掛かりで、そちらにも保存会はお呼びがかかる。子供会の夏は忙しいのだった。

「そういうんじゃないんだよ。もっと……派手なやつで……」

「お神楽《かぐら》かな」

「ちょっと違うんだなぁ」

そう言いながらも、これは淳の記憶にも引っ掛かりがあった。あの時、少女を連れに来たと見える男の方も和装だった。男の和装なんて淳はろくに見たこともない。見たことがあるとすれば婚礼……力士……テレビの寄席……お神楽……神職。取り留めなくあの時の情景が頭を去来する。ばあちゃんがあまり気安いので、淳はここのところ頭を離れなかった光景を想い浮かべ、思い切って聞いてしまった。

「ばあちゃん、着物んとき女はしっこはどうするん」

「なんで。着物で」

「そうそう」

「女は褌なんかせんから、ぱっとまくってしゃっとするだけさ」

「人前でもするん」

「するか。するんは爺婆《じじばば》だけさ。ばあちゃんの若い頃はな、バス待っとる間に隣におった婆さんが立ったまましよったよ」

これには淳は大笑いした。

「婆さんが立ちしょんかい」

「年寄りはしよるんよ。ばあちゃんはやらんよ。ばあちゃんもそん時ゃ魂消たさ」

「恥ずかしくないんかい、その婆さん」

「みんなするから恥ずかしくなかんべ。ふ、る、ご、と、よ。ばあちゃんはしたことないよ」

「ばあちゃんはしないんかい」

「ばあちゃんは年頃だから」

淳と曾祖母は笑いあったが、淳がふと真顔になって言った。

「だよなあ。年頃の子はしないよなあ」

「ぼうずならともかく」

「ところがしたんだよ」

「何を」

「しっこだよ」

「誰が。その……着物の子かい」

「そうなんだよ」

「あれ淳ちゃん、女の子のはばかりのぞいたんかい。まぁず――」

「違うよ！　のぞきゃしないよ。向こうだって僕に気がついてたんだよ。それなのに平気で……僕がいるのにさ」

「目の前でかい。まぁずのめしだいね」

のめしというのは土地の言葉で無精者ということだ。

「のめしどころじゃないよ。恥ずかしくないんかね」

「知ってる子かい」

「いや知らない」

「この辺の子？」

淳は武男に連れられて行った渓谷から山一つ向こうの沢まで足を延ばした道行きを説明した。この辺も何も、それがどの辺かも淳にはよく判っていなかったのだ。曾祖母に沢の地理を説くのには苦労したが、ここを遡って、山越えしてと説明している間に、向こうには思い当たるところがあったようで、あぁ、あぁと言い出した。

「そりゃもうこんぴらくだりの方まで行っとるよ。そりゃうんまかないよ」

「どうしてさ」

「山向こうとはこっちゃめった（あまり）仲よくないでね。むっかしから」

「ふぅん」

「あんな方まで入っちゃ駄目だよ。あっちの集落はね、むつかしいん。郡も違うたし、お寺さんも別だしね」

「そうなん」

「その子ね、そりゃ馬鹿だな」

「馬鹿？」

淳は曾祖母が言わんとしていることを理解するのに苦労した。曾祖母が言う「馬鹿」というのは標準語で罵倒までに言う「馬鹿、阿呆」のことではない。それは土地の言葉で、知恵の回らない子のことを指す物言いだった。「庄の地頭」、「村の駐在」と言うように、「どこそこの集落の馬鹿」という言い方をするのだ。

曾祖母の話ではこんぴらくだりの上流域に隔絶された集落は山向こうと称され、郡部《ぐんぶ》の町村合併の前までは行政区画も異なったし、こっちの檀家の地縁とも切り離されており、この辺とは交渉がほとんど無いのである。加えて旧来、集落は閉鎖的な「むつかしい」連中であると、こちら側から先方を白眼視する傾きがあって、互いに、対立と言うよりは忌避しあっている関係なのだった。

山間部では一般に村落共同体は川筋を共有するものの間に自然に生ずるものだ。こんぴらくだりの支流筋は壁のように立ち上がった峰の向こうの異界であって、「こっち」からするとなるほど、およそ縁遠い「余所《よそ》」の集落ということになる。なんでも一帯の郡部が天領——すなわち幕府の直轄地だった時代から、山向こうは特別扱いの「お構いなし」だったという。

それは山向こうが天領の巣鷹《すだか》生息地——つまり鷹狩りのための鷹の雛の成育域として、地元民には出入り無用の禁域と定められたことによるのだった。山向こうは鷹場を仕切る武家のお墨付きの占有地だったということなのである。なるほど「昔からむつかしい」とはよく言ったもので、こちらの地縁のものが感じていた複雑な感情が透けて見えている。

ただその「複雑な感情」がどこかあからさまな疎意、密かな差別感のようなものを地域に育てていたことは確かなようで、淳には簡単には呑み込めなかった。「ばあちゃん」の、ちょっと聞くと他愛もない昔話のような話に、この純朴に見える里にも永々培われてきた一種の「差別意識」が隠然と息づいているのだ。

曾祖母の言うところでは、山向こうは天領期には「えばって」いたが、戦前はおろか御一新のころにはもう限界集落になりはてて、「以来ずっと近親婚が続き、知恵の回らない子の多くなった『馬鹿の村』だ」というのである。まとめれば大枠こういう話を曾祖母はもっと直截《ちょくせつ》な用語──昨今では使うものの少なくなった差別用語を平気で織り交ぜてとつとつと語ったのであった。山村の分校とはいえ今どきの教育を受けている淳としては聞いているだけでひやひやしてしまう。こんな話、先生には教えられないよなあ。

これも近在のものが交渉の少ない村落を悪し様に噂する、根も葉もない悪意を湛えた風評に過ぎないのだろうか。東京圏のベッドタウン育ちの淳ならなるほどそんなものかとひとまず信じてしまってもおかしくなかったかもしれない。だって、まず自分で足を踏み込んでみたら、たしかに山向こうは妖怪がいたっておかしくないと思えたほどの異界であったから。

それでも「ばあちゃん」の……邪気はないのだろうが口さがない言葉が淳には引っかかった。

あの子が馬鹿……あんな……きれいな娘が？

その一方で淳には妙に腑に落ちるところもあったのだ。年頃の女の子が少年の目の前で平気で小用に及ぶものだろうか。それに少女を連れに来たとおぼしき男の態度──何度か「判るね」と念を押していたが、それは約束を確かめるためというよりは話の通じないものに理解を促すための言葉と聞こえた。まるで犬か何かに説いて聞かせるかのような乱暴な物言い……

その夏、淳は誰にも告げずに渓流竿を担いで何度か同じ深山の沢にひとり赴いた。あの少女にまた会えるとは思っていなかった。だがなんとなく足を運んでしまうのだった。暗い渓谷から緑したたる葉叢《はむら》の木漏れ日を仰ぎ見て、夏の日差しに目を焼かれ、ふたたび淵の方に視線を落とせば残像に赤く補色が残って、そこにあの少女が忽然と現れたようでどきりとした。

だがその沢を淳以外のものが騒がせることは絶えて無かった。

三度目に倒木の橋を渡ったとき、水に浸かった枝の間に下駄が引っかかっているのに気付いた。取り上げてみると鼻緒の切れた下駄は朱塗りがはげて縁がささくれ、木肌が顕《あら》わになった履きつぶしの下駄だった。何かの酔狂でその日だけ履いていたものではないと淳は思った。土踏まずのところで朱塗りが保たれ、そこに円弧の一部が擦れて欠けた二重丸の紋が残っていた。

淳はその下駄をあの日少女が用を足していた沢べりの大岩の上に置いておいた。いずれ少女が取りに戻るかと期待していたわけではない。なんとなくのことだった。もう会えることもあるまいと判っていた。

そうは思いながらも、夏中未練がましく、少年はさらに何度か渓流に立ち寄った。山女魚は一度も釣れなかった。

第二章　説話の変容

「勝山《かつやま》君のお力が借りたいんだけど……」

そう言って恥ずかしそうに笑うのは同窓の女子学生数人、ゼミですれ違うだけで、今までした話といえば挨拶ぐらいという皆さんだった。

最初は断ろうと思った。勝山裕《ゆう》は学部に入学した当初から大学院進学を考えており、すでに三年次には語学も専門科目も仕上げに入っていた。狙いは社会学研究科である。学内で一番話が合ったのは、学士入学で中途から入ってきた者達や院試に向けた転部組の連中で、いわば端《はな》から勉強に対する心構えが普通の学生とは違った。ゼミのグループ研究のごときは彼が考える社会学研究の基準からすると箸にも棒にも掛からないものに見えていた。

裕は社会学の実学的な部分が関心の範囲で、テーマを定量化できるまでに絞って、きちんとデザインされた調査を進め、数理分析を施して一つの結論を導き出していく――そういう学問的なメソドロジーを院までに叩き込んでもらいたいと考えているような、そうとう融通の利かないタイプだった。だから教授陣がゼミのグループ研究のテーマ決定を学生の主導に任せているのが無駄な放任主義、もっと言えば手抜きのように思えていささか不満だった。だからなるたけそちらのグループとは関わらないようにしていたのだった。

だが卒研グループ研究の一派は、自分たちの研究テーマがあまりに大ざっぱな社会学ごっこのごときものに過ぎないことは重々承知していたようで、前期終了時にはこの上の調査方針も立たず、数理解析をしようにも当のデータが揃っていないという有り様である。普段は糞真面目くんと敬遠し、自分たちとは進路が違うからと距離をとっていた裕をここにきてグループに引き込んで、彼の方法論を導入して恰好《かっこう》だけでも目鼻のついたものにしようと画策していたわけである。あまりに露骨だった。

聞けばテーマは「都市伝説の伝播《でんぱ》と変容」ということで、社会学的に興味深い主題ではある。たとえば時代や世相、伝播経路、伝説の流布している社会集団の関心、そうした要因が伝説をどのように変質させていくものなのか、特に何が変容の決定的な要因となるのか――なるほど都市伝説にも、それが流布される内的動因と、伝わっていく間に被《こうむ》る変容に、一定の論理なり筋道なりというものがあるはずだ。「赤マント」「口裂け女」「トイレの花子さん」、各代に一世を風靡《ふうび》した都市伝説からも、伝播した世代世相に応じて、その時々の社会の強迫観念《オブセッション》が炙《あぶ》り出せるのかもしれない。

さらに「説話の変容」を問題にするなら、もとの説話をどういう社会要因がどう歪めていくのか……もしそれらをきちんと跡付けられれば興味深い主題となるのは確かだ。たとえば社会構造や経済状況を変化の環境要因として明確に、ということはすなわち定量的なデータとして明らめることが出来るならば意味のある研究になる糸口はある。だがそのためにはよっぽど調査範囲を限定して、しかもそれを正当化した上で、調査方法を厳密にデザインしなくてはならない。

　加えて、扱うのが都市伝説ということになると、かつて文化人類学であったような説話の構造分析が必須になるだろう。説話を分析して、変容の際に組み換えられたり交換されたりする要素を「説話構造の単位」として抽出しておかなくてはならない。ところがこうした予備的な分析がまずもって主観的で恣意《しい》的なものに流れがちなのだ。説得的な研究にしようと思ったらまずは説話構造分析の方法論を実証的に劃定《かくてい》しておかねばならないではないか。それが出来るようならこれだけで立派な業績となるだろう、無理を言ってもらっては困るという話である。

　裕に話を持ち込んできたのはグループの奇麗どころ数人で、この人選がすでに悪達者で癪《しゃく》にさわった。裕は学内のカフェテリアで、彼らの研究テーマとやらの難しさ、仮に押し進めていくならばクリアーしなくてはならない問題点の数々、それを洒落た出で立ちの女子学生に口角泡を飛ばしながら縷々《るる》説明しつつ、内心に「やっちまったな」と思っていた。むきになって社会学のあるべき方法論について講義に及んでしまったのが、途中で相手をやや辟易させているのはすぐに判った。

　ふと気まずい沈黙が一座によぎり、裕は眼鏡を外して眉間を押さえながら、ちょっと距離感を誤ったかなと内心に自嘲したが、やや時間をかけてレンズを拭うと、何を今更と気を取り直した。

裕としてももう話を引っ込める訳にはいかない。グループは都市伝説の蒐集《しゅうしゅう》とはいっても、人数こそ揃えておきながら実際にフィールドワークに出て行くこともせず、ウェブ上に流布しているものを採り集めているばかりだった。何しろ素材は都市伝説、おおかた検索でもかければ居ながらにしてデータが集まるとでも気安く考えていたのだろう。そんなのはデータでも何でもない。そんな生データは直接扱える代物ではなく、これを解析にたえるような形に「耳をそろえてやらねばならない」のだ。

そもそも彼らは都市伝説の「変容」とその動因を主題にしておきながら、その変質ぶりをまったく抽出できないでいた。調査フィールドを誤ったのだ。ウェブ上のデータなんて、まずはコピーされペーストされて流布していくに決まっている。一番変容の起こりづらい伝播形式ではないか。ウェブ上では伝言ゲームは生じない。このテーマなら絶対に必要なのはむしろ、学童の間の聞き取り調査だろう。地域差はあるか。年代差はあるか。同じ年度でも学年によってディテールが変わるか。

裕だったら最初の調査地はずばり学習塾にするだろう。おそらく調査フィールド内の伝播経路の上位の節点《ノード》になるのは塾の講師だ。講師は「受けた話」は必ず他の教室でも繰り返す。かたや生徒たちは聞いた話を学校で得々と披露するだろう。その話は弟や妹を脅えさせようとした兄姉によって家庭に繰り返されるだろう……。「誰から聞いた」と遡《さかのぼ》っていけば、調査地の上端点の近くにいつでも「面白い話を聞かせてくれるお兄さんやお姉さん」が登場するはずだ。そして今日の都市近郊の社会構造でその役割を担っているのは十中八九は塾講師だろう。

話が具体的になったら、とたんになるほどと頷く女子学生の目も熱を帯びてきた。じっさい塾講師をつとめていた者もいた。思い当たる節があったはずだ。

ともかく裕としては、あまり取材対象を広範に採らず、調査フィールドを局限して伝播と変化という問題に絞って一つの説話を追ってみたらどうか、といったほどのアドバイスに留まった。

フィールドワークの前にグループの中で調査のルールを策定して、説話バリエーションの採集地、インフォーマントの性別、年齢、もともとの聴取経緯、あるいは「特徴的な変異をみせる詳細」――そういった瑣末《さまつ》ながら重要な詳細を共通のフォーマットでデータベース化して、分析フェイズではデータを総覧して時間・空間的に変異の分布をマッピングするのだ。

ともかく調査ルールの策定が焦眉の急である。件《くだん》の「瑣末な詳細」は後になってからではとうてい補綴《ほてい》し難い、調査時にその都度押さえておかねばならないのだ。それでいて研究の体裁に仕上げるためにはこうした些事《さじ》の確定がまずは大事で、定量化出来る部分を初めから数え上げておかなければ恰好がつかない。データベース・ソフトウェアのクライアント・アプリケーションをメンバーに配って、データをウェブ上に同期していくのもいいだろう。それが敵《かな》わないなら……せめてB6生カードに必要項目のフィールドを印刷して、全員に配る。データ採取の形式を揃えるためだ。ただしこれだとデータの取りまとめと分析前の入力作業の時に、おそらくグループの中で一番責任感が強いか、一番お人好しな奴が割をくって実作業の大半を引き受けることになるだろう……

実際の社会学調査の「面倒」を説き、きっとグループの中の真面目な誰か……たとえばあなたが作業の大半を負担することになるよ、と経験則から釘をさした。

それでも相手の方にもひとまずの方針が決まったようで、改めて礼を言われた。ショートカットの中島《なかじま》という女子学生は裕の下宿の電話の番号を書き留めて手帳を閉じると、今夕には奢るからみんなで飲みに行こうというような話にまとまった。裕としても、お役に立てたようで何よりです、といったところだ。ひとまず感謝されて、かつ巻き込まれないで済みそうだ。

ところが後刻、その酒の席で聞いた一群の説話が裕を思わぬ異境に導いていくことになるのである。

裕が昼の女子学生らと夕方に合流すると、携帯電話で連絡を取り合ってゼミのグループ研究の者達が大学ほど近くの居酒屋に三々五々集まってきた。昼には姿を見せなかった男子学生も参入し、普段はこういう場所に顔を出さぬ裕の臨席を面白がって酒の肴にした。話してみると、これで誰も気の良いもので、勝山君のおかげで少しはグループ研究も恰好がつきそうだと女性陣に誉めそやされ、男性軍にはもっと早く話を聞いておくんだったと背中をどやしつけられ、やや居心地悪そうにしつつも裕はめったにない機会を楽しんでいた。囃し立てられながらも一気飲みを断った時は微妙に場を冷やしてしまった感があったが、杉本《すぎもと》という声の大きな男に「さすが勝山君、空気を読まない！」と変なところで感心され、宴席はまずまず和やかに進んでいた。乗りが違うのは先方も織り込み済みだ。

女子学生の一人が今までの「調査結果」と称する、なんのことはないウェブ上の怪談噺《ばなし》のまとめサイトに毛が生えたような一綴りのプリントアウトを持ち寄っていた。データの採取経緯もなければ、ウェブ上だけで探索するにもせめてログを遡って説話伝播の時系列でも明らかにしてあればともかく、これでは生データにもなりはしない。今後のグループ研究の行く先も見えたようなものだが裕は余計なことは口にせずにファイルをぱらぱら眺めていた。

「そうなんだよ、どう変化するかっていうのが肝心でね……」荒垣《あらがき》と名乗った一人が自分も初めからそう思っていたんだとでもいうような口ぶりで裕の言葉を繰り返しては、手の徳利を傾けて気炎を揚げる。彼は「お堅い勝山君」とは違って何度か一気飲みを引き受けてすっかり呂律《ろれつ》に破綻をきたしていた。裕はファイルを捲《めく》りながら言った。

「変化を辿《たど》ろうっていうんならね、こんな風に再話《さいわ》された時に何が不変に保たれているか……語りの構造素みたいなものが保持されているか注意しなきゃいけないね」

「構造素？」

「話から還元できる単位っていうのかな。ここについてはディテールが肝心なんじゃないんだよ。細部はそれこそ語り手の裁量が利くから」頼りの裕の言うことに皆が素直に耳を傾けている。

「じっさい誰が誰に話すかで細かいところはずいぶん変わってくるよな」

「要するに怪談めいた話がほとんどだからなあ。話の上手い下手はあるだろう」

「そういう変化の部分は要するに語りの技術論だよね、演出というか。そんな流動的な細部の変化にとらわれていたらバリエーションを際限なく記録しなきゃいけない。これじゃデータにはならない」

「この手の話は大筋は似たようなものばかりだものね」件の中島さんは真面目な質《たち》なのか昼に裕の話を聞いていた時も手帳を片手にしていたが、今も座卓の皿の間に手帳を広げて右手に短い万年筆を持っていた。

「外国でも似たようなものなのかな」

「やっぱりそんなに大差はないかも」

中島は生真面目な文字がびっしり並んだ手帳を繰りながら言った。

「アメリカだと都市伝説《アーバン・レジェンド》といえばまずは『消えるヒッチハイカー』だね」と中島が読み上げる。おや、と裕は顔を上げる。まあ社会学寄りの現代説話分析ではあれが基礎文献だから知らないはずもないか。一同がてんでに口を挟みはじめる。

「なんだいそりゃ。ヒッチハイカー？」

「要するに日本ならタクシーの運転手が……」

『消えた乗客』ね」

「あぁ、あれか。アメリカだとヒッチハイク、日本だとタクシーか。お国柄だなあ」

「大概バックシートがびっしょり濡れてるんだよな、あとで。あれ何でだろうな？」

「アメリカでもそうなの？」

「アメリカ版だとねえ、車の中になんか持ち物を一つ残していくっていう……あとはヒッチハイカーが『寒い』っていうんでマフラーとかショールとかを貸すのね。それが目的地につくとヒッチハイカーはいなくなっていて、そのショールが道端の墓石に懸かっている……とか」

「なるほど、なるほど。ありがち！」

「これはあれだよな。夢落ちでさ、でも目が覚めるとなんか証拠の品が枕元に残っているっていう……」勢い込んで言っていたのは杉本君である。

「それだよ」裕が声を高めた。「そういうのが構造が保たれるっていうこと」

杉本は良いことを指摘したものだろうと言わんばかりに裕のコメントに胸を張っていた。

『トイレの花子さん』もアメリカにあるのかな」

「トイレじゃないんだけど暗い部屋で鏡に三回呼びかけると出てくる『ブラッディ・メアリー』っていうのが有名みたい」中島にはいくつか米国版の説話のストックがあるら

しく、忙しく手帳をめくっている。

「そうか、『トイレの花子さん』ではトイレは流動的な細部なのか。むしろ鏡の前っていうのが重要なのかなあ？　それとも名前を呼ぶと出てくるっていうのがポイントなのか」

「三回っていうのは？　私の行ってた小学校では三階の女子トイレの三番目の個室で三回呼ぶの」

「田舎では三秒以内に逃げなきゃいけないって言ってたな」

「やっぱり三だね、三尽くしだ」

「うちの方では『ゆきこさん』だった」

「えぇ、千葉だけど『みぃちゃん』だったよ」

女性陣はかなりのバリエーションを持っていたらしく、それぞれが郷里の「花子さん」の異同を突き合わせあっていた。こうなると話としてはかえってまとまっていかない。裕は冷えた焼き鳥を串から外しながら苦笑していた。

「『メアリーさん』はトイレにいるわけじゃあないとすると……トイレは日本的な小道具なのかね」

「フランスにはあるってよ、『トイレの花子さん』が」

昼に中島と連れ立って裕に相談に来ていた茶色の髪を縦巻きにした妙に洒落っ気のある女子学生が言う。裕に名乗った時は加藤《かとう》さんといったか。

「二外の先生に聞いたの」

その加藤さんはフランス語の講師から聞いたという「白い婦人《ダム・ブランシュ》」と呼ばれる仏国版の都市伝説を語った。「花子さん」同様にフランス中の小学校のトイレや更衣室に偏在する幽霊の話があるのだそうだ。面白いことにフランスの「白い婦人」は小学校から離れれば「消えるヒッチハイカー」を兼任しているとでもいうのか、街頭に立って便乗を許してくれる車を待っているという話も知られている。この白衣を身に纏《まと》った謎の婦人は、告げられた目的地の家に車をつけて運転手が客席を振り向くと車中から消えてしまっている——この辺は洋の東西を問わない。よもや停車すると同時に車を滑り出るかなにかしたものだったろうかと、困惑した運転手が一応問題の家の戸をたたいてみると、出てきた家の主人に亡くなった妻の写真を見せられるというのが決まった落ちなのだという。一座のものはフランスの花子さんはヒッチハイクで学校のトイレからトイレへと回っているのだと言って大笑いしていた。

「あとね、フランスの都市伝説といったら有名なのが『オルレアンの試着室』っていうのがあって……」

加藤は、オルレアンの衣料品店の試着室から若い女性が連れ去られて売春組織に売られた、というつとに知られた伝説を開陳した。

「これは今でも信じ込んでいる若い娘がいっぱいいるんだって。もう全国的に」

なるほど日本でもほぼ構造を同じくする都市伝説は伝わっている。女子学生が卒業旅行で赴いたアジア圏のある国で、試着室から連れ去られ売春組織に売られるのだ。ここでの重要なディテールは、売られた女子学生が四肢を切断されて自由を奪われているという凄惨なイメージである。

先程来の文脈の中で説話の構造素という着目点を得ていた一同は、こうした有名な説話の中にどうしても同じ要素を見ないではいられない。わりに勘所を押さえるのが早いのか、先の杉本が裕に言問いた気な顔をむけて言った。

「『トイレの花子さん』って女の子の間で広まる話だよなあ」

「そうだね。女子向けというか」

「女だけが怖がる話というか」

女性陣の一人は杉本の言い方にむくれて反駁《はんばく》していた。

「えぇ、男の子だって怖がってたよ。男子トイレ版もあるんだよ?」

「いや、ほら『構造が保たれる』っていう話で言うとさ……つまり男子便所は個室じゃないじゃないか」

「構造ってそういうことじゃないでしょう」

「杉さんは単純なんだよな」荒垣は話を判っているのかいないのか大声で囃していた。

「いや杉本君の言っていること、おれ判るよ」男子学生の一人が頷きながらとりなす。

「トイレの花子さんも……あとなんだっけ、赤い紙と白い紙？　それに白い婦人もオルレアンの試着室も……要するにみんな個室の話だよね……そこで女の子が服を脱ぐ……」

一同にふとした沈黙が降りた。誰もがこれらの話の「構造的な」共通点、説話が流布していく動因となる社会的な強迫観念の在り処《か》を漠然と悟っていたのだ。そのモチーフは家の外にありながら「女の子が服を脱ぐ場所」をめぐって、そういう場所に潜在的に取り憑いている恐怖感に繋がりを持っているのである。

「そう言えばね……」すこし言いづらそうに中島が付け足した。「メアリーもそうなんだよ。アメリカの『ブラッディ・メアリー』を呼び出すにはね、『おまえの子供を殺したのは私だぞ』って言うんだって。メアリーはね、子供を殺したと言われて責められて自殺したっていう……強姦されて堕胎《おろ》したとか、流産したとか、いろいろあるんだけど……」

そしてオルレアンの試着室から連れ去られた娘は売春宿に売られるのだ。誰によって何処《どこ》に連れ去られたかも判っていないという話なのに、売春宿に売られたということだけは判っているという荒唐無稽——すでに一同に解題は必要なかった。これらの説話は必ずといっていいほど、隠然と性的なモチーフを保っており、いわば性暴力・性犯罪に対する本能的な恐怖感が説話の底冷えするような気持ち悪さの下支えになっているのだ。それ以外の細部はすべて、この恐怖感に対する粉飾に過ぎない。

「よく広まる噂話といえば、まずは怪談か猥談《わいだん》、つまりは怖い話かエロい話かっていうことか。『花子さん』は微妙に両方兼ね備えているっていうことかな」

「要は性と暴力だね」

「そんな単純な話かな……」

酒の席での放談に過ぎないし、なるほど裕も彼らの話のまとめ方に若干の牽強付会《けんきょうふかい》があったようには思った。だが恐らくこれは正鵠《せいこく》を射ている。ことは「単純な話」なのだ。だからこそどこでも受けるし、広く伝播する。だからこそディテールはともかく大枠は決して変わらず、時代を問わず、時には洋の東西すら問わずに維持されていくのだ。

そして説話が伝播していく主要な動因となる物語素は性と暴力だけには留まらない。噂話が広まっていくための強力な動機、強固な動因が少なくともあと一つある。

「でもさ、構造っていうんじゃなくて、逆に細部の方が保たれていくってことはないのかな」

加藤が話を混ぜっ返すように裕に聞いてきた。思いもかけぬところで話が沈滞してきたので矛先を変えようと思ったのか。杉本らが割り込んで話に加わってくる。

「細部っていうのは流動的だからこそ細部に過ぎないっていうことになるんじゃないの」

「でもさ、話の本質的な部分ではないって言われても、その割には決まって話に出てくる……なんというかお約束になっているディテールっていうのがあるじゃない？」

「さっきのたとえば『花子さん』を何回呼ぶかっていう話でもね……」中島が思い出したように言う。

「決まったように三回だったよね」他の女子学生も頷いていた。

「三階、三番目の個室とか……」

「三っていうことにも何か理由があるのかな」みんなが裕に質問してくるのには困った。

「う―ん、それは何度も呼ぶっていうのが重要なんで、回数には意味はないんじゃないの」

「でもそれにしては判で押したように『三回』っていうのが出てくるでしょう」

皆は自分の意見の当否を伺うように、裕に意見を求めるような顔で迫ってくるが、裕は思案気に黙っているばかりだった。杉本が何か思いついたように言っている。

「そう言えば呪的逃走ってのは必ず三回ものを投げつけるんだよな」

裕はなるほどと一人頷く。杉本もプロップかアールネ・トンプソンを知っていたと見える。物語の構造素という言葉にすぐに反応していたのは、やはり心得があったからだ。

「じゅ、じゅ、じゅてきとうそう？」自然と杉本の周りには人が集まっていく。彼は簡単に応えた。

「呪的逃走《マジック・フライト》――呪物を投げつけて追っ手から逃れるってこと。『昔話の形式目録』っていうのがあって、それに出てくる有名なモチーフなんだ。世界中の民話にあるっていうんだよ」

「日本民俗学だと『逃竄譚《とうざんたん》』って言っていたやつだね」裕も話に加わった。

「トウザンタンってのは初耳だな」

「逃走の『逃《とう》』に改竄の『竄《ざん》』。逃げて竄《かく》れるってこと。柳田《やなぎた》は『厄難克服《やくなんこくふく》』としてもう少し大きい枠に纏《まと》めていたな」

「AT分類は細か過ぎて、分けた甲斐がないからなあ、あれは」

杉本はあっさり言っていたが、やはりアールネ・トンプソン分類を知っていた。説話の基本構造とされるものを列挙した叩き台となる基本文献だ。あわせて裕もそれとなく柳田国男《くにお》に言及してみたが、この文脈で出てくるのは当然だから杉本からの反問はない。裕と杉本の間で妙に話が通じているのに焦《じ》れて説話分析に明るくないと見えた一人が杉本にからんだ。

「その呪的逃走ってのの、何が三回だって？」

「『三枚のお札』とか有名だろう？　呪《まじな》いの品を投げつけて追っ手をかわすわけ。ところが追っ手の方も食い下がる。それで次の品を投げる。これが三度繰り返される。必ずと言っていいほど投げつけるアイテムは三つなんだよ」

「川になれ、火の海になれってやつね」

「三枚のお札か。確かに三度だね。これ原形は古事記なんだろうな」と、これは裕。

「いやぁ、元ネタっていうんじゃなくて、たぶん発想に共通したものが出てきてしまうってことじゃないのかな……」杉本の返答はさすがに慎重だった。

「伊邪那岐命《イザナギノミコト》なら鬘《かずら》に櫛《くし》に桃か」裕は指を折って数え上げている。

「髪飾りと櫛と、あと小便をするんじゃなかったっけ」

「それは同じ話だけど日本書紀の方だ」

物は問わないが決まって魔術は三度——だからこそ「三枚のお札」だし「三つの願

い」なのだ。

『『花子さん』を呼び出すんでも、一度や二度ではなく何度も唱えるっていうのが呪文の条件になっているんじゃない？」

「だったら四回でも五回でもいいはずでしょう」

「いや、これは何かを呼び出すための儀式というか……ルールな訳だから回数はどうしても厳密に指定されないとそれっぽくならないだろう」

「つまりさ、三回っていうのは何度も何度も言うっていうことの『最小の数』ってことなんじゃないの」

「一度や二度なら間違って言ってしまうこともありそうだものな」

一同がばらばらと思うところを開陳していた。

「三じゃ駄目なの？」加藤の声だった。

何の気なしに聞いたのだろうが、裕は手の中の烏龍《ウーロン》ハイから顔を上げた。いささか虚を衝かれていた。皆の視線が集まるところで加藤が髪をいじりながら一同を見回していた。

「二度じゃ少ないんだろう」応えたのはやはり杉本であった。

「でもさ」と加藤は、彼らが蒐集した都市伝説や怪奇譚《たん》を集めたファイルをめくりながら言ったのだった。

「二重丸っていうのはよく出てくるじゃない？」

一同は加藤が何を言っているのかが判らなかった。それは誰も気に留めていないことだったのだ。彼女が言っていたのは、ファイルの説話群の中に散在した、とある共通のモチーフのことだった。加藤はちょっとした行きがかりで、そのモチーフに個人的に注目していたのだった。

「これでしょ、これも。あと、これ」

加藤はファイルに指で栞《しおり》をして、いくつかの説話に共通して現れる「三重丸の札」というモチーフを拾い上げていった。いずれも短い話であった。省略せずに再話すれば次の通りである――

説話の一「三重丸の社」

ある青年が地元の森を犬と散歩していると、獣道から外れていく藪《やぶ》の中に自生しているヤツデがあった。風もないのにヤツデの葉がゆれており、それが「おいでおいで」をしているように見えて、青年は好奇心に駆られて藪を掻き分けそちらに向かっていく。近くにたどり着いてみると何の変哲もないヤツデで、今はこそりとも葉を揺らさない。ふと見回すとさらに藪の奥の方に同じように灌木の茂みがあり、今度はそちらの梢が一振り、おいでおいでと揺れている。

まるで木々に誘われるように青年は森の奥へと分け入っていった。やがて森深くの行く手に頭上が開けた林間の空地があり、そこへ出て行こうとした時に青年の足が止まった。藪の向こうに開けている明るみには、まだ青年のところからははっきり窺《うかが》えないが、黒い大きな影の塊がある。数メートルと伸び上がったその影は物置き小屋ほどの大きさもある巨大な頭と見えた。真っ黒な影に大きな眼がふたつぎょろりと開き、それが藪の手前の青年のことを睨んでいるように見えたのだった。

怖《おじ》けてしまった青年は木の陰からそっと空地を窺った。すると先に巨大な頭に見えたのは、なんのことはない神社の本殿《ほんでん》が裏手に大きく張り出した部分であり、その影の中、透かし彫りの欄間の下に二枚の半紙の札が貼ってあるのだった。札には大きく墨で二重丸が描かれており、横に並んだこれらの札が藪の中からおぼろに見た時に、こちらをのぞき込む両の眼《まなこ》のように見えていたのである。

青年が空地に踏み出て行くと、その神社は表参道から何度となく出入りしたことのある地元の氏神の神社だった。森を迷うように出てきたので場所の感覚を失っていたのだ。神社本殿の裏の玉垣《たまがき》を回って拝殿《はいでん》のある南の正面に回ってくると、そこはすっかり彼のよく知る神社に過ぎなかった。だが石畳の境内を進んでいる間、今までこの神社に気がつかなかった意匠が施されていることが目に入ってきた。

参道の灯籠、手水舎《ちょうずや》の紙垂《しで》を垂らした軒、絵馬《えま》掛《か》けから神楽殿《かぐらでん》にかかった帳《とばり》まで、いたるところに本殿裏に見た二重丸の紋が描かれた札が貼ってあるのだった。初めに目玉のようだと見たからだろうか、神社を抜けている間じゅうずっと、それらの二重丸の紋が自分と連れの犬のことを見つめて視線で追っているように思えてくる。青年は気味が悪くなって、早々に神社の表参道を下りていった。

その後青年は酔狂までに、犬を連れて同じ神社に今度は表から立ち寄ったのであるが、その時は犬がどうしても鳥居を潜《くぐ》ろうとはしなかった。仕方がないのでその日は神社には立ち寄らないで他所《よそ》を回って帰った。さらに後になって夏の大祭の機会に甥姪を連れて、縁日が出ている同じ神社に赴いたが、その時は境内の何処にも二重丸の札を見ることはなかった。

説話の一「潜り橋」

G県T市旧郡部の一級河川K河岸に大きく開けた市民公園がある。公園は支流N川が合流する中洲のように延び広がった土地で、周囲の住宅地とは土手で仕切られており、その公園に行くには土手を下りてN川の水位に近い丸太組みの沈下橋を通る。増水時には水面下に沈む欄干のない造りの橋である。

この沈下橋のたもとに水難供養の碑と准胝《じゅんでい》観音菩薩が祀られた祠《ほこら》があった。祠には通常は錠が下ろされていたが、ある時その錠が外れているのを見つけた小学生たちが中をのぞき込んで、安置されていた札を取り出してしまった。

包んだ和紙を除いてみると中には白木の札に二重丸が焼き捺《お》してあり、その他には梵字《ぼんじ》一つ刻んでいない。子供たちにはただの木の板と見えた。中には留め立てするものもあったが、虚勢を張った悪童の一人は沈下橋から手を伸ばして、船を出すように札を川に流してしまった。この狼藉《ろうぜき》に祟りを恐れて脅えるものもあったが、札を流した悪童本人は平気の平左だった。

札を流した日からもこの少年はたびたび沈下橋を渡って公園に出向いた。するとある時、橋にさしかかったところへ上流から板が流れてくる。見ると白木の板に二重丸の焼き印があるではないか。少年は自分が流してしまったあの板かと橋から身を乗り出して水面《みなも》の板を覗き込んだ。

板はすぐに沈下橋の下に潜り込む。少年は橋の下《しも》に流れ出てきた時にはっきりと様子を確かめようと、橋の上で身を翻《ひるがえ》した。欄干とてない沈下橋である。慌てたあげくバランスを崩した少年は橋から落ちてしまった。もっとも水位は少年の膝ほどで、橋から水面までも手を伸ばせば届く程の高さしかない。川に落ちたとは言えさしたる怪我もなく、ずぶ濡れのズボンを引きずって這《ほ》うほうの体でその日は帰った。

この少年が心底青ざめたのは、次に同じ公園に向かって沈下橋を渡った時のことである。またしても上流から板が流れてくるのだ。おなじ白木の一枚板である。

今回は少年は板の上に二重丸の焼き印があるかどうかを確かめる胆力が湧いてこなかった。その場で踵《きびす》を返して帰ってしまった。

程なく、この少年は家族に連れられて檀那《だんな》寺に出向き、悪戯《いたずら》をわび、喜捨《きしゃ》して作り直してもらった札を寄進し、あわせてお祓いをしてもらうことになった。少年は、このままでは何度あの橋にさしかかっても、そのたびあの板が流れ下ってくるに違いないと信じ込んでいた。

説話の一「ガレ場の祠《ほこら》」

N県の登山道でハイカーが道に迷った。山林に道が踏み分けられている間は迷う余地もないが、ところはすでに林の切れたガレ場である。こうしたガレ場では霧が出た時にハイカーが登山道を外れないよう、数十歩ごとに岩にペンキでマーキングをしてあることがある。このガレ場にも赤いペンキで二重丸の印が点々と続き、ハイカーを導いていた。

ハイカーは普通ならマーキングは矢印や丸など簡単なものであるところ、あまり見つけない二重丸が続いていることに違和感があったが、その印についていったのだった。

ところが続いていく二重丸の印は、やがて山腹をめぐって浅い谷間にハイカーを導き、這松に囲まれたくぼ地に小さな祠があった。

　手許の地形図にもハイキングマップにもこの経路が明示されておらず、霧にまかれていることもあってハイカーは完全に迷ったと判った。幸い時刻はまだ午前早くであり、その日は快晴になる予報である。ハイカーはここで霧中をさらに歩きまわって事態を悪くするよりも、霧が晴れるまで待って、現在地を確かめた上で動き始めた方がよいと判断して、その祠の石段に腰掛けて休憩に入った。霧に冷やさないようにポンチョで体を包んで、梅干しをしゃぶりながら、さらに気温が上がって靄《もや》が晴れるのを待っていた。

　他にすることもないので祠の周りを回ってみたがたいした見物《みもの》もない。山腹に臍《へそ》のように窪んだ部分をぐるりと這松が覆い、臍の底には大岩があって、その上に小祠《しょうし》が安置してある。切妻屋根の紙垂《しで》はすでに山風に吹き飛び、観音開きに見える戸は形ばかりの嵌《は》め殺しで実際に開くようには造っていなかった。岩は庚申《こうしん》塚《づか》かと見れば特段の文字が彫ってある節もない。ただ二重丸が雑な朱塗りで描かれてあるばかり。

　数刻をこのくぼ地に待ったが、やがてハイカーは子供の泣くような声を聞いたように思った。カケスが人真似をしているのかと見回しても、あたりに鳥の留まるような樹木はない。やがてハイカーにはその声が、腰掛けている大岩から響いているように思われ始めた。

気味が悪くなったハイカーは方針を変えてその祠を離れ、二重丸のマーキングを逆に辿ってガレ場を遡った。そのうちに靄が晴れて、ガレ場の峰に出たハイカーは地形図上に現在地を確かめ、そこから登山道に復帰することが出来た。

下山後に、自分の迷い込んだ祠に続くルートがどの辺りだったのかを改めて調べたが判明しない。土地のガイドですらそのような祠のことを知らないと言う。県内に「子泣き岩」と呼ばれる大岩についての伝承がある旨を別に聞いたが、それはまったく違った山系のものだった。

この登山道にハイカーはその後も何度か足を運んだが、ガレ場で二重丸のマーキングに道を逸らされることは二度と無かった。あらためて見るガレ場のマーキングはいずれも簡単な矢印で、その後いっさい迷う余地はなかった。


加藤が拾い上げていた説話はいずれもやや地味なもので、筋立てもありふれていた。そして何より鬼面人を驚かす道具立てを欠いていた。都市伝説として広く流布していくためには、猟奇趣味であるとか、凄惨な成り行きだとか、要するに何らかの際立った「つかみ」となる要素が無ければ話として弱いのだ。もし加藤が二重丸という主題系に特段の関心がなかったならば、これらの説話も素通りされてしまったことだろう。

しかしこれらの説話には、人にすぐ伝えたくなるようなキャッチーでシンプルで、それでいてグロテスクな即物的イメージが欠けていた代わりに、妙に現実的な感触があった。伝説というものはえてして過度におどろおどろしい粉飾を帯び、そして筋立てには凡庸な解決を得がちなものである。怪異を語る物語であるように見えて、説話は実際には何らかの理解可能な解釈、何らかの合理的な「落とし所」を常に探っているものなのだ。ところが加藤が気に留めていた先の小話はいずれも、一貫して合理的な解決を得ることなく、それでいて奇妙に現実的なディテールを保ったまま、一見すると無関係な説話群のなかに紛れているのである。

そしてとりわけ「二重丸の札」……

なるほど「女性用の個室」といった、より具体的で即物的な恐怖感と結びついた主題とは異なって、それは強固な物語構造の単位には成りえないような瑣末なディテールだった。だが確かに、バツでも三角でも、あるいは丸なら一重で構わないような、物語の構造に関わらない細部でありながら、どうしてか二重丸という意匠が頑なに保たれたまま説話群のなかに散在している。

「丸・バツ・三角っていうのは図像としては意味付けがはっきりしているけど……」

「禅の公案でも出てくるよね」

「二重丸っていうのは……普通は『特に良い』っていうことだよなあ」

「『よく出来ました』って意味よね」

「ここではとくべつ共通の役目を担っているとも思えないけどな」

「確かにいろんな話に出てきているみたいだけど……別段意味なんかないんじゃない

の?」

　ファイルをのぞき込みながらてんでに取り留めのない意見を交わしていた一同から少し離れて、一人徳利を空けていた荒垣が酔った声を上げていた。

「おっ、ここにもあるぞ！　二重丸！」

　皆が不意を衝かれて息を呑んだ。声の方を振り向くと、もう顔は真っ赤で瞼《まぶた》も重くなっている様子の荒垣が、徳利片手に居酒屋の猪口《ちょこ》をくいっと呷ってから、その猪口の中を一同に向けて見せた。そこそこ名を知られた酒造会社が飲み屋に宣伝半分で播《ま》いているのだろう、いわゆる「利《き》き猪口」である。白地のずん胴に酒造会社の名前が小さな青字で染められている小ぶりの猪口で、どこの飲み屋でも見るような当たり前のものだった。そして荒垣が言うようにその猪口には、注げば酒にしずむ内底に、同じ青でくっきりと二重丸が描いてあった。

　酔漢荒垣に搦《から》まれないようにいなしながら、猪口を受け取り、皆が覗き込んではなるほど確かにと頷いている。

「そうか、二重丸っていうのは蛇《じゃ》の目《め》だね」裕がつぶやいた。

「蛇の目?」

「じゃのめで　おむかい　うれしいなぁ、か?」荒垣はもう頭をぐらぐらさせながら歌っている。立派な酔っ払いの見本みたいになっていた。

「蛇の目紋。『じゃのめで　おむかい』は蛇の目傘だね」と裕。

「蛇の目っていうの、これ？」

「へぇ、意味あり気な名前だな。ただの二重丸なのに」

「蛇《へび》の目ってことでしょう？　特別な意味でもあるの？」

「さあ、知らない」

「猪口の底に染めておくのは、利き酒の時に色味を比べるためだぜ」杉本が荒垣から徳利を奪ってきて言った。荒垣はまだ「あめふり」の続きを歌っている。杉本は酒豪らしく、目の前で一献を空けて、また注いだ。

「へぇ、そうなんだ。さすが酒飲み、よく知ってる」

「高橋《たかはし》先生に聞いたんだよ。ご実家が造り酒屋だっていうんで、ちょっとうるさいんだ」

「二重丸には実用上の意味もあるのか……」

「でも蛇《へび》の目っていうのは……なんというか」

「呪術的というか」

「邪眼だよね。『じゃ』の目だけに」

女子学生も興味引かれて、店員に声をかけて何人かが新たにお猪口を取り寄せていた。

裕は「邪眼《じゃめ》」という漫画めいた発想にちょっと笑った。

「蛇の目はむしろ魔除けみたいなもんじゃないかな。邪眼とかそういうのじゃあ……」

「でもバジリスクの目はまさしく邪眼だろう。見られるだけで石になるんだっけ？」

「西洋では蛇《へび》の目は呪いをかける目なんだな」

「でも日本では魔除けなの？　反対なんだね」

「魔除けにしても呪いをかけるにしても、物語の構造上同じってことになるんだろう？」

杉本が裕のことをすっかり教師役に決め込んで、猪口の蛇の目を見せつけながら笑顔で聞いてくる。なんというか屈託の無い男だった。軽薄を決め込んでいるようだが、謙遜の割によくものを読んでいるのは明らかだったし。

「そうだね。物語の構造素っていうのは反転が利くものなんだな。善悪とか好悪《こうお》とか……」

「嫌いは好きに反転すると」端から話が判っているのだろう、杉本の言葉は解説に近い。

「強い関心という点では、大っ嫌いっていうのは大好きと同じ役目を果たすから……」

「大っ嫌いは大好き！　ギャルゲーで言う『嫌われイベントは良いフラグ』ってやつだな！」荒垣が向こうで自分の言ったことに笑い声をあげていた。

「ギャルゲーで言われても判んないよ」中島がやり込めて、女性陣も笑った。

「蛇の目が魔力を掛けようと、跳ね返そうと、神話論理のうえでは同じ線上に反転したに過ぎない。説話構造のなかの要素としては等価ってことになるかもね」

裕も少し酔いが回ってきていた。酔うと言葉遣いが晦渋《かいじゅう》になっていくくちなのだ。

「反対のことなのにねえ」

「それはむしろ共通点が多いっていうことを意味するから。ある一点の属性だけが対立するんで、その他の属性はほとんど同じ方向を向いていなけりゃ『反対』とは言えない」

「ところで加藤ちゃんはどうしてこの『二重丸』に拘ってんの？」

女子学生の一人がさらっと聞いた。そうだ、それは裕も聞きたかったところだ。二重丸の説話群はそれぞれ奇妙にリアルな細部を持っていながら、いずれも筋立ては卑近なもので相互に特別の共通点はない。初めから何らかの関心がなければ、こうして加藤が採り集めてくることもなかっただろう。

加藤の説明は簡単なことだった。

加藤はもう一つ「二重丸のお札」の話を知っていたのだ。そしてその話は「また聞き」の「また聞き」で出所も知れなくなった都市伝説とは違って、加藤の直接の知り合いの実体験だったと言うのである。

「その友達とは小学校の……低学年から中学までずっと仲が良くて、部活も一緒だったのね。高校も同じだったけど、それからは前よりちょっと疎遠になったけど、仲が悪くなったわけじゃあなくって、付かず離れずって感じの友達。佳奈《かな》ちゃんっていう……たしか栃木か群馬の方から越してきたんだったと思う。ちょっと北関東の訛《なま》りが残ってて――ずっと抜けなかったな――本人は『上州《じょうしゅう》弁』と言ってた。なんとかさって言うのね。なになにするんさ、とかって。

佳奈ちゃんが仲間内で『怖い話』をする展開になった時にいつもしてた話なの。本当に実体験だと思う。自分はつきあいが長いんで何度も聞いたけど、細かいところにほとんどブレが無くって、私も全体の流れはほぼ覚えてしまってた。こっちはその話が出るたびに先の展開まで判ってるんでおびえてた。今にして思えば私が『やめてー』なんて言ってたのが彼女の『演出』に加担することになってたのかも。冷静に考えるとそんなに怖い話でもないような気がするんだけど……ただ、なんか細かいところまでリアルで、しみじみくる怖さがあった。

佳奈ちゃんは小学校の時、引っ越してきてすぐのころは、ウチの地元によくあるんだけど町中の到るところに貼ってある『世界が幸せでありますように』とかっていう標語みたいなのを、すごく気持ち悪がっていたのね。多分なんかの宗教のだと思うんだけど、あと『審判の日は近い』とかっていうの。『世界が』っていう方は決まった印刷のプラスチックのお札みたいなので、『審判の日』とかの方は、みたことない？　黒地に太い字で、手書きのヤツ。たしかにどっちもちょっと気持ち悪いとこあるけど、佳奈ちゃんはそういう宗教がかった言葉が町中に貼ってあるのがなんだかえらくこたえるらしくって『絶対やめるべき、出来ればはがしたい』みたいなことをよく言っていた。霊が見えちゃう系の電波子ちゃんじゃあなかったのに、張り紙についてだけ普段からそういう反応だったから、彼女に近しい人はみんなこの話を信じていたと思う。

佳奈ちゃんが、なんでそんなに張り紙なんかに怯えているのかっていう話。佳奈ちゃんが子供のころに暮らしていた町は奥利根《おくとね》だったか、川沿いの宿場町《しゅくばまち》だそうで、大きな街道筋からはずれたように見えて、本当のふるい街道はその宿場町を通っていたそうなのね。『きゅうどうはこっちで』とか言っていた。『旧い道』で旧道だと思う。佳奈ちゃんの住む宿場町から山に向かって、川沿いに旧い道が上っていっていて、この話はほとんどその川沿いの町のこと。このへん佳奈ちゃんの話は一貫していて、私もよく覚えているんだけど、もとの土地のことはよく判らないので細かいところが怪しいかもしれない……」

加藤は好奇心で目を輝かせている一同の前で、加藤の旧友「佳奈ちゃん」がいつも話していたという、子供の頃に起こった、ほんの少し奇妙な一挿話を酒席に披露《ひろう》した。加藤がファイルから拾い上げてきた幾つかの説話にも似て、けっして鬼面人を驚かす派手な粉飾こそ無かったけれども、その話にはどこか気味の悪さを湛《たた》えた、それでいて妙に現実感のある手触りがあった。そして同時に……由来の知れぬ不愉快感の手触りが。

第三章　蛇の目

裕は加藤の話した逸話にすっかり心を捉えられてしまっていた。

その晩の飲み会のあとで、居酒屋を出しなに裕は加藤の連絡先を聞き出し、そして旧友だという田淵《たぶち》佳奈に伝手《つて》を継いでもらった。問題の話を詳しく聞いてみたいと思ったのだ。

田淵は彼らとは大学が違ったが都立高の出身でとうぜん都内在住だった。加藤は割に簡単に彼女を出先に捕まえて、この話に奇妙な好奇心を抱いている裕と近々に引き合わせる段取りをつけてくれた。

一週間ほど後の夕方に加藤の同席のもとで裕は田淵佳奈と喫茶店に差し向かいになり、そこで改めて加藤から聞いた話をじかに詳細にわたって話してもらったのであった。

加藤がその話を何度となく聞いたと言っていたのは本当らしく、加藤が再話した時の語り口は田淵に直接聞いた話とほとんど異同がなく、いわば加藤の再現率はかなり高かったが、裕は田淵の記憶を掘り起こしてさらに細部を確かめていった。田淵としては、幼い日の思い出をこのように尋問でも受けるかのように繰り返し突き詰められるのは心外だったかも知れないが、彼女自身もどこか落ち着かぬ気味悪さを感じていた話を余人《しや》に共有してもらえることが何らかの安堵に繋がるようで、過分に詳細にわたった裕の借問《もん》にもこころよく応えてくれたのだった。

　暮らした時期にはずれがあるが、裕がもともと同郷であったというのも大きかった。裕は話のそこここに質問を挟んだが、それは彼にも事情の判る部分を確かめていたまでのことである。田淵佳奈はいささか奇矯《ききょう》な趣のある自分の話をこうして真面目に受け取ってくれる者が現れたことを、どこか心強いことのように感じていたようだった。

　その町にはね、所々に張り紙がしてあるんですよ。半紙を四つ割りにしたぐらいの大きさの紙で、決まって二重丸が描いてあって、その二重丸の張り紙が、たとえば家の軒先とか、町内会の掲示板とかに何気なく貼ってあるんです。それなのにその二重丸の張り紙のことにほとんど誰も気がついていないみたいだったんです。

　なんでそのころの私がそれに気づいたかというと、あるとき何かの童話で、悪者が命を狙っている主人公の家の玄関の扉の上に「ここに狙う奴が住んでる」っていうしるしにチョークで丸を描いていくっていうくだりがあって……。ところがうちの前の三叉路の電柱にも二重丸の張り紙がしてあったわけ。二重丸の張り紙は、筆で黒い墨を使ってさらっと描いたもので、先生がテストの丸つけでするような雑な丸がふたっつ描いてあるだけ。半紙じゃないな、もっとしっかりしたものです。和紙だったと思うんですよね。

　それで……私は小さかったからうちの人の命が狙われているのかもと想像しちゃって、なんとかしなくちゃって思ったんですよ、その時は。お話では、その狙われた家の召使いにとても利口なのがいて、家の戸口の丸を見て「これは怪しいぞ」と思って、よその家の戸口にも同じ丸をどんどん描いていって、狙った家を判らなくするっていう……。それで私は自分のうち以外にも二重丸のしるしを貼って、狙われているのが自分のうちだということをごまかさなくちゃ、と……幼心にといいますか、決意したわけです。

そんなわけで、いつも手下みたいに使っていた隣の健二《けんじ》くんに命じて、半紙に二重丸の張り紙を何枚も作り、これを町内に貼りに出たんです。この段階では、私たちにとってこれは、もうすでに単なるごっこ遊びみたいなもので、本当にうちが狙われているとかっていう恐れは正直なくなっちゃってました。というより、いざ町にその張り紙を貼りに出てみると、うちが特に狙われているとかって話ではないということがすぐわかったんです。

それというのも町内に出てみると、今まで気がつかなかったのに、実際にはその町には同じ「二重丸」の張り紙が、うちの前ばかりではなく、それどころかほとんど町中に貼ってあったんですよ。もう到るところ。辻つじの電柱の裏側にも、塀の不動産広告の下にもある。長屋の軒先にも、バス停の時刻表の裏にもある。公民館のお知らせ板にもあれば、夏祭りの花火の広告の隣にもある。消防署の裏手に貼ってあるかと思えば、焼却炉脇の門柱にもある。

今まで気がつかなかったのが不思議なぐらい。よく探してみると、どこにでもそれとなーく二重丸のお札が貼ってあるんです。ガードレールの裏にある。信号機のボックスの下にある。信号機のボックスって分かります？　四つ辻の信号機には、車の信号機と歩行者用のと二対あるでしょう、まあ大概は。その全体を管理している「箱」が交差点ごとに一つ、いずれかの電柱にあるんですよ。その「信号機のボックス」の下の面に貼ってあるってわけ！　下ですよ！

ともかく町中に二重丸の張り紙があることに、突然気づかされたわけです。私も健ちゃんも、つまり健二くんもね、ちょっと愕然とするとともに、今まで気がつかなかった二重丸の張り紙という謎を前にがぜんやる気が出てきてしまったんですよ。私と健ちゃんだけじゃなくてね、近所の子に声をかけてね、二重丸の張り紙探索隊を組織して、学区を調べて回ることにしたんです。この時の探索隊はみんな低学年だったですね。上級生のガキ大将はその辺りでは隣の弘毅《こうき》くん。健ちゃんのお兄ちゃん。でも弘ちゃんには教えなかったんですよ、すぐ威張るから。でも弘ちゃん無しだとね、学区からは出ていけない。ガキ大将なしで隣の学区にはいるのは「危険」だから。だから探索範囲は学区限定で……

すぐ気がついたのは二重丸のお札は、交差点とか三叉路とか道の交わるところには、きっとどこかに貼ってあるということ。それから町内の新しく宅地になったところよりは旧道沿いの蔵屋敷が並ぶあたりや、農道沿いの道祖神なんかの祠《ほこら》なんかがあやしくて、要するに古色蒼然としたところを狙うと見つかる確率が高いかなぁっていうね。お札は微妙に雨風を避けたところに貼ってあることが多くって、だいたい古びて黄色くなった和紙に描かれているけれど、時には新品のお札であることもある。

こつが摑《つか》めてきたんで探索隊はだんだんにお札がひょいひょい見つかるようになって、そうこうするうちにお札の貼ってある場所の大きな流れがあるって分かってきたのね。二重丸のお札が集まって貼ってある場所というのが幾つかあって、それが町中に大きく二本ぐらいの線を描いて続いていると。一方は本流沿いの旧道から離れていく用水路にそって旧市街を抜けている。都合旧道を横切るかたちになっているわけ。もう一方は役場の前からお祭り広場、城趾公園を抜けていく。その両方がいずれ合流して、山あいに登っていく支流沿いの道を辿《たど》っていく気配がある……と。その通りは「こんぴらくだり」と言われている、旧道同様に古い道で、町から見ると渓谷に沿って山を登っていく道なんだけど、上の方に「こんぴらさま」の神社があるわけ。そして鎮守の祭りの時には下の本流河岸の市街のお祭り広場に向かって、こんぴらさまから山車《だし》が鉦《かね》太鼓をならして下りてくるという、そういう通りなんです。

ぐねぐねと曲がっていく「こんぴらくだり」を登っていくのは骨だし、そちらは日が暮れれば街灯もない山道なんで、子供だけではちょっとね。それで私たちは町なかのお札を追って旧道沿いの大きな河の方へ下っていくラインを追跡していくことにしたんです。

やがて点々と続くお札の列は本流筋の河に突き当たる形になって、私たちは土手の上に立ってここがひとまずの終点かと思ったわけ。土手の上には旧道から分岐して造られた新しいバイパスの大橋が頭の上を対岸まで渡っていきます。土手から大橋の歩道に上がる道筋はないし、そもそも橋向こうは子供だけで行くような「近所」じゃないですから、そこで帰ることにしました。

でも私はふと土手を駆け降りていったんです。もうこの先には行くところはないとは判っていたんですが、ぎりぎりいっぱいの河の縁のところまで行ってみようと思ったのかな。一応、最後の最後まで道を極めてみようという気分ですね。皆も土手をおりて河原の藪の中につづく小道を進んでいきました。すぐ前では流れの音が聞こえて終点は間近だと思いました。

小道はあっけなく河に出て、道は途切れました。ところがそこには思いもかけない「終点」が待っていたんです。河べりの際《きわ》、大橋の橋脚《きょうきゃく》が立っている水際に石積みがあって、こんもりと樹が茂っていました。これは橋の上からでは見えない場所です。小さな鳥居と小さな祠があって石碑も建っていました。あいにく私たちにはその石碑を読むような知恵はなかったですねぇ。ともかく神社というにはささやかな祠が、橋の下の河べりに迫るところにあって、そこからすとんと河に向かって小さな崖になっている。

祠っていうのはそんなたいしたもんじゃないんですよ。セメント造りのね、簡単なものので。形だけの安い造りの。普通の家の敷地の中によく設けておく、一戸にひとつのお稲荷さんみたいな……

まあ子供のことですから、自然とこの祠にお参りをすませまして……そしていざ帰路につこうと振り向いた時に足がぴたりと止まりましたね。振り向いた先には大橋の橋脚があって、そのたもとの段になったところの上には、大きな橋にはよくあることですが浮浪者だろうか、人が暮らしていたらしい気配があったんです。その部分、橋脚の段の上のところは、もちあがった祠のところまで上がって見なければ樹が邪魔になって見渡せない位置関係だったわけです。なんて言うんですか青いシートが張ってあってね。段ボールと……古タイヤが積んであって……

でも、ただ人の暮らしていた風情に驚いたんじゃないんですよ。その時はもう人気《ひとけ》もなかったし、まあ誰かがいれば怖かったでしょうけど、小屋掛けそのものは別段驚くほどのものではなかった。

私たちがすっかり足がすくんでしまったのはね、橋脚から橋桁《はしげた》までびっしりと貼ってあったんですよ。例の二重丸のお札がです。二重丸は小屋の周りを取り囲むように乱暴に貼り付けられていて、曲がったり折れたりしたものばかり、それがざっと百枚と貼ってあるわけで、いままでずっとこのお札を追ってここまでやってきた私たちも、ちょっとすぅっとしましたね、お腹が。肝が冷えてしまいました。何か訳があって、何らかの道理があって貼ってあるものと見えていたんですけれどもね、問題のお札。それがここには異常な程に貼り付けられている。

子供心にですけど、これは尋常じゃないなぁ、とね。ちょっとまずいもの見ちゃったっていう感じですね。で、誰ともなく、気まずーくてね、だまってその場を後にして、帰路についたんでした。帰り道、誰が言い出したものか、二重丸のお札は何のためのものなのか、おそらく鳥よけのまじないか何かではないかという考えで、ほぼ納得していました。橋の下に住んでいたはずの浮浪者が、たぶんカラスか何かにひどい被害を被《こうむ》っていて、やたら二重丸を貼りまくっていたのではないかとかね。

さしたる異論も出ませんでした。なんかね、だいたいそういうことにしておこうという雰囲気だったんですね。もちろん誰もそんな話、信じていないのはお互いにばればれなんですけど……そんなとこでどうでしょうってお願いしたいような感じで……そんなおためごかしでは自分を騙《だま》しきれないぐらい、あのお札が異常なものであると感じられていたんですね。これぜったいおかしいよっていう……ね。でもちょっと手に余るなあ、という感じ。

居心地のわるい気持ちのままその日はみんな解散しまして、また明日も探索を続行しようという話は出ませんでしたね。でも探索隊のリーダーだったわけで、私だけはまだあきらめてはいませんでした。

まだ二重丸のお札の流れには極めていないラインがあったからです。一本は市街を通る、その日探索して河べりの祠に至ったルートに並行する流れ、そしてもう一本は他でもない「こんぴらくだり」の参道を登っていく、渓流沿いの山道です。とはいえ私には、もう自分が先にたって探索を続けるガッツはなかったですね。河べりの祠の向かいにびっしりと貼ってあった二重丸のお札、百枚におよぼうという数でしたからね。絶対にこれは自分の手に余るものだと、ちょっと責任者をつとめるのは……ごめんこうむるというか。

で、まぁ、リーダーの座をあけわたすことになるうらみがあるのは我慢しまして、ガキ大将をこの探索行に呼び込むことにしたんです。弘ちゃんですね、隣の。健ちゃんのお兄さん。言いましたっけ。ことは簡単で健ちゃん伝手《づて》に、町に変なものがあるのを見つけたので調べるのを手つだってほしいと言ってもらうだけのことでした。思った通り、弘ちゃんは翌日には勇躍《ゆうやく》、上級生を中心とした悪ガキメンバーをあっというまに組織して、いきなり核心にせまる運びになりました。年かさの子供を集めたお札探索隊は、河べりの橋脚のお札の群れを確認するや、その後いっきょに「こんぴらくだり」を遡《さかのぼ》っていくルートを選んだんです。

今度の探索隊は、道々に次々と見つかる二重丸のお札に驚いて興奮していました。この謎に初めに気がついた私と健ちゃんは、最初は誇らしい気持ちもあったんですけど……探索の中心はすっかり上級生に移って、もともとの中心人物だった自分たちがお味噌扱いになったのはがっかりでしたね。お前らはもう帰れとか言われるしね、ひどいんですよ。それでもこっちは、もし次の「終点」でまた、あのような大量のお札に出会ってしまったらどうしようと心配でね……私が年下の子たちをそこに連れていったという流れになるのはちょっとね……それを避けたかった気持ちがあったので仕方ありませんでした。あと弘ちゃんがガキ大将で仕切っていたのはさすがというか、頭いいなぁと思ったのは、商工会議所のね、街の略地図を持ってきていて、そこにお札を見つけた地点を丸していくんですよ。お札地図ですね。こういう知恵はなかったなと思って、さすが上級生は違うという感じで。

こんぴらくだりを順次遡っていく間に、辿れる道の選択肢もせばまるし、いつのまにかこんぴらさまに近づいていく渓流沿いの道を登っていくだけになっていました。道はだんだん傾斜がきつくなっていって……舗装路ではあるんだけど、ところどころに待避線といって、車がすれ違うところを特に設けてあるような山道です。二枚、三枚と貼ってある二重丸のお札もとぎれがちになっていました。そうこうするうちに、坂道のとくに急な部分にさしかかりました。道を登る車が急な雪やみぞれで車輪を滑らせるのを避けるための砂袋が積んであるんです。知らない人が見ると郵便ポストか百葉箱みたいに見える小さな小屋に砂袋が積んであって、その小屋は道沿いの渓流に向かってつきだした崖の上にたっています。そこのところだけガードレールが膨らんでいるんです。

その砂袋の小屋には割に新しめの二重丸のお札が貼ってありました。それを見て上級生の一人が弘ちゃんに何か注進している様子でした。その子は弘ちゃんの同級生かなにかで私は直接知らなかった子なのですが、その子はもう引き返したい、これを調べるのはもうやめたほうがいいと言い出していたんです。話を聞くと、その砂袋の小屋の後ろには真新しいガードレールが建っていて、それというのもそこでつい最近、といっても一年とか前の話らしいんですが、酔っぱらって道を登ってきた土地の人が砂袋小屋の後ろから渓谷に落っこちてしまって亡くなった場所だというのです。その少年は、今まで気がつかなかったが、その場所はつい最近まで花束がずっと供えてあった場所で、人が落ちて亡くなったということで慌てて新しくガードレールを建て直した場所なのだというのです。そこに問題の二重丸のお札が貼ってあると。

騒然としましたね。そして上級生の間では、もう、二重丸のお札は人が死んだところに貼ってあるものなのだ、という考えが避けようもないほどに高まってしまったんです。そうすると、今まで見てきた辻のお札はいずれも「たしかに最近人が死んだところに貼ってあった」という話でもちきりになってしまいました。

本当にそうだったかは判りません。でもそう言われてみると、交差点とか河べりとか、事故の多いところにお札は集中していたでしょう？　そんなにいろんな場所で人が事故で死んでいたなんて話は実は知らないんですけど、ここで人が死んだんだと目の前で言われると……そうとしか思えなくなってきます。皆が、もう帰ろうかと気弱なことを言い出しました。私自身はぜったい帰った方がいい、帰りたいと思っていましたね。

でもガキ大将からの一喝があって一行は探索を続けることになりました。弘ちゃんは帰りたいものは、もうここから帰ってよいというようなことを言ったんですよ。そう言われては、怖《お》じ気づいているものほどかえって帰ることができなくなります。一行はすでに終着点を何となく理解していました。それはもちろんこんぴらさまです。そこがこの探索の終点になる、そこに行けばひとまずの結論が出るというのは、みんな薄々感じていたわけです。もうここから先はねぇ……まだ日暮れ方のことながら、ほとんど「肝試し」に近いものになってきましたね。だって、こんぴらさまだろうとお稲荷さんだろうと、神社にはたいがいお墓もあるんですよ。菩提寺の住職がお兄さんで隣のお宮さんの宮司が弟とかね。宗教的にはどういうことなのかよく判んないんですけど。その頃の私には神社とお墓というか、神道と仏教の関係は判りませんでしたが、子供たちの考えではこんぴらさまに行けば墓がある、墓といえば死人が埋葬されるところ、そして二重丸のお札は死人と関係がある、すくなくともこの時の私たちはそう信じ込んでいるわけです。

私たちはけっきょく曲がりくねる山道を登りつづけて、一気に上《かみ》にあるこんぴらさまを目指したんです。もうすっかり渓谷は深く切れ込んで、山道は高いところを続いていました。そして渓谷を渡る太鼓橋を越えてお宮にたどり着いてみれば、そこには当然、地元の人の墓場があったりもしたのです。ですがそこには私たち、というか上級生たちが期待していたような恐ろしげな様子はほとんどありませんでした。なるほど二重丸のお札はこんぴらさまにも貼ってありました。しかし裏の墓場にも、わき水の出る沢沿いのご神体にも、とりたてて見るべきものは無く、拍子抜けするぐらいそこは普通の神社だったんです。ただ、私はそこにも、もう行ってみる気にはなれないですね、決して。

砂袋小屋の一件で緊張は相当高まっていたんですが、神社の様子が案外だったんでみんなあからさまにほっとしていました。もう道を下ろうってことになって。幸い、ゆっくり下っていっても日暮れにはやや時間があるころ合いです。途中で一時的にすごく盛り上がっていただけに、こんぴらさまがなんの変哲もない様子なんで、上級生は少なからずがっかりしていたことでしょう。何しろ彼らは怪異をもとめて山道を登ってきていたんですから。すくなくとも前日のような、意外なところにびっしりと二重丸のお札が貼ってあるというような、やや異常な光景をまた見てみたかった気持ちはあったでしょう。

帰途についた私たちは、曲がりくねる山道を下っていきました。いちど通ってきた道ですからこのうえ新たな発見があるはずもありません。一行はたんたんと市街へ向けてをおりていきます。ところがその時、一行のひとりが変なことを言い出しました。なんでこの辺だけ二重丸のお札が途切れているのだろう、というんですよ。

ガキ大将を中心に、お札は人の死んだところに貼られるという考えに傾いていますから、このあたりには山中だけに人気《ひとけ》も少ないし、そもそも人がいないから死人も出ないんだろうと。かたや前日の河べりの橋脚にびっしり貼ってあるお札については、水死者が流れ着くのがちょうどその橋脚のある河の屈曲部のところなのだという説がでてきたり、そのあたりが古い合戦場跡にあたるのだという説がでてきたりね。実際にこの地方に古戦場跡は他にあったそうです。話を怖い方、怖い方へと繋げるネタはいくらもありました。ただ、彼らとしてはお札の「濃いところ」を辿ってきた本丸とみなしていたこんぴらさまがわりとあっさりとしていて、お札も少なかったし、道中の山道にはお札はさっぱり無いし、ということでがっかりしていたわけです。

すると「なんでこの辺だけお札が途切れているのか」と言い出した子が、その真意をあかしました。この渓流沿いの道には今はもう廃止になってしまったバス停がある。この地方の山間部では、車の所有率が割に高くて、バスはすぐにたち行かなくなって「廃線」になっているのだけれど、バス停だけは所々にまだのこっていて、そしてそのバス停の古い時刻表の裏なんかに、例の二重丸のお札が貼ってある。それはもう旧バス停があればきっとあるっていう具合にね。ところがこの山道のバス停のうち、一ヶ所だけバス停にお札がないところがあったと。それがここだと。

彼が言うのには、バス停があるごとに必ずお札もあった、しかも二枚ずつのラインでずっとあったのに、こんぴらさまに至る途中でここのあたりだけ途切れている、と言うのです。そういえば一つ上のバス停にはあった、一つ下にもあったはずだ。地図に記してきた印を覗き込んでみると本当にそういう具合になってる。それではというので、このバス停にもどこかに二重丸のお札が隠されているだろうと、私たちは古い小屋掛けの裏手に回ったり、ガードレールの裏を覗き込んだり、問題のバス停の周りを探しはじめました。

そのバス停は「小曲《こま》がり」というバス停で、渓谷がきつくまがり込む屈曲部の内側にあたる岩棚にあったのですが、これに対して渓谷の対岸、屈曲の外周の側は「大曲《おおま》がり」と言っていました。みんな町育ちでそのことを知らなかったのですが、一行のうち、砂袋小屋のうらの二重丸のお札は渓谷に転落した人のために貼られたものだと言い出した子が「対岸が大曲がりである」ということを皆に教えました。この子はこんぴらくだり沿いに祖母の家があり、この線を一緒に往復していたので、近在のふるごとに通じていたんですよ。そしてそのバス停のお札について、小曲がりにはないが大曲がりにはあるのではないかと言い出しました。

というのは、このあたりの山道は渓谷が鋭く切り立っているので、古い参道は渓谷が屈曲するたびに対岸の「大曲がり」に一回渡って続くのが本来の道であったと。ここ「小曲がり」は渓谷沿いに舗装路を通した時に、いちいち渓谷がまがるたびに対岸に橋を渡すのでは無駄という判断から、渓谷の内側の方を切り通して道を続けてあるのだそうです。だからちょうどこのあたりでは、古い道は対岸に渡っているはずで、お札が貼ってあるのはその「大曲がり」の方なのではないかと。

なるほど対岸には、同じ高さに道らしきものがあるのがうかがわれ、矢来の柵のような人工物があるのも見える。大きな木の根元に地蔵堂のようなものもあるように見えたんです。たしかに向こうになんかありそうだと。これは説得力のある話に思われましたが、いざ対岸に渡るのは一苦労です。今ある道はこっち側の崖の上をつづいていくので、ここから直に対岸に渡るにはガードレールをくぐって遥か下の渓流まで滑り降りていくことになります。もう一つのルートはこんぴらさままで戻って、こんぴらさまは橋を越えた対岸にありますから、上の尾根に登り、上から「大曲がり」に下りていくルートですが、これだと今し方下ってきた道を戻ることになる。

　ここでガキ大将が選んだのは渓流渡りの選択肢でした。川そのものは川床まで下りれば、飛び越える場所は幾らもありました。彼らは体力の勝るものを先頭に崖沿いに竹が張りだしたところをたどって「大曲がり」に登っていきました。弘ちゃんをはじめ数人がいち早く大曲がりの棚に取りついて、後続を待っています。

「大曲がり」では渓谷に合流するように沢が切れ込んでいました。対岸の棚になっているところは古い小さな橋のようになって、さらに狭いもう一本の沢をまたいでおり、崖に沿った部分も均《なら》された部分はほんの僅《わず》か、それも篠竹《しのだけ》が生えそろって荒れ果ててはいたけれども、まだ人の行き来は絶えていないのか、踏み分けた跡はわずかにあった。そして木の根元の地蔵堂のように見えたのは単なる石碑がまつってあるだけで、これは只《ただ》の庚申塔《こうしん》のたぐいでした。そのお堂の内側、石碑のうしろに、やはり二重丸のお札はありました。皆「やっぱり」と言っていました。お堂の外側にも、後ろの正面にあたる部分に二重丸のお札が二枚貼ってありました。これにはちょっとはっとしましたね。その二枚は同じ高さに横に並んで貼ってあったから……そのせいで二重丸のお札はどう見てもお堂に目が明《あ》いているみたいに見えた。一度そう見てみると、しぜんと怖じ気がわいてきて、もう他のものには見えなくなりますよね。一人が「なんか顔みたい」とつぶやくと、何人かが彼の方をにらみました。判っていることを口にされて、かえって怖さが迫ってきてしまったので、腹立たしく思ったんでしょう。一方で自分もそう思っていたとほっとしたものもあったかもしれません、私なんかはそうでした。

庚申塔は大きな木を背後にいただいていて、その裏に向かって回り込んでいくような山道が続いていました。山道は木の陰で、棚になった渓谷沿いの道から離れ、狭い沢に沿って上っていきます。渓谷の屈曲部の外周の頂点のところ、どん詰まりが、大きな木の裏側で鋭い谷のようになって山肌に切れ込んでいたんです。これは「小曲がり」からは死角でしたね、むこうからじゃちょっと見えません。その沢沿いの山道をやや登った先、十メートルほど登ったところに、また庚申塔がありました。その先は沢を岩で塞いだように袋小路になっているように見えていたんですが、近づいてみると前後に重なった岩の間に隙間があって、上にまだ道が続いているんですね。自然石が剝《む》き出しになって階段みたいに段が続いていくんです。下の庚申塔はその細い段の道標だったんだと思います。

この段は思ったより長く続きました。両側から岩が迫って、天然の切り通しみたいになっていました。岩陰の廊下を歩いていくような感じで、水がびしゃびしゃと出ていて、岩の割れ目から濡れた羊歯《しだ》が張りだして邪魔でした。夏の夕方なのに暗くてね。上級生がずんずん行っちゃうから、こっちはもうついていくしかない。おいていかれたらよいじゃない（大変だ）から。何故だか瓦《かわら》を割って散り敷いてありました。中には割れた硯《すずり》なんかも混じっていました。もともと斜面は薄い板状の石が覆っていて、その辺りの山肌は岩盤が剝き出しになっていたから、そこから剝《は》がれたものだったかもしれません。岩肌にめり込むように張り付いている段の先にはまたお堂みたいなものがありました。

て、ちょっと見た感じでは、湧水から水をひくポンプ小屋のようにも見えました。湧水が崖の半ばにあることがよくあるんです。でもやっぱりお堂かなと思ったのは屋根に瓦が葺《ふ》いてあったからです。ポンプ小屋だったらせいぜいトタンで葺くのが普通でしょう。日も射さないような岩の隙間に、ほとんど斜めに突き出ているような具合で、屋根の奥は山肌に迫って、岩棚にはえている羊歯の葉っぱが瓦屋根に届きそうになっているぐらい。基礎のところは自然石を粗積みにして隙に漆喰かなにかで目を埋めてあるようでした。お堂にしては変でしたね。どっちかと言うと雰囲気は、雑な造りのちょっとした土蔵のような様子でした。戸の前には経机《きょうづくえ》っていうんですか、台みたいなものが置いてあって、割れた徳利や、あと陶器の狐がいくつか供えられていたと思います。やっぱりお稲荷さんみたいに……。古銭も散らばっていた。賽銭《さいせん》箱はなかったかな……あと皿が割れていた。お神酒《みき》なんかを捧げる白い小さな皿です。ただお酒を奉じたのじゃないと思います。お皿は真っ黒く汚れていました。

日はとうに暮れかかっていました。私はもう帰りたかった。じめじめして谷に空気が淀《よど》んでいるようで気持ちが悪かったです。それだけじゃなくて、このお堂はちょっとおかしいと思っていました。お堂っていうのは大抵は高床に造ってあるものでしょう？　これはそうじゃなかった。縁の下が開いていなくて、まるで斜面にめり込むみたいになっていて……上級生の一人が石積みに開いた空気抜きを覗き込んでいました。手のひらを差し入れてもすぐ支《つか》えてしまうぐらいの細い隙間で、誰かが覗き込んでいれば他のものは待っているしかありません。

するとすると覗いた子が「奥がある」と言い出しました。「下がある、深いぞ」と言うんですよ。お堂は斜面に床を張り出して石で囲ってあるのではなく、むしろ斜面を掘り下げて埋めてあるような具合らしいんです。ちょうど見上げた岩盤が裂けていて、大岩が両手を合わせたようになっていた。その隙間のところをぴったり埋めるみたいにお堂が嵌《は》め込んである。そして縁の下は底抜けになっていたわけです。やがて覗き込む目が暗闇になれて、中の様子が少しは見えてきたようで、最初に覗き込んだ子はすでに目を見開いて、息をするのも忘れているようでした。後ろから弘ちゃんが頭を押し付けて、二人頰っぺたを付けるみたいに隙間の視界を奪い合っていました。

弘ちゃんはしばらく息を吞んでいましたが「これ……井戸だろ」と言い出しました。最初に覗き込んでいた子も頷いています。弘ちゃんは身を起こして「なんも見えない。けっこう深げだ」と言っていました。入れ替わりにもう一人の子が隙間に齧《かじ》りついていました。

その時、一番にお堂を覗き込んでいた子が「誰かいる」と叫びました。みんなは、誰か道を来たのかと、はっとして山道の方を振り向きましたが、叫んだ子が言っていたのはそういう事ではありませんでした。その子は青ざめた顔をして、お堂の中を指さしていました。すでに情けない悲鳴をあげて逃げ出し始めている子もいました。叫んだ子は足がすくんだようでしたが、逃げ出した子が大声をあげたので、慌ててそちらについていきました。

　弘ちゃんはじめ数人は恐怖よりも好奇心が勝って、もう一度お堂を覗き込みました。ですが後ろを振り返ったときに明るい渓谷の方を見てしまったので、目が慣れずなかなか様子がうかがえません。そうするうちに一心に下を覗き込んでいて、先の騒ぎの時にもお堂から目を離してはいなかった子が「いる、ほんとにいる」と叫んで、立ち上がると逃げ出し始めました。その際に後ろから覗き込んでいた子の鼻面に頭突きをしてしまい、ぶつかられた方は鼻血を噴きました。もう大騒ぎでした。私も健ちゃんの手を引いて逃げ出しました。弘ちゃんは最後まで隙間に貼り付いて粘っていたけど、みんながのこらず逃げ出し始めたので堪らなくなったのか「おい、まてよ」と柄にもなく気弱な声を出して一番後ろを名残惜しそうについてきました。

　大騒ぎで川に下り、小曲がりの舗装路に復帰したのですが、川を越える時に慌てたあげくに足を滑らせてしまったのが数人に留まらず、ひとりなどは川に尻餅をついて半べそをかいていました。鼻血を出した子はあごまで真っ赤になっていました。しばらくはみんな黙りこくったままでしたが、駆け降りるように山道を戻って町が近くなってから、上級生たちは自分たちが何を見てきたのかを話し始めました。弘ちゃんはけっきょく問題の人影を確かめられなかったそうです。中に人がいると叫んだ二人の言うことは微妙に食い違っていました。弘ちゃんが井戸だと見たような、暗いお堂の底のことですから誰もはっきり見たわけではなかったでしょう。最初に「誰かいる」と叫んだ子は、下の床の上に誰かがうずくまっていた、子供のように見えたと言っています。ところがもう一方の子は、お爺さんのように見えたと言うのでした。二人の言うことはどちらが正しいかは判りませんが、その食い違いはともかく、他の点ではそこそこ信頼できそうなほど一致していました。

一人はやせ細った子供が正座をしてうずくまっていた、震えながら何かに謝っているように見えたと言います。もう一人はやはり正座をしていたという点は一致していますが、かがんだまま伏せた顔の前で、何かひざ元のものを「結わいていた」ようだったと言います。あとは暗い中、どんな服を着ていたかとか、ほかにどんな様子だったかとかいったことはさっぱり判りません。だいたい、二人はすっかり怯えてしまっていて、話していることが要領を得ず、今言ったようなことだけ聞き出すにもずいぶんかかりました。最初に子供に見えたか、お爺さんと見えたかによってあとの様子は想像も入っているようでもあります。

弘ちゃんはじめ、中にいた人のことを確認できなかった子たちは、そのことが残念なことのようにも思え、その一方で見えなくてよかったとも思っていたのではないでしょうか。私は頼まれても見たくなんかありません。みんなはその様子をなんとか二人から事細かに聞き出そうとする一方で、「明日また確認に行ってみよう」と言い出すものは一人もいませんでした。

それから、二人の言っていることでぴったり一致しなかったことがもう一つありました。と言うよりむしろ、ほぼ一致していたと言った方がいいかもしれません。弘ちゃんが二人に「顔はどうだった？　顔を見たか？」と聞いた時、うずくまっていたのが子供だと言っていた子は「その子供は眼帯をしていたようだった」と答えたのですが、もうひとりは「目隠しをしていたか、包帯をしていた」というのです。

その日は本流河岸のお祭り広場で別れると三々五々帰路につき、翌日からこの探索行が続けられることはありませんでした。土日を挟んで月曜になる頃には、上級生の関心も他に移ってしまって、私や健二くんとしても話を蒸し返すことはできませんでした。弘ちゃんや健二くんの家でも、うちのものに「こんぴらくだり」を登って大曲がりに変なお堂を見てきたと伝えたそうなのですが、うちはともかく弘ちゃんのところではたいそう叱られたそうです。大曲がりの裏のお堂のことは弘ちゃんの家のお婆も知りませんでしたが、中のものが目隠しをしていたと告げたところ、それは山鍛冶《かじ》の社《やしろ》で「天目《てんもく》さま」の像を見違えたのだろうと言われたそうです。盲《めしい》の神さんがあるのだと。

それからもしばらくは街角に二重丸のお札を見るたびちょっと複雑な気持ちがしましたが、その夏はこんぴらくだりの方には二度と出向きませんでした。上級生たちもそうだったんじゃないかと思います。人影を見てしまった二人を始め、呪われるとか不幸が起こるというようなこともべつだん無かったといいます。もっとも私自身はその後、夏休みになると半月も待たずに、こちらに引っ越してきてしまったので、あとのことは判らないんです。ただ、私の親戚はまだ旧道ぞいにいるので、仮に何か変なことがあれば伝わってきたはずです。

田淵佳奈は淡々とその逸話を語りきり、一度ふうとため息をついた。

「だいたいこんな話です」

「有り難うございました。やはり直に聞くと細かいところで臨場感が違いますね。加藤さんはこの話、何度も聞いたことがあったんでしょ？」

「うん、でも今日はまた違ったかな。ロング・バージョンだね」

田淵は裕に向かって「あの二重丸……なんだったんでしょうかね」と質問してきた。

裕はそれはこっちから聞きたいような話だと笑って言った。

「やっぱりお話を伺った限りでは何かの魔除けだったのじゃないでしょうか。年末なんかにお宮さんが頒布する神札《しんさつ》……要するにお札《ふだ》の類いではないかと思うんですよね。おそらく蛇《じゃ》の目《め》紋は『こんぴらさま』……ですか、そこの社紋《しゃもん》かなにかだったのじゃないかと……」

「しゃもん？」

「家紋《かもん》の神社版ですね。社紋、神紋《しんもん》」

「それに魔除けの力があるんですか」

「いやそんな特別な力なんてないでしょう、ただの縁起物ですから。祭神の名なり社銘なりに代えて社紋を記したまでのことじゃないですか。もともと社紋っていうのも、祭神に由緒のある場合もあるでしょうが、多くはね……所領の寄進者の家紋だとか、場合によっては宮司さんのお家の家紋を充てているとかね、図像自体に意味なんてないんですよ」

「勝山さんはお詳しいんですねぇ」

「いやぜんぜん詳しくないですよ。最近調べたことなんで」

「そもそも何で勝山さんはこんな話に興味を持たれたんですか」

田淵の質問に、裕は少し言葉を濁して答えた。

「いや、僕もそっちの出なんで……」

「T市って言いましたっけ、お隣ですね」

「川向こうですけどね。山の中のこんぴらさまとか全然知りませんでしたが。そう言えば『こんぴらさま』ってどんな字を当てていたんですか？　普通だとね金《かね》に毘《び》沙門天《しゃもんてん》の毘とそれから羅紗《らしゃ》の羅ですか」

裕はテーブル上の紙ナプキンに「金毘羅」と書いて見せた。

「違う字だと思います。なんか当て字みたいな……」

「こうかな」

裕は「金刀比羅」と記したが田淵はまだ首を振っている。

三つ目に裕は「琴平」と書いてみた。田淵はこの用字に「あっ、こんなだった、これだと思う」と頷いた。

第四章　帰郷

「勝山君だよね」

図書館のリファレンス・カウンターの向こうでモニターの陰から司書が声をかけた。

裕は驚いて顔を上げたが、しばらく相手が誰だか判らなかった。冷房の効いた館内とあって夏だというのに司書は毛織りの薄いカーディガンをはおって、栗色の髪を揺らしていた。すぐに判らなかったのは、このウェーブのかかった栗色の髪のせいだった。彼の知る飯山《いいやま》香織《かおり》は長い黒髪を緩く編んでいるのが常だったから。

「いつ帰ってきたん」

「飯山……さん？」

ちょっと声が上ずった。飯山香織を「さん付け」で呼んだことなどなかったからだ。

「どうしたの、東京だよね、今、あっ、前期試験が終わったところか」

飯山香織は聞いておきながら勝手に納得していた。

「飯山……さん……はここに勤めてるの？」

「うん」

「公務員になったん」

「違うよ、バイトみたいなもんだよ。でも来春には本採用なんだ、司書。非常勤だけどね」

「へぇ、資格いるんだよね。資格とったん？」

「まだだよ、司書講習は受けたけど。ていうか専門、図書館情報学だもん、必要単位とって学部出るだけで自動的に資格取得なんだよ」

「そうなんか」

その時、裕のリファレンス依頼に応えていた図書館員が口元に指をやって香織に私語を窘《たしな》めた。館内にはまだ夏休みまでは間もある午前中ということもあって人気は少なく、誰の迷惑になるという話でもなかったが、それでも静粛を旨とする図書館で、図書館員が大声で旧交を温めていてよい訳もない。香織はロビーの方を指さして自分の椅子の背にカーディガンをかけた。

町の図書館は公民館の併設で、自動扉を出ていった先の多目的ホールのロビーは外気からスイングドアで遮断されていたが、それでもこちらには初夏の熱気がこもっていた。先に立った裕を追って受け付けカウンターから出てきた香織は、ロビーに出てくる手前で薄いベージュのブラウスの袖口を守っていた黒い腕カバーを苦笑いしながら外し、踝《くるぶし》まで届くようなクラシックチェックの巻きスカートを揺らして駆けよってきた。縁無しの眼鏡をたたみながら、後ろで自動扉が閉まるなり懐かしい声を上げていた。

「久しぶり！　何年ぶりだ？」

香織はすっかりフェミニンな装いに身を包んでいながら、裕に笑いかけたとたんに男言葉になっている。

「変わったなぁ……と思ったら、ぜんぜん変わってないな。飯山さん」

「やめてよね『飯山さん』とか、他人扱いっぽくないかい？」

だからといってあの頃みたいに「メシヤマ」と呼びつける訳にもいくまい。裕の戸惑いに香織は頓着せずに距離を詰めてくる。高校は男子校に進み、大学に入っても堅物で通してきた裕としては、どう応えるのが正解なのか判らない。

「いつもこんなにお洒落して仕事してるん？」

「今日は偶然《ぼっと》だいね。この後ひとと会うから。でもラッキー、久しぶりに行きあったんに冴えない恰好《かっこう》してたらがっかりだよね」

香織は裕が中学校の時に通っていた塾の同級生で、年間を通じてともに最上位クラスを維持していた、割に仲の良かったグループの一人だ。中学では周りから浮きがちな優等生だった裕としては、塾の方が部活なみに多くの時間を過ごした場所であり、学校の友達よりも近しい仲間と言ってよかった。高校に上がってからも何度かグループで集まることがあった。その後ながらく朴念仁街道を一途に歩み続けてきた裕にとっては、言ってしまえば最後の「仲良くしていた女の子」の一人なのだった。

二人はしばらく会っていない仲間の消息を簡単に交換すると、ふと沈黙が降りた。香織は裕をつま先から頭までずっと眺めて、いかんな、とため息をつくのだった。

「なんだいね、裕は痩せたね。メシ喰ってんのか」

「普通に食べてるよ」

「一人暮らしでしょ、自炊？」

「まあね、金ないから。飯だけ炊いて毎日納豆。俺の体の半分は納豆菌で出来てるよ」

「それじゃ痩せちゃうよ」

「調子はいいから、これでいいんだよ。粘りも出るしさ」

「粘ってんなよ」と香織は笑う。

裕は父と大喧嘩の末に勘当同然に家を飛び出ており、最近は実家とはほとんど没交渉なのだった。学費は奨学金、生活費はアルバイト、ネックになる家賃は県民寮に長逗留を決め込んでぎりぎりに抑え込んでいた。彼のような貧乏学生には外食なんぞの贅沢はもってのほか、飲み会なんて教授の奢りと見極めがつかなければまず出向かない。もっとも学生の貧乏暮らしというものは高じると自慢に転じてくるもので、食えていないのも武勇伝みたいになってくる。裕はその辺の事情を笑い話に簡単に説明した。

「今どきトイレも共同だぜ」

「うわ、汚そう。朝とか混んだり？」

「大学行ってから済ますんだよ、慣れてくると。洗面も炊事も共同の流し、米研いでるとなりで……頭洗い出す奴がいてな」

「迷惑だな」香織が怖気《おぞけ》をふるって、渋面を作って笑っている。

「いや、頭洗うと言ったのは気を遣ったまでで、本当はもっと違うものを洗う」

「きったねえな」大笑いで言っていた。何を洗う話だと思ったのか。

「衛生よりも問題は米がまだ残っていると周りに知られることだ。集《たか》られるからな」

「たかるって、虫みたいだな」

「いや、ほんとに虫みたいに集まってくるんさ。だからそこは無洗米だよ。水だけ流しで汲んできてさ、部屋でひっそり炊くわけだ、人に米を見せずに」

「見せずに」ひひ、と忍び笑いを漏らす香織は中学生のままの笑顔だった。

「ところが今度は炊飯器からでる湯気を嗅《か》ぎつける奴がでてくる」

裕の苦笑いに香織が合わせる。

「壁も薄いし、プライバシーなんてありゃしない、それは外国の言葉だってみんな言ってるよ。女の子には住めないな」

「男ばっかりかい」

「女人禁制《にょにんきんせい》の屯所《とんしょ》だよ」

「屯所って。新撰組《しんせんぐみ》かよ」香織は裕の言葉にころころと笑っている。自分にも「女の子と普通に話す技術」がまだあったかと裕はわが事ながら意外だった。もっともこの技術もおそらく古い馴染み限定だ。

「じゃあ彼女を連れ込むわけにもいかないな」香織は裕の肩をぽんぽんと叩いて憐れむように目を伏せる。上京してからずっと没交渉だったのに相変わらずずいぶん気の置けない態度だ。裕は内心にどぎまぎしてしまった。

「とんでもない話だよ、彼女なんて」

「……彼女いないのか」確認が入った。いや、こういう軽口を深くとってはいけない、これがもてない男が引っかかる自意識過剰の落とし穴なのだ。

「暇もなければ金もない」

「彼女は金でつくるもんじゃなかろ」

「まあ寮生には手広くやってる奴もいるけどな。二《ふた》また三《みっ》またのヒモみたいのが。俺にはそんな甲斐性は――」

「無いな。そこまで貧しいとなると学費はどうしてんの」

「学内の奨学金。借りるやつじゃなくて、全額貰うやつ」

「ええ、そんなのあるの？」

「成績優秀者に出るんだよ」

「裕、成績いいんだ？　すごいじゃない」

「もう仕事だと思ってばりばり勉強してるからな。というか勉強しかしてない。全優、全Aキープは最低ラインだから」

「へえ、じゃあ就活《しゅうかつ》も楽々かい。全優って」

「してないよ。院に進むんだ。院試はまだだけど、引き受けの先生も、もう決まってる」

「えぇ？」香織があからさまに不満そうな顔をした。「帰ってくるんかと思ったのに！」

「なんで？」

「なんでって、ずっと音信もなく……つれねぇな」

「自分こそ上手いことやったんね。今、司書って競争率高いだろう」

「一年からずっとバイトで入ってたし、図書館情報学、専門だもん」

「そうだったん」

「今ね、市町村図書館の集中データベース化で増員があったから。ついてたよ。でも実家出れなーい」

「いいじゃない別に。必要なければ」

「裕はいま実家にいるの？　いつまで？」

「いや、実は実家には寄ってない。親父と冷戦が続いててさ。内緒で帰ってきたから」

「じゃあ何処《どこ》に泊まってるの？」

「大橋《おおはし》……つって高校ん時のツレのアパートに居候。そいつ群大だからこっちにいたんさ。ところがサークルの追い出し合宿だっつんでそいつ入れ違いに出てっちゃってさ、宿代がわりに猫の世話をする約束で……まあこっちは一、二週間の予定だし」

「えぇ、じゃあすぐ帰っちゃうん」子供みたいにむくれて、香織が黙り込んでいる。落とし穴が続いている。「じゃあ何しに帰ってきたん」

「調べものがあってさ」

「実家も素通りなんて……まーず親不孝」

「向こうは『二度と敷居はまたがせん』、こっちは『誰が帰るか！』ってやっちゃったからな。おいそれと顔は出せない」

「だからってさ……お母さんとは――」香織がはっとして言葉を切っていた。言いかけてしまって思いだしたのだろう。裕は父子家庭だった。母親はずっと小さい時に亡くなっている。

「あの……ご免……ね」

「謝ることじゃないよ。どうして皆必ず謝るのかな、母親がいないとなると」

「ええ……だって」

「気にしすぎだよ。仕事いいのか？　せっかく手にしかけてる希望職がふいにならないかい」

香織は少し悄然《しょうぜん》として、裕と二人、図書館の自動ドアをまた潜《くぐ》っていった。

数刻後、裕は閲覧室で借りだした資料をあさってメモをとり、ラップトップに自前の書誌《ビブリオグラフィー》を作成していった。思った通り、この図書館だけでは用は足りないが、次に向かうところがこれで決まるはずだ。今日の目的は重要資料の閲覧ではなく、重要資料が何か、何処に所蔵されているかの確認に過ぎない。大学の中央図書館などに比べると、この地方都市では系列の県立中央図書館ですら所蔵は見劣りがしたが、やはりこちらまで出向かなければ見つからない資料の目星がついてきた。というよりも資料の量に圧倒された。リファレンス・カウンターまであと二度ほど往復した。

午後いっぱいはこの中規模の図書館で次に狙いにかかる場所を絞り込むのだ。午後からは試験前の勉強に来たとおぼしき中高生が増え、閲覧室はやがて集まった少年少女らの密やかなささめきと笑いに包まれていったが、裕は積み上げた目録と、項目の増えていく自前の書誌に頭をつっこんで気にも留めないでいた。いちど西日の入りかけた閲覧室に香織がブラインドを閉めに入ってきていたが、それにも気がつかなかった。

目録を返しにリファレンス・カウンターに戻ると、そこには香織が待っていて返却資料を受け取りながらささやいた。

「友達のアパートってどこ？　市内？」

「うん、そいつ教育学部だから」

「じゃ、帰り送ってってあげるよ車だから。はぁ（もう）閉館だし、残り仕事も済ませたしね。ちょっとロビーで待っててもらえれば」

「でも悪くない？　あ、そういえば人と会う約束があったんだろう？」

「うん、もういいの。キャンセルした」

「どうして？　デートか何かじゃなかったの？」

「違うよ。デートじゃないよ」何気ない調子で、しかしきっぱり言って、香織は裕をじっと見ていた。

「そうか……じゃあ、お言葉に甘えて。外で待ってればいいの」

「うん、すぐ出てくるから。ちょっと待ってて」

郷里では若い者はたいがい車で動くのは知っていた。こっちには有り難い話で渡りに船ではあるけれど……裕は「勘違いしそうになっている自分」を内心に窘めるのに必死だった。香織は仲間内の女の子でも威勢のいい方で、何かと雑で粗忽《そこつ》で、そして元気で……そういうところは全く変わっていなかった。野郎みたいな話しぶりもそのままだった。だがその男ぶりがこのようなコケットリーに転じていようとは。俺、メシヤマのこと「いい」と思ったことなんてあったかな？　だが記憶の中の元気な少女は、いまの瀟《しょう》洒《しゃ》な出で立ちの印象にすっかり覆われてしまっていた。冷房が効きすぎで冷え性にはきついと文句を言いながら、シックに装った長いスカートをはためかせる仕草は、まるで裕を狙い撃ちにしているみたいに思えるのだった。

「調べものって何なん？　郷土史かなにか？」

駐車場でサウナのようになっていた車のドアを開けると、香織はカーディガンとトートバッグを後部座席に放り投げて、ブラウスを袖まくりした。小さなハッチバックの車からは熱気が湧いて出て、すぐに乗り込むのは辛そうだ。裕も自分の側のドアを全開にして風を通した。香織が察しのいいことを言っているのは、資料特定の専門家だけに当然のことだろう。

「まあね」

「まあね、かい。気取るなよ。専門って史学だったっけ」

「いいや。専攻は社会学。大学の勉強じゃないんさ。これは言ってみりゃ私用なんだ」

「言ってみりゃ私用、かい」

「なんだよ、からむなよいちいち」

「いいからお姉さんに教えて御覧なさい。力になれるよ。本職だからね」

「まだ本採用でないんだろ」

その日に裕がリファレンスを頼んだのはたしかに、中世からこっちの山間部の神社が権現として祀られて仏教化していく経緯に関して、特に古い朱印状や由緒書きといった一次史料が何処に行けば見られるかというテーマでの問い合わせだった。宗教関連の史学・民俗学系の一次史料は何処に、どう集められているのかという問題である。まず社会学ではまだ駆け出しとは言え専門家として立とうという気でいる裕である。まずは勘所の一次史料を目の当たりにして、調査報告や研究はその後で参考にしていこうと思っていたのだ。生のフィールド、生の調査対象、生データを触っているかどうかは研究の屋台骨として後々響いてくるものだからだ。ところがこれが大甘な考えだとすぐに判った。史学史料というものの膨大さを、門外漢の社会学者の卵はまったく甘く見ていたのだった。地誌、民俗誌は現物の書籍ではなく資料目録だけで既にその浩瀚《こうかん》さに目を背けたくなるばかりであり、リファレンスの図書館員が照会して導いてくれたのは「特定の棚」ではなく、それ専用の「部屋」であった。いまや県立中央図書館の系列に入った、この旧郡部町立図書館にあってすらこの量である。特定主題の書誌が、積み上げれば天井に届かんばかり、しかもその書誌は年次を追って別巻、補遺が一定のペースで増えていっているのである。この資料目録の単調増加の意味は明瞭である。一次二次史料が汲み尽くされるどころか、まだまだごっそりあって、それの整理に史学、民俗学の専門家が精力を傾注してもまだ量的に追いついていないということだ。

「完全に甘く見てた。まずは一次データを見てみてからと思ってたんだけど」

「調べものは神社なん？」

「うん、神社の祭神がどういう風に決まるのか、どういう謂《いわ》れで特定の寺が特定の祭神を権現として祀って仏教化しようとしたのか、また維新後の神仏分離の時にはその切り離しはどういう風にしたのか……」

「本地垂迹《ほんじすいじやく》と廃仏毀釈《はいぶつきしやく》……つまり檀家仏教と神道の関係がどうなっているかってことかい」

「詳しいんかい」

「いや、いま裕がそう言ったんだぃね」

裕が「さすが本職、伊達《だて》や酔狂ではないな」と目を丸くすると香織は目も絢に笑みこぼれた。

香織が眼鏡をかけておおまたでまだ熱気のこもった運転席に滑り込んだ。助手席に乗り込んでから、裕はメモパッドを取り出して数え上げた。

「県史編纂委員会の資料編だけで数十巻、民俗調査報告書が数十集、県立文書館の収蔵文書目録がざっと三十、文化財総合調査報告書が毎年、歴史博物館所蔵資料目録に調査報告書、加えて紀要《きよう》論文の目録……郷土資料館総合目録追録が二年度につき一集……」

溜め息が出た。原資料ではなく、その目録だけでこの量である。

裕のこととする社会学は社会そのものを対象にするが、社会丸ごとを扱うなんていう抽象的で途方もないことは誰にも出来ない。だから特定の問題につき、モデルを作って、調査をデザインして、社会の一側面を数量化してデータとし、分析していくのだ。この演繹的なアプローチが身に染みついていて、史学というものの裾野《すその》の恐るべき広さを見誤った。

思えばこの町、この都市そのもの、その歴史そのものが史学の対象であり、まるごと生けるデータなのである。いわば、この町のありとあらゆる一隅が史学のリアルな関心の対象なのだ。そして伝えられた証言、書き記された史料は、歴史学や民俗学に直接関わると関わらないとを問わず、全てが同時に史的資料でもあることになる。史学というのは特定の時代、特定の場所に分け入って史料を丹念に集めてくる、地味な学問だと思っていた。それは確かにそうなのだろうが、しかし史学は空間と時間にのべつ幕無しに広がっている出来事の全てを対象としている。地味どころか、とてつもない巨大な無形の怪物を相手取った、ある意味野蛮な学問であるように思えてきた。

「上野《こうずけ》国神社明細帳が十二……これは必須かな」

「なんか具体的な……着眼点があるんでしょう。ずばりテーマは何なのよ」

「山間部に金毘羅神社があるんだが、その謂れを知りたくてね。金毘羅様って水神だろう？」

「そうなん？」

「航海の安全祈願の神さんだからな。民謡にもあるだろ。『こんぴら船々、追風《おいて》に帆かけて、しゅらしゅしゅしゅ』」

「ああ、聞いたことあるかも」

「金毘羅権現《こんぴらごんげん》は大物主《おおものぬし》、祟《たた》りなす蛇神《へびがみ》で水神。それが何で山奥に社《やしろ》を置いたのかなってさ。正式な分社《ぶんしゃ》じゃないだろうしね」

「じゃあ、その金毘羅様の由来が問題なんかい」

「まあね」

「行ってみた？　由緒ぐらいまずは扁額《へんがく》か何かに謳《うた》ってあるもんじゃない？」

「いや、まだ。場所も特定出来てないんだ」

「知らない神社のことなの？」

「噂に聞いたと言うか。『こんぴらくだり』と話に出ていたんだけど、話に聞いた場所にないんだな、地図上では」

「じゃあ、まずはそこを確かめなきゃ」

「まあ普通そうかな」

「どの辺かも判らないの？」

「北浅《ほくせん》の郡部《ぐんぶ》の支流筋」

「北浅はたいがい郡部だがね」

「場所がはっきり判らなきゃ、行けないだろう」

香織はしばらく前を向いたまま黙っていた。どうしたのかな、と裕が運転席を窺《うかが》うと香織はにやにやと笑み崩れていた。口元をほころばせて言った。

「お山じゃないか。場所が判ってたって、足がなきゃ行けないさ」

「まあね」

「行ってやるよ」

「なに？」

「あたしが連れてってやるがね」

「何で、悪いよ」

「悪かないよ。暇だしね。仕事は週に四日しかないんさ。ワークシェアリングっつーやってね」

「そうなん」

「給料も半分ちょいだね。だから実家を出られないんし」

「まあ、このご時世にやりたい仕事に就けそうだってだけでもましとしなきゃな」

それからしばらくは車中に香織の仕事の愚痴を聞いた。楽しそうに愚痴を言うのだった。なるほど向いた仕事ではあったのだろう。地域図書館のデータベース化が一通りすんで実績があがれば、県立に呼んでもらえるかも知れないと目を輝かせていた。

「それはそうとさ、何で金毘羅さんが気になるん?」

車が友人・大橋のアパートを目指して小道に入りだしてから、香織がふいに聞いた。すぐには答えられなかった。道順を指示するのにしばらくその話は途切れ、やがて車は目指す下宿の前に止まった。

香織は先の質問を蒸し返すようにハンドルに手をかけたまま、顎《あご》を手の甲に載せて助手席の裕を見ていた。空は濃紺を増しつつあり、家々の建て込んだ細道は夕影の中で、車内は薄暗がりに包まれていた。香織の眼鏡のレンズの縁が白く光った。裕は、こいつ奇麗だったんだな、と思った。はっきり見えていたのは光るレンズの縁ばかりで、香織の顔は闇の中だったのに不思議とそう思えた。

ずっと勘違いをしないようにしようと念じていた。これは罠だ、落とし穴だと言い聞かせていた。だが香織の思わせぶりがやまず、こちらの動悸も治まらない。

裕がしみじみ参ったなと溜め息をついたら、咎《とが》められた。

「女とおって溜め息つくたぁ、そぶり悪《わり》いんね」

「メシヤマ、仕事場でもそうに話しよるんかい」

「懐かしげでね。つい出るね」

じっと裕を見ている。裕は観念して、ぽつりと言った。

「琴平《ことひら》神社って言うん」

「金毘羅の訛りか」

「古くからそう言うと。ことひら……」

「それがどうかしたん」

「俺の母さんの旧姓が『琴平』と言うかもしれない。家では『毛利《もうり》』ということになっていたんだけど……」

香織は眼鏡の奥で目を細めた。

「ことになってた？」

「母さんの記憶はぼんやりしてる。体の弱いひとだった。足も目も悪くてさ……」

香織は黙って聞いていた。

「でも普通の親子だった。まあ何を普通と言うかはひとによって違うかも知れないけど。親父も母さんも普通の夫婦だったわけなんだが……俺、戸籍上は庶子《しょし》なんだ」

「しょし？」

「大学に入ってすぐにさ、俺、免許取る予定も無いし、身分証明にパスポートを作っとこうと思って、謄本《とうほん》をとってみたんだよ。そしたらさ、嫡出《ちゃくしゅつ》の場合は長男と記載のあるところ、俺の場合は単に『男』としてあるんだ」

「どういうこと？」

「これは現在は制度が変わっているんだけど、前にはそこで嫡出か否かが判るようになっていたわけ。住民票じゃ判んないんだけど、二〇〇四年かな、それ以前の生まれだと戸籍には区別があったんだ。俺は戸籍上、非嫡出《ひちゃくしゅつ》、婚外子《こんがいし》、養子だってことなんだよ」

「なんで？　どうしてそういうことになるん」

「俺が聞きてぇよ。要するにまずは両親が同じ戸籍に入ってないんだ。制度上は母さんは親父の内縁の妻だったってことだ。これは言ってみりゃそんなに奇妙な話じゃない、そんなこともあるだろうさ」

「それ、お父さんに訳を聞いたん」

「それが戦争の始まりだったんだよ。そりゃ俺だって説明を求めたさ。ところが親父はだんまりだ。言っておくが俺は戸籍に拘《こだわ》って、庶子だったからって絡《から》んだわけじゃないんだぜ。理由を聞かせてくれと、それだけさ。ところが親父は何も言おうとしない」

「あのさ……血縁関係がある……っていうのは間違いないの」

「もちろん遺伝子鑑定なんてしちゃいないが、するまでもないよ。そうでなかったら驚きだな。俗なところで言えば血液型から、体質にいたるまで、俺は両親にそっくりだ。母さんとの血のつながりも無かったらびっくりだね。どっちの線も疑ったことはないよ。血縁があるのは疑ってない、まあ無くてもこっちは構やしないけどさ。だからな、親父と母さんが法律上結婚してなかったっていうのはいい。何か事情があったんならそれはそれでいい。俺が婚外子だっていうんでも、別に構わないよ。資産家の家じゃあるまいし、いまどき何か損する話でもないしな。でもさ……」

「ぜんぜん判んないよ。どういうこと？」

「戸籍法とか住民基本台帳法……っていうのがあるんだ……とっくり眺めてみて、考えた」

香織は話がとんでもないところに飛んで、すっかり言葉を失っていた。

「親父は母さんと婚姻届を出していない。制度上結婚していないわけだ。そして俺の出生に際しては、親父が子として認知して籍に入れたわけだ。でもな認知届っていうのは養子は原則父親が届けを出すものってことになっているが、子供が産まれた時点で母親の方は事実上戸籍の筆頭者となって母子関係は自動的に認定されるんだ、普通はな。認知して実の子と認めなきゃいけないのは父親の方だけ」

「それで認知はしてあったんかい」

「それどころか家裁の許可を得て、親父の戸籍に入る手続きがとられていた。だから俺の姓は親父と同じなわけ。さもなければ婚外子は母親の姓を名のることになるのが本当なんだ」

「もしそうであれば『毛利』裕だった……」

「ところがそうは問屋が卸さない」

「どうして？」

「母さんの姓が毛利だっていうのは話に聞いただけで書類がない。証拠がない」

「だって戸籍を見たんでしょう？」

「戸籍に母の名はない。驚くなかれ、母親不詳だ。それどころか、さっきも言ったように母さんの旧姓自体がまったく不確かなんだ。旧姓は『毛利』という話だったが……遺品の手紙のあて先には『琴平』とあった。姓が定まらない……」

「そんな……伝法《でんぽ》な」

「ともかく俺の籍について言えば、出生時から母親不在の扱いになってるんだよ。俺を産んだ母親は身元を偽っており、出産後に子供を内縁の夫にたくして雲隠れした、取り残された夫は仕方なく子供を認知して出生届とともに籍に入れた……そんな筋書きを通したんだろうな。実の父からの届け出だから家裁は許可を出さない謂れもない」

「それ、お父さんに確かめなきゃいけないわけなんだけど」

「これは俺の想像だよ、それぐらいしかこの捩《ねじ》れを説明出来ない。言ったろう、親父はだんまりだ。いくら問い詰めても頑なんなるばっかで何も言いやしない。もうひとり話を聞いてみたい母さんは墓ん中だ」

「お墓はあるん？」

「ああ。この話の変なところはさ、メシヤマ」

「メシヤマって呼ばんで」

「……わるかった。じゃあ飯山さん」香織はそれもちょっとな、と眉根を寄せていた。

「俺達はずっと一緒に暮らしていたんだぜ。その雲隠れしたってことにした『母親』とさ」

「どういうこと？　さっぱり判らないよ」

「仮に両親が内縁関係だったとしてもだよ、家庭を営むのにそれで差し支えはない。内縁関係ってのも立派な関係だ、それで守られる家族の権利だってある。そもそも俺はいずれも実の親だったんだろうと考えてるしな。差し支えがあったのは『届け出』の問題だけだ。戸籍が問題だったんじゃないのか」

裕はすっかり暗くなった車の中で、香織に今まで誰にも言わないでいたこと、言えないでいたことを言った。

「こんな伝法を通さなきゃならない事情ってのは、いくつか思いつくよな」

「たとえば……お母さんが他所《よそ》の戸籍に入っていたとか……」香織が言いづらそうに上目遣いに裕を窺って言った。もう日が暮れ、車の中は暗がりに包まれていた。

「ああ。他所の細君を略奪して駆け落ちしてきたとかな。母さんの親類を一人も知らないから、これはかなり有りそうな話だ。旧姓が琴平か毛利か、はっきりしないのもそのせいかもしれない。琴平家か、毛利家かしらんが籍はそっちに入っていると……」

「お父さんの方の……親類は？」

「つき合いがない。親父は天涯孤独じゃないんだが、親類縁者には無音を通しているんだ。あやしいよな。やっぱり駆け落ち説はかなり有力な仮説……でも、これって隠さなきゃいけないような話かな？　世間様にはともかく、書類上養子であると知っている息子本人に対してさ、隠しておく意味があるとも思えないんだけど――」

「だってそれは不倫の子と認めることになる……？」

「仮に不倫の子であったとして、事実ならことここに到って認めるより仕方ないだろう？」

「でも駆け落ちは不倫とは限らないのか。逃げているには違いないわけだし……届け出を出したら足がついてしまうから出せなかったとか……」

「たとえばやくざの親分さんの娘をさらってきちゃったとか？　そういうロマンティックな想定もいくつか考えてはみたよ。でもそれなら出生届を出した際に『母が不詳』とまでの伝法を言う意味があるのかな。むしろ子供を既成事実として婚姻を認めろと生家に迫るような話はこびになりそうじゃないかい。子供が出来れば分籍は簡単なんだぜ」

「やっぱりお父さんに聞いてみた方がいいって」

「俺からすれば親父がどうしてあんなに頑なに口を噤《つぐ》んでいるのかがむしろ判らない。でもどんな訳があるのかはともかく、母さんはいろんな意味で出自が不確かだ。どうしても母さんの戸籍が表立ってはまずい事情があったとしか思えないな。まず考えられるのは先に結んだ婚姻関係を解消していなかったか、あるいは……俺は兄妹婚の可能性まで考えたよ」

「そうか、それなら戸籍は調えられっこないね」

「でもさ、その場合には親父の籍を辿《たど》れば母さんも出てくることになる。琴平とか毛利とか、妙な旧姓めいたものが出てくる謂れもない」

裕は暗い車中に顔を上げて香織の方を見た。その表情は窺えなかったが、香織はすっかり影になってしまった裕の顔をじっと見つめていた。

「重婚を避けて事実婚で済ませていたっていうのは家の実情には一番近そうなんだけど、それにしては……俺の籍に母親の籍がまったく存在していないのが不自然だ。内縁関係で産まれた子を認知して養子とするとしても、戸籍上母親の影をまったく欠いているのは……ひととおりでないよ。何かよんどころない事情があったとしか思えない。まるで本当にそんな人がいなかったかのように……」

車外に日は暮れ水銀灯が明滅を始めていた。裕は香織から目を逸らすと路地に灯り始めた街灯を目で追ってぽつりと言った。

「本当にいなかったのかも知れない」

「えっ？」

「母さんはいなかったのかも知れない。俺の母さんに『戸籍』が無かったんじゃないかと思うんだ。母さんは法律上——戸籍法のうえでは存在しない人間だったんだ」

第五章　神　楽

夏休みに入るとすぐに曾祖母の家に親族の一部が集まり始めた。本流筋の町の大祭は世の中なみにお盆に行われるが、支流筋のこちらの村落では天保《てんぽう》暦の大暑を地元氏神の祭礼とするならいで、新暦なら七月の下旬に祭りが催される。特別に決まりごとがあるわけではないから四代にわたる親族のことごとくが集まるわけではないが、去年から淳の家族が居着いていることもあって、まだ子供の従姉妹《いとこ》、再従兄弟《はとこ》がいるような家が数家族と顔を揃えていた。

居間では車の運転や列車の長旅に疲れ果てたおじおばが座布団にへたり込み、依子が忙《せわ》しく立ち働いておしぼりを配って歩いていた。ばたばたと廊下を走り回って用足しに使われている依子は親族の誰から見ても見違えるように元気になっており、すでに一年を過ぎた田舎暮らしが持病の症候を払拭しているのは明らかだった。従兄弟の間では年の下の方だった父は「よりちゃん、なぁから良かったぃね」と親戚に言祝《ことほ》がれ、英断を誉めそやされて嬉しそうにしていた。

昼日中《ひるひなか》だがやや時間の早い酒盛りが始まっていた。座卓の上の盆には白布巾の上に水滴のついたコップが並び、おじが従姉妹に栓抜きをもらっといでと声をかけていた。淳もビールを運んで往復していた。いつもはお客さんだったが去年からは訳が違う。

茄子、胡瓜の糠漬けが大皿に載って座卓に並べば歓声が上がり、ついで梅干しの土用干しに使う大笊《おおざる》に山盛りになった枝豆が湯気をもうもうとあげて到着した。毛の強《こわ》い、やや茶色がかった鞘の大振りな枝豆で、曾祖母自慢のこの歯ごたえを知る親戚は誰もこれに目がない。競うように手を伸ばして、まだ熱い枝豆を取りこぼしたりしている。おばが塩のついた指をなめながら、近所で買った枝豆ではどうしてもこうはいかないのだと、毎年恒例の講釈を垂れていた。

土間の前の方では子供連中の悲鳴が上がっていた。ばあちゃんが地鶏を絞めているのをこわごわ見ていたのだろう。夜に食べるなら昼に絞めておかなければ風味が出ない。いったん固《こわ》くなるのだ。それで大急ぎで五、六羽の咽《のど》を掻いて血抜きに入っていたわけだ。曾祖母はこれがなりわい、手さばきは事務的でよどみがないが、それでも首から血が滴れば、それを見つけないものにはいくばくかの驚きがあるものだ。ここで悲鳴を上げるのはどうしたものか大概は高学年の子と決まっていて、なぜか小さいものほどこの殺戮には心を揺らさない。

もっとも好奇心が勝って覗き見ていたぐらいだから、これで「可哀想で食べられない」などと後になって言い出すものもなかなかいない。親たちからすればこれも食育のよい機会ということで、生き物を殺すところを子供に見せるのは慣例となっていた。もっとも夕方に血抜きのすんだ鶏に湯引きをして羽を毟《むし》る際には従姉妹連中もさぞやびっくりするだろう。依子が手伝って、ばんばん毟りにかかるだろうからだ。なにしろ五羽、六羽もの仕込みにぐずぐずしてもいられない。あのよりちゃんが……と目を丸くして魂《たま》消《げ》ている従姉妹どもが今から想像出来る。なんとなく楽しみで口元がほころぶ。現金なもので、一年余の田舎暮らしの中でいつの頃からか、淳も依子も、従姉妹たちのことを「都会もん」と思う側についていたのだった。

親たちの酒盛りが一段落して、旅の疲れが酔いにまかれて座布団枕に居所寝《いどこんね》を決めこむ者が出てくる頃合いに、親父どものうち気の利く向きが立ち働いていた妻を労《ねぎら》って低姿勢にビールなど注ぎ始める。勝手ではおばさん連中が湯気の中で近況を交換しあって頷きあっていた。曾祖母はまだ庭先に小芋など掘ってきている。

遠く祭りばやしが聞こえてくるのは祭礼の神社、むこうでは幾つか屋台も出て、境内に張ったテントでは当番の隣組が集まってもう顔を赤くしていることだろう。今日は近隣に祭礼が立ったのはこの村落だけで、それでお宮さんにはお神楽《かぐら》が来ているはずだった。

淳がおばに呼ばれて勝手に行くと、芋煮に使う大きなアルマイトの鍋を渡された。祭礼の屋台に出向いて、夕のつまみにするおでんを鍋いっぱい買ってこいというのである。晩の主餐には地鶏の水炊きが大鍋に沸くだろうが、夜までのつなぎにおでんという訳である。おでんは町内会の当番が賑やかしに露店を出したもので、素人料理に考えてみれば割高なうえ、本をただせば材料の方も自分たちが出した喜捨で買い集めたものだろうから、特別お買い得というものでもないのだが、そこは縁起物、買いに行くのも祭礼に参加することの一部だという。あわせて「小さいのにお神楽を見せてやりな」と引率を頼まれた。お菓子が貰えるんだよ、と依子が従姉妹にビニール袋をわたしてあるく。どれだけ貰ってくるつもりなのか、欲張りに一斗缶が入るような大袋を配っていた。

淳は鍋を提げて、従姉妹をぞろぞろと引き連れて神社に向かった。従姉妹と歩くというのはどうしてこう、やや気恥ずかしいものがあるのだろうか。途中で分校の下級生が自転車で追い抜いていった。「じゅんちゃーん」と追い抜きしなにドップラー効果を効かせていったが、手を振ったこっちの方は見ていない。その子も自転車の荷台にゴミ出しに使うものと思《おぼ》しい黒い大袋を引っかけており、やはり欲の皮が相当に突っ張っていた。

川べりの土手から、すでに麦秋を迎えた畑が広がり、ゆくてにはこんもりと盛り上がった古墳跡、その雑木林に食い込むように地元の氏神の神社があり、鳥居が農道に面して立っている。道の両側には祭礼の幟《のぼり》がずっと立ち並び、道端に軽トラックやライトバンが列になってとまっていた。神社下の公園には自転車も多かった。村落の祭礼ではあるが、お神楽が出るということで、下流の本流筋の街からも子供が集まっているのだ。過疎の村落の分校とは違って、本流筋では小学校は各学年数クラスを並べる大きなものである。そちらから学童が夏休み初めのお神楽を目当てに山へと遠征に来ているわけだ。

もちろん小学生らが楽しみにしているのはお神楽そのものではない。神輿《みこし》が担がれるわけでも、山車《だし》が出るわけでもない地味な祭礼ではあるが、やはり子供が集まってこなくては祭りはつや消しだ。そこで神楽の幕間《まくあい》に、建前《たてまえ》、上棟式《じょうとうしき》の餅撒きよろしく、お菓子を能舞台から投げる習慣がある。子供らはそのお菓子目当てに集まってくる。神楽の間はたいてい神社の裏手で鬼ごっこでもして遊び、幕間になると境内に戻ってきてばらまかれる菓子を奪い合うことになるのである。

従姉妹たちは列をなしてはためく赤い幟に興奮して、お囃子の聞こえるお宮さんに向かって小走りになっていた。依子が先にたってビニール袋を風に膨らませて走っていく。淳は大鍋を河童《かっぱ》の甲羅のように担いでゆっくり後を歩いていった。

赤ペンキを塗り替えたばかりの鳥居を潜《くぐ》り、敷き石の参道を行けばそこは奥に拝殿を構えた境内で、注連縄《しめなわ》に紙垂《しで》をたらした大欅《おおけやき》の向こうに神楽殿がある。神楽殿はこぢんまりしたもので舞台はせいぜい二間八畳、普段は雨戸を閉《た》てて寂れたなりであったが、今日は開け放った舞台に祭礼の紅白幕が垂らされ提灯《ちょうちん》が掲げてあった。

舞台の上には能面を被《かぶ》った演者が巫女装束の赤白をまとい、剣舞のような舞を奉納していた。笛太鼓に足をすって舞台の際まで進み出ると剣を手の甲に載せて捧げ持ち拝礼、それをひどくゆっくりした調子で四方四面に向けてやっていくのだ。子供の目には退屈な舞だった。衣装の華やかさにいったんは目を輝かせた従姉妹たちも、演者が巫女さんではなく能面を被ったおじさんだと判ると途端に関心を失って、依子が導くままに本殿裏の竹やぶの方へと遊びに行ってしまった。

淳は小さいのと鬼ごっこでもあるまいとおもって屋台を冷やかしに回っていた。分校の連中が一所に集まっており、淳に手を振ってきた。本流筋の小学生らが古墳跡で陣取りをして遊んでいたが、屋台で買った癇癪《かんしやく》玉とロケット花火を使ってえらく華々しくやっている。分校のグループはその遊びが気に入ったと見え、自分たちも真似してやるか、いっそ仲間に入れてもらうか、と詮議の最中だった。お山でならともかく、本流筋のグループとかち合うとてんで意気地がないのである。

淳は鍋をぶら下げたまま神楽殿の横手へ回っていった。神楽殿の横合いには小さな潜《くぐ》り戸があって、そこから階段が能舞台の裏楽屋に上がっていく。周りには薦被《こもかぶ》りの酒樽や菓子の詰まった段ボールが積み上げてあり、潜り戸の前の簀子《すのこ》に草履や下駄とともに靴が何足かはき捨てられていた。十段にも満たない階段は能舞台の奥に廊下のように延びる細座敷に続き、今はそこに神職の装束の神楽座の面々が押し込まれている。

狭い場所に押し込められるようになって笛太鼓を奏じている座の面々が、神主のような袴《はかま》に烏帽子《えぼし》の装束でいるのを見て、淳はちょっと可笑《おか》しく思った。彼らが神楽殿から出て行く時に何人かは洋靴を履いていくのだろうと考えたからだ。

地元の氏神のお宮さんでは宮司は世襲の兼業神職で、寺社に常駐するのはまれなこと、まして神子《しんし》や神楽奏者、演者をお抱えにしていた例《ためし》などほとんどない。職業として神楽座を営むものも地方ではほぼ絶えており、こうした座を維持して神事を継承しているのは、たいてい町内会や隣組のボランティアである。ようするに一般市民の協力によって祭礼の際に一時的に神楽座が組まれ、かろうじて神事として「保存」されているのだった。

しかし今日のお宮さんには地域の神社を回っている出張の神楽座が出向いており、それというのも既に触れたように近隣に祭礼のかち合った寺社が他に無かったからである。なるほど鼓《つづみ》の響きも篳篥《ひちりき》の小節《こぶし》もいつになく勢いがあった。曾祖母の家まで聞こえてきた時には録音を流しているのかと淳が思ったぐらいであった。彼らとても神楽で口を糊しているわけではないが、町内会有志に比べればずっと玄人の仕事なのだ。

淳は神楽殿の裏に回って、神社奥の庭園に遊んでいる従姉妹たちを捜しに出ていった。神楽殿では奏楽の音色が変わり、おかめとひょっとこの面を付けた演者が鍬《くわ》を担いで舞台上を回っていた。狂言めいた滑稽な出し物で、豊作祈願の里神楽にはよくあることだが、いささか艶笑がかった演出があった。

やがてお囃子は途切れ鼓が連打される。まだ田舎暮らしの短かった淳にはぴんと来なかったが、里の連中が我先にと境内に戻ってくる。幕間になったのだ。神楽殿には段ボールが運びあげられ、先ほどまで艶笑だちの里神楽を舞っていた演者がひょっとこの面を額にあげて、幕間の餅撒きの準備をしていた。無論、実際に撒くのは子供らが待ち望んでいた菓子の類いである。子供らは餌を待つ池の鯉みたいに神楽殿の下に集まって、菓子を手にした演者にこっちに投げてくれと呼ばわっていた。

お菓子ぐらい家で買ってもらえばよさそうなものだが、これはそういう話ではない。おそらく子供特有の「狩猟本能」に訴えるところでもあるのか、集まった学童たちは真剣に算段を立てている。

短い幕間が終わって、菓子を満足にせしめたもの、収穫が芳《かんば》しくなかったものと、悲喜こもごもの子供らが、また神楽殿を離れていった。現金なもので、幕間にしか境内には張り付いていないのだ。もう帰ると決めたか、さらに他所《よそ》に寄っていくことにしたのか、いくたりかの本流筋の小学校の上級生たちが自転車を回して連れ立ってきた。彼らは袋いっぱいに手に入れた菓子を、首尾よく掻き集められなかった小さな者たちにくれてやってしまうのだった。そうするぐらいだったら撒かれている当初から譲ってやったっていいのだろうに、そこは話が違うのである。

依子たちは次の回の餅撒きに備えて、あまり境内から離れないところで、鬼ごっこを再開していた。淳は大人たちが枡を傾けている隣組のテントの脇でパイプ椅子に座って膝の上に鍋を置いてぼんやり待っていた。隣組のおじさんが「坊はおでんか、買わんのかい」と声をかけてくるので、妹たちが次の幕間の餅撒きに備えて気合いを溜めているところで、まだ帰れないから買うのは後にすると簡単に説明した。おじさんは赤ら顔でさらしの腹を叩いて、笑いながらテントに引っ込んでいった。

テントの向かいでは手水舎《ちょうずや》の四方《し》転《ほう》び《ころ》の柱にもたれて、白い開襟のシャツにジーンズの若い男が神楽殿を見つめていた。革の四角い肩掛け鞄をさげた男は旅行者のように見えた。なにしろ過疎の村落では若い男が一番めずらしい。だが旅行者にしては、男の足下がサンダルで、それが男の全体に律義ななりと奇妙にちぐはぐに見えた。男の脇には、麻だろうか縮みの白いワンピースの女が寄り添っている。女の方は栗色の髪を揺らして境内のあちらこちらを指さしては、男と親密に話しあっていた。淳はこの男の方が少し気になった。男が自分と同じものに注目しているように見えたからだ。見慣れぬ二人は額を寄せて話し合っては、時々手帳をとりだし、何か書き込みながら新しい演目の準備を見ていた。やがて女の方は手を振って参道の屋台の方へ歩いていった。男は手水舎の前に居残って、まだじっと神楽を観ていた。

次の演目は巫女神楽の一つだった。少年の目を引いたのは、まずは白い長袖の洋襦袢《じゅばん》に白い股引《ももひ》き、全身白ずくめのやけに薄着の演者二人である。股引きにふさふさとした尻尾を付けていた。狐の扮装である。どこか不恰好《ぶかっこう》な狐の面は、よく民話のさし絵にあるような図案化されたものではなく、妙にリアルな造形で、開いた口に牙があり、白糸の髭を垂らしていた。

いままさに神楽殿では狐の装束の演者が二人、おかめの面を付けた里人をからかっている場面が進行していたのだが、その舞台の上を言葉もなく注視しているのは、淳の他には、例の白シャツの男しかいなかった。能舞台では狐が里人をだまして弁当を取り上げ、馬糞かなにか、得体のしれぬものと取り換えている滑稽な場面が演じられていたが、おそらくお決まりの出し物なのだろう、境内の誰も舞台には注意を払っていない。それなのに白シャツの男は魅入られたように、この里神楽に見入っている。

狐の演者は面の替えにもう一枚の女顔の面を携えており、これは狐が化けているという場面を意味しているのだろう。狐たちは狐面と女顔の面を交互に付けかえるように舞のさなかに扮装の綾を付け、だまされる里人を小馬鹿にして弁当を奪って逃げるのである。

淳がこの他愛もない里神楽に注目していたのは、舞台の後ろに黙って座っている娘の姿があったからである。いや、娘ではない、演者のことを言えば、それも娘の扮装をした年かさの親爺《おやじ》に過ぎなかったが、役どころとして地味な地紋の小振り袖のような装束をまとい、膝の上で手に杓《ひきご》を持ち舞台の奥にじっと座っていた。この「娘役」の扮装の奇妙な点は、能面の上から白いさらしの扱《しご》きを頭にぐるりと縛って目隠しをしているという点である。二匹の狐と目隠しをした娘、この意味あり気な登場人物の配置に、ことさらの関心を寄せていたのが、淳ともう一人、問題の白シャツの男だったのである。

舞台の上では場面が遷《うつ》り、後ろに控えていた「娘」が動き始めた。今までいいように里人を騙《だま》しおおせていた狐が、この目隠しをした娘から逃げ惑う場面が展開されていた。娘は御幣《みてぐら》の下がった杓を振るって、狐を追いかける。娘が杓を振るうと、狐が飛び退く、娘が一歩進み出ると、狐が頭を抱える。娘と狐は狭い舞台の上を巴《ともえ》に追い回る。調子のよい囃子にのって狐の追い回しがしばらく続いていた。

それをじっと見ていた白シャツの男は街のものが酔狂に里神楽を見に来たか、あるいはなんらかの学術調査でもしに来たのかもしれない。じっさい、お宮さんの祭礼に革鞄をさげてくるなんて、真面目な意図でもなければ考えられないことだろう。

だが淳は、そうした詮索など、すでにすっかり忘れ去ってしまって、舞台の上の里神楽に心奪われていた。まわりでは隣組の面々が、ぼんやりと神楽に見入っている少年を見て、新しく町から来たものにはこんなものでも珍しくて面白いのだろうと、ほほ笑ましげに見守っているばかりであった。その真剣な眼差しに気付いたものは無かった。

少年は、目隠し鬼の遊びをするように、扱きの目隠しを引きずって狐を追いかける「娘」の狂言芝居を、尋常でない関心で、目を見開いて見つめ続けていた。少年の目にあったのは舞台の上の芝居ではなかった。「娘」の装束の全体でもなかった。娘役の身にまとった朱色の紅葉が散った盤領《まるえり》の常装束《つねしょうぞく》に描かれた図案を、少年はじっと見つめていた。その装束には背中の一つ紋に、弦巻《つるまき》が染め抜かれていたのである。二重丸のその紋は少年がかつて渓流に見た、投げ捨てられた下駄の上にあった紋だった。

「まぁた買ってきたんかい」裕は振り向いて言った。

参道を戻ってきた香織は手におでんを盛ったポリスチレンのトレーを載せ、串で飛竜頭《ひろうず》を刺して、悪いか、と言うように裕に見せた。

「けっこう美味《んま》いんよ」

「汁が飛ぶだろうが。せっかくのおべべが汚れてしまう。奇麗げんしとるのに」

「奇麗げかね。そういうことは会って最初に言わんと」

「上手は言わん。お世辞は苦手」

「お世辞かい、失礼な。高原の別荘の、静養中のお嬢さんげだろうが」

「どこに屋台でおでんお代わりしとる別荘のお嬢さんがあるもんかね」

続けて香織は、お嬢さんだって腹は減る、と言ったのだろうが、口一杯に頰張った飛竜頭が予想外に熱かったのだろう、その言葉はハ行ばかりになってしまって、まともに言えていない。白いワンピースに汁が飛ばないように前かがみになって、口をほろほろ言わせている香織を眺めて、裕は吹き出しそうになっていた。今朝一番に、涼しげな袖無しで現れた時の香織は、確かにちょっとしたお嬢様にも見えたものだったのだが。香織は口元を押さえながら、まだおでんが数種残ったトレーを差し出して、またしてもハ行だけで「やるよ。どれ取ってもいいよ。昆布は駄目」と言った。裕はつみれを摘みあげた。

「そんなに面白いもんかね」ようやく人並みの発音を取り戻した香織が呟いていた。

「ここじゃ神楽の奉納は出し物じゃなくて神事なんだろうけど、巫女《みこ》神楽《かぐら》と猿楽《さるがく》と、どうもいろいろ混じっているみたいだな」

「巫女神楽？」

「あの娘役の装束は巫女さんだろう」

「巫女さんってあんなんだったっけ」香織は不躾に演者を指さして訊いている。地味な古絹の常装束で、世に見慣れたテトロンの紅白とは違っていたからだろう。

「小袖《こそで》に緋袴《ひばかま》っていうのは割に最近の流行だぃね。あんなのが本来なんじゃないん」

「でも巫女つっても、おっさんがやっとるがね」

「能、神楽はもとは女人禁制だぜ、面を付けてるし普通だよ。その辺は猿楽か能楽に近いんだが……演目がやけに卑俗で……芸能めいているしな。これが御神楽になると、もっと舞が抽象的というか、人目を楽しませるものじゃなくて、様式化していって純粋に祈禱《きとう》に近くなっていく。神さんに見せるもんだから」

「それじゃここの神楽は人に見せる方の……」

「典型的な里神楽だぃね。でも演目によって意味付けがそれぞれ異なるんだろ。最初の方の矛《ほこ》を四方に見せて回ってた演目はぐっと神事に近そうだったし……文字通りの神遊《かんあす》びだな」

「かんあすび？」

「神楽の原形だよ。この辺ではやはり豊作祈願の祈禱が一番の目的だろう」

「矛を持って回るのが豊作祈願になるんかい」

「天沼矛《あめのぬぼこ》ってあるだろう、矛は国産み、子産みの象徴なんさね。観念的に『豊饒《ほうじょう》』と連絡があるんだよ」

　やがて狐たちは舞台からはけて、神楽殿が演者の入れ替わりでごたついていた。その間も笛太鼓は出囃子に演奏を続けていた。

「今の狐の奴は本当にもうお芝居みたいだったんね」

「あれはどう見ても芸能の域だよな……」

「柄杓《ひしゃく》を振っていたのはなんなんだろうね」

「水をかける仕草だろ。修祓《しゅばつ》の術式《じゅつしき》だよ。狐を追っ払うのに水を撒いたん。もしかしたら人に化けた狐の『化けの皮』をはがすのに清め水を振っていたのかもな」

香織が黙っているので裕が振り向いてみると、香織は真っ赤な顔で、まゆ根を寄せて自分の鼻をつまみ、目をぎゅっと閉じて涙を流していた。トレーの端に取ってきた和辛子が余っては勿体ないということで、昆布の最後の一口でこそげ取って口に放り込んでいたのだ。裕は笑いをかみ殺して見ていた。やがて香織は目に涙を浮かべたまま、ようやくはあはあと息をついて裕の方を見上げた。

「どうする、もう少し見ていく?」

「いや、大概こんなもんだろう。神楽座の座長──か、宮司さんに少し話を聞きたいが……約束の時間までもう少ししかないなぁ」裕は腕時計を一瞥《いちべつ》して答える。香織がわたりをつけてくれて、この後で歴史民俗博物館に寄って資料を漁《あさ》り、あわせて学芸員《キュレーター》に話を伺ってくる手はずになっていたのである。

「じゃあ何処かに寄って腹ごしらえしておこうか」

まだ食べるつもりなのかと、裕はもう抑えきれず、声を上げて笑った。

「なんだよ、一度資料室に入ったら数時間はかかろうが。何かしら食べておかなきゃもたないがね」

裕が笑いながら、それでは蕎麦《そば》でも入れていこうかと提案すると、香織は「もう少しお腹に溜まるものがよくはないかい」と顔色を窺《うかが》いながら言うのだった。結局は手近な定食屋に寄っていくことになったのだが、車に乗ってからも裕はずっと笑っており、香織はそれにむくれていた。

定食屋では裕は花鰹を山と盛ったぶっ掛けの饂飩《うどん》を選び、香織は同じものに加えて稲荷寿司を一皿頼んだ。この食べっぷりで静養に来た深窓のお嬢さん気取りとは恐れ入る。時間が迫っていたので、稲荷寿司は店をでしなに二人で分けた。

冷房の店を出ていくと香織はカーディガンを脱いで肩にかける。車に乗り込む時に、瀟洒《しようしや》な麻のワンピースの腹を「食った」と言わんばかりにぽんぽんと叩いていた。裕は溜め息混じりに言った。

「馬子にも衣装いうんが、衣装ばかりじゃしゃやぁねぇな」

「……衣装ばかりは合格かい」

香織の返答が遅れたのは頰張っていた稲荷を飲み込んでいたのだ。

「喋らいで飯を食わんでおればお嬢様でも通らぃね」

「話も食事もできんようじゃお嬢様も甲斐ねぇな。裕はそんなんがいいんかい」

「……別にそんなんがいいって訳じゃ」

「じゃあ、どんなんがいいん。どんなんがタイプ？」

タイプと来た。考えてしまう。裕はこうした話に耐性がない、修業が足りない。さらっと何がしか軽口に答えれば良かったのだろうが、如才なく話を転がせるほど器用ではない。真面目にとって顔を赤くして考え込んでしまった。ようよう早口で答えた。

「なんかにつぃちゃ、さくぃんがいいがね。気の置けん飯の食いっぷりのいいようなんが」

今度は香織の顔から笑みが失せた。こっちも真面目になってしまっていた。裕は図らずも大技《おおわざ》を入れてしまった。「さくい」というのは気性がさっぱりしているという程の意味だ。だが「飯の食いっぷり」に言及したのは勇み足だった。香織の真顔に慌てて、別に香織のことを言っているんじゃないと付け加えようとして、すんでのところで思いとどまった。そうした台詞は反対にとられるのが世の約束だ。

「上手を言うようになって」

香織は前を向いたまま車を走らせていた。口数が少なくなったのが動揺を物語っていた。裕には気詰まりな沈黙を打開するような気の利きようはない。黙って車窓を過ぎ去っていく田園を見ていた。いいかげん時間が経ってから、裕が妙に決然と言った。

「上手は言わん」

「そう」

やけに勢い込んで言ったことだが、返答にしては数分と間が開いてしまっていた。応答としてはまるでピンぼけだ。裕は言わなきゃ良かったと思った。

裕と香織があとにしたお宮さんでは、お神楽の演目が尽きる頃、神楽殿に運び寄せられた菓子の段ボールもおおかた空になっていた。最後の出し物は、最初の剣舞に似た系統の舞で採物《とりもの》に榊《さかき》の枝を振って、能面の巫女装束が宣命体の祝詞《のりと》を述べて奉納の掉尾《ちょうび》を飾った。

最後には神楽座の面々は、菓子の残りをそっくり箱から空けて、とくに小さな子供にもちゃんと行き渡ったかどうかと工夫しながら菓子を撒ききる。この最後の大盤振る舞いが子供にとっては重要な勝負の時、稼ぎ時で、みなが袋の口を大きく開けて差し上げて、歓声を上げながら舞台上の奏者、演者を追って右往左往するのだった。

淳は端《はな》から餅撒きになど関心はないので、その間に頼まれ事のおでんを買いに行っていた。神楽は終わったが、まだお囃子の音は続いており、とつとつと鼓の合いの手の入る笙《しょう》、篳篥《ひちりき》の調べが響いていた。すすり泣きのような静かな雅楽だった。

おでんが大鍋に盛られて、隣組のおばさんは「持って帰れるかい」と心配そうに言うが、淳は大丈夫と鍋を捧げ持って見せた。もっとも抱え込むわけに行かぬ熱い鍋を体から離して持っていくのはけっこう骨で、帰り道は難儀することになるだろう。こうしたものはだんだんに重くなっていくものだ。

境内で互いの袋の中身を比べあって、重複したお菓子を交換したりなどしている依子や従姉妹どもと合流すると、淳は早くも重みを増してきた鍋に苦労しながら帰途についた。神楽は止んでいたが、まだ一笛《いってき》、篳篥の音が神楽殿の裏から聞こえてくる。

神楽座の連中は奏者も演者も裏楽屋から出てきて、境内のテントで薦被りを割った氏子《うじこ》の当番と合流していた。羽織っていた千早《ちはや》を脱ぎ、袖を抜いた演者は、神楽殿を降りれば神職の巫女どころか、その辺の田畑に万能《まんのう》を担いで紛れていても選ぶところのない何の変哲もない小父《おじ》さんで、これが能舞台では立派に娘の扮装を為遂《しと》げていたことが不思議なことに思われる。

依子がお菓子のいくつかを帰り道に食べてよいかと訊いてきた。淳は引率の責任者として、すぐに晩御飯だから小さなものにとどめておくようにと釘を刺して、ビニール袋を覗き込んではどれにしようかと嬉しそうに相談している従姉妹を押し立てて、鳥居を潜り出ていった。

出張の神楽一座は全員が祭礼の打ち上げに付き合うというわけではないらしく、鼓笛《こてき》や祭具を取り集めて帰り支度をしている者もあった。矛太刀《ほこたち》や採物《とりもの》の瓢《ひさご》や弓が、段ボールにまとめられて神楽殿の下に置かれていた。演者同様、舞台上では立派な神具と見えたこれらの祭具は、こうして間近に見るとちゃちな舞台小道具にしか見えなかった。神楽殿の近くの瑞垣《みずがき》の外にライトバンが駐まっており、そちらに楽器や衣装道具を運びだしているところだった。

あれ、と淳が思ったのはまだ篳篥の音が止んでいなかったからだ。だいたい楽器は片づけられた様子だが、旋律というほどの旋律もないのだが長く尾を引いて小節を利かせた笛の音が続いていた。神楽殿の裏からだ。

鳥居下の石段を下りていく従姉妹たちの後ろで、淳は何の気なしに境内に振り返った。

神楽殿の後ろに、祭礼の準備に煤《すす》払いにでも使ったか、木組みの梯子《はしご》が立て掛けてあった。その梯子の中段に腰掛けて笛を続けていた者がいたのだ。淳は目を見張った。

小柄だった。子供だ。女の子だ。一瞬で淳の脳裏に、渓谷の樹影に映えた赤い着物が浮かび上がった。その後、一年と忘れ去っていたことが不思議に思えるほどのはっきりとした映像だった。

梯子に腰掛けていた少女は、あの日とは違う、ややくすんだ青摺《あおずり》の小忌衣《おみごろも》で、略装束に髪も結っていない。まるで神楽が終わったことに気付いていないみたいに、ただ篳篥の小節を振るっている。

依子たちはすでに鳥居を抜けていたが、淳は石段の上で固まっていた。境内に戻っていこうと慌てて踵《きびす》を返すと、鍋のおでんが揺れて汁が散って石畳にこぼれていった。まだ熱い汁をビニール草履の足の甲に受けて淳は小さく悲鳴を上げた。神楽殿の方に駆けよろうとしたが両手の鍋が重く、さっと身を翻《ひるがえ》すことが出来ない。せめて何か声を掛けようとした。だが何と声を掛ければいいのか。

ライトバンに荷を積んでいた座の者が下から何か呼ばわった。「いち」と呼んだように聞こえた。その声に梯子段の少女は、ふと顔を上げ、篳篥を唇から離そうとした。淳はその横顔に魅入られていた。足が動かない。声が出ない。だが全てが大写しのスローモーションのように見えていた。笛の吹き口に唇が貼り付いていて、笛を離した時に唇の皮がつっと引きつるように連れていかれていた。赤い舌がちろりと出てきて、その唇を舐めた。目をしばたいていた。笛を一度ひゅっと振ると懐に差し込んでしまいこんだ。袖に手を引っ込めて袂をからげると梯子から飛び降りた。下駄が石畳を叩いて、かつりと音を立てた。つんのめるように灯籠《とうろう》をかわし、参道横に開いた通用門の石段にふらふらと走った。途中で一瞬だけ足音がとまり、少女は淳の方に首を向けた。目が合ったように思った。少女はにやりと笑みを浮かべた。その時にまた、赤い舌が上唇をちろりと舐めていった。御髪《みぐし》は尼削《あまそ》ぎのほどにゆれ、顔を背ければ再び横顔にかかって表情を覆い隠した。ちいさな鼻と尖らせた赤い唇だけが見えていた。

少女は参道の横合いにおりていく階段をかつかつと不揃いな律動で石段を叩いて下っていった。淳がようやく足先に意思を行き渡らせて、ぎこちなく参道をもどっていった時には階段の下に人の姿はすでになく、ただライトバンのドアの閉まる音がした。車はすぐに出た。淳はその車がどちらに向かって走っていったかも見なかった。

笑っていた。僕のことを覚えていたのだろうか。たちのわるい悪戯《いたずら》に目の前で用を足して見せた相手のことを……。あの時も薄く笑っていた。

いや、そんなはずはない。覚えていたはずもない。そもそもあれは何かしらの意図のもとにしたことではなかっただろう。あの娘にとっては何の意味もないことだっただろう。なぜって、あの娘は……まともじゃない。「馬鹿」なのだ。

淳は去年の夏からずいぶん髪の伸びた頭を振って、汗で額に張りついた前髪をふうと息で吹き上げた。去年は里の普通のやり方に適応しようと短髪にしていたのだった。山里にも慣れてきて、すこしは地が出てきた淳は今年になって都市にいたころのように前髪を伸ばしだした。だから……様子が違っていただろう。僕も見違えてしまったはずだ。僕と判ったはずもない。

　だが少女の方はまったく変わりなかった。着物の造り、柄こそ違っていたが、相変わらずの和装に下駄で……相変わらずの意志を感じさせぬ眼差し、そして何を笑うでもない不可説《ふかせつ》の笑み。まるで彼女の周りでは時間が止まってしまったかのように思える。それもこの一年に限った話ではない。彼女はおよそはるか昔から、その通りの姿であったかのように思える。狐狸妖怪ならきっとそうであるのと同じように……

「そりゃ馬鹿だな」と、ぴしゃりと決めつけた、ばあちゃんの言葉が耳にこだましていた。それは触れることの適《かな》わぬ者、触れてはならぬ者のことなのだ。だが淳はどうしても考えてしまうのだった。あの娘は僕を覚えていたのだろうか、それで笑ったのだろうか。

　帰りは依子たちに急《せ》き立てられて、淳は足取り重く道をたどった。すっかり気を散じてしまって、重い鍋を持ち替えもせずに運び続け、腕が棒のようにばりばりと固まってしまっていたのに、家にたどり着いて鍋をおろした時にようやっと気がついた。

　子供らが帰還して、おでんが届いて大人たちから歓声が上がり、曾祖母の家ではこれから夜遅くまで続く宴が始まっていた。その間、子供ぐみの年長者として、下のものの風呂や寝床の面倒を依子と一緒に始末しながら、淳はずっと、ひとつことを考えていた。

第六章　縁起の転倒

「祭神にしても、社号にしても、わりに恣意《しい》的に選ばれるものです。例えば社殿寄進者の名を社号に採るなり、あるいは本殿を設けた、分社をしたといった時に任意に祭神を改めるなりね、由緒、縁起というものは大抵は政治的、経済的なもの――政治的な身振りと結びついていますから」

説明を聞かせてくれたのは歴史民俗博物館の学芸員、朝倉《あさくら》氏である。朝倉は細面の五十がらみの男で、血色はいいが頭には白髪が交じって、眼鏡は二焦点のものだった。ずれた眼鏡をたびたび中指で直しながら、擦《かす》れた声ですこし恥ずかしそうな表情を浮かべて話すのが印象的だった。

「政治的な身振り……ですか」

そこに「宗教的、民俗的なもの」という言葉を期待していた裕は意外に思った。

「もともとの土俗信仰や民俗風習には自然発生的なものもありますけどね。地域の氏神や神籬《ひもろぎ》、磐座《いわくら》、そうした土着のものを別に収まりの良いところに社殿を設けて祭神として勧請《かんじょう》する。その時に縁起が事後的に……まあ捏造《ねつぞう》とまでは言いませんが、その時に改めてね、前までさかのぼって由緒が発生するようなわけで……」

歴民博物館の朝倉はちょうど中世近世の大衆史が専門で、土俗信仰や古神道と寺社仏教との捩れた繋がりについて、いくつか論文を発表していた。彼の関心は密教であって、ようするに古神道系の「修験道」や密教系仏教の「修行」という観念を、民俗が内面化して制度として保っているさまを史料に跡付けるという主題での労作があった。これは裕の関心とは違ったが、神道と仏教の関係について、朝倉はたいへん筋道の通った、そしてやや大胆な持論を開陳してくれたのだった。

　朝倉に伝手《つて》をつないだのは飯山香織である。

　裕は民俗資料の膨大な目録を前に意気消沈していた。まずは斯界《しかい》の主要論文を通読してから書誌を比較して重要資料を突き止め、その資料へと遡《さかのぼ》ってさらに典拠資料を確認し……まだ演繹的な展望で迫れないかと考えていた。そこに司書として郷土史家の資料検索に何度か駆り出されたことのある香織からの、しごく直截《ちょくせつ》な助言があったのである。もともと一次史料を見たいという話だったのだから、歴史民俗博物館や郷土資料館、古文書館といった施設の研究員に直接話を聞いてしまえばいいというのである。実際、博物学や民俗学、郷土史といったジャンルでは、観察する目、記述する手が多く必要で、いきおい市井《しせい》のアマチュア研究者の業績がけっこうな重要性を持っている。したがって、さまざまな郷土史家の業績をも集積し、一次史料を直に取り集めて扱っている当の担当者に、関心事をずばり質問してやればいいのではないかと。少なくともその話なら誰に聞くのが一番だ、というような好適な人物にそこからわたりがつくかも知れないではないか、と。

折しも県下図書館は資料データベース化事業の策定中で、香織は県立図書館の外郭スタッフとして、県内の博物館・資料館の学芸員と連絡があった。そこで一番に朝倉に伝手を頼んだのであった。結論から言うと一人目から大当たりだった。

「神道というのは言葉としては古くから——日本書紀にもう見られる言葉ですけど、もともとは伝来仏教に対するものとして、土着の信仰を一括して言っていたような言葉なんですね。今みたいに神社神道の諸宗派のことを特定して称するようになったのは明治期以降、近代的な宗教学の輸入に際してのことだと聞いています。いずれにしてももっと昔は『神社、神道』とは言っていなかった。単にお宮《みや》さんとか、お伊勢《いせ》さんとか、八幡《はちまん》さまとかね、もっと具体的なようで漠然とした捉え方ですね。これは不動尊《ふどうそん》なら不動さんとか、帝釈天《たいしゃくてん》とか、そういうのと民心としてはたいして変わりはないわけです」

「そうか不動尊や帝釈天は、定義上は……仏教寺院ですよね。神道、仏教とこだわれば別物のはずですが……言われてみれば、その辺は人情としてはとくに区別はしていないかなぁ」

「その人情っていうのが、面白いというか曲者《くせもの》でね」

「どういうことでしょう」

「ほら氏神信仰っていうのはもともとは祖霊を祀《まつ》るもので、これはなんというか既に人情のなすところですよ。神棚、仏壇ね。ところが各戸あて祖霊の御祀りはあるけれど、これが共同体の祭儀となると地域の氏神に一括されていく。共同体の中にね、強い巫女《ふじょ》を抱えているとか、あるいは強い祭神を持っているとか、そういう氏《うじ》が出て、周りの祖霊崇拝もそちらに引き込まれていくんですね。『我も氏子《うじこ》』と称して氏子総代《そうだい》の傘下に入るわけです」

「……総代の傘下に入る……なんだか暴力団の『一家』の話みたいですね」

裕の言葉に香織が吹き出していた。裕も苦笑いを浮かべていたが、朝倉はしごく真面目な顔で肯《うけが》った。

「集団力学としてはまったく同じじゃないですか。というよりやくざの『組』とか『一家』の考え方って実際に氏子中《うじこじゅう》や檀家《だんか》寺請《てらうけ》の発想がもとになっていると思いますよ。やくざが縁組みに杯を交わしたり、手打ちに鯛の腹合わせを水引きで縛るとかね、あれ、どう考えても神事でしょ？『縄張りとみかじめ料』なんてのも『檀家とお布施』の関係と構造的にはそっくりですしね、もともと組織宗教と自衛集団とか暴力装置っていうのは一脈通じる部分があるんですよ。中世だと僧兵とかね」

「しかしやくざと一緒にされてはお宮、お寺は怒りませんか」

「いや、そんなところにまで神道・仏教の思想が行き渡っているんだ、と考えるべきじゃないでしょうか。そっちが起源なんですよ」

「宗教思想が地《じ》になっていると……」

「しかしね、『宗教思想が地《じ》』と言ってもそれがアプリオリなものだってことにはならない。人情っていうのは案外その辺シビアなものでね。浮き世の力関係が先で信心はむしろ後からついてくる。下部構造が上部構造を規定するっていうやつです」

「唯物史観ですね」

「世代ですねぇ。ちょっと古いですかね。例えば氏子総代に祭り上げられるような強い祭神を持っているっていうのは、要するにお家《いえ》が栄えているっていうことですが、この辺はどうなんでしょう？　こういう因果を曲げてしまうのが宗教の面白いところで……」

「因果を曲げる？」

「だってそうでしょう。おそらくはね、祭神が強いから家が富み栄えるっていうんじゃなくて、家が栄えているから『神さんが強いんじゃないか』っていうふうに考えられていくんですよ。現世《うきよ》での有り様から、強い氏神は逆算されていくというかね」

「なるほど、そこが人情ですか」

「なにか説明を求めてしまうというのがね。筋を通しておいて原因と結果をひっくり返しちゃうんですね。そして現世の権勢が、氏神の力関係のほんらいの拠り所なんですから、これは既に政治的な身振りが始まっているわけです。しかも神道というのは八百万柱《やおよろず》、言ってしまえばいい加減というか、懐《ふところ》の広いものですから……政治的な身振りに振り回されていながら、その本体は全く変わらないような顔をしている。これはむかしっからそうだと思いますよ。仏教とも対立するようで対立しない。どっちがどっちに飲み込まれているのか、いずれの側にも言い分はあるでしょうが、判明でないですね」

「しかしもともとは伝来当初から仏教は神道とは対立したものでしょう」

「偽の対立じゃないでしょうか。それはねぇ、仏教公伝いらい……飛鳥《あすか》時代から廃仏派、崇仏派と分かれましてね、もめたりはありました。でもこれも……政治じゃないですか。ほんとうに宗教的な争いだったとは――」

「そうか。幕末で言えば開国派か攘夷派か、みたいな争いだと」

「まさにそれですよ。仏教の国教化は是か非か、それは表の問題に過ぎないんで、崇仏論争でもめていたのはね、開国革新か、鎖国保守か、みたいな争いで……理念や信仰の問題ではなくって、豪族間の権益がらみで国策を綱引きしていたまでのことじゃないでしょうか。だから本質はね、宗教的に対立していたんじゃあない」

「その懐の広さが神仏習合も果たしたし――」

「ええ、ちょっと前の飛鳥時代には廃仏派、崇仏派と分かれて血みどろの争いをしていたのにね、奈良時代に入るともうすぐにひょうひょうと習合が始まっている。典型的なのは神宮寺《じんぐうじ》ですよね。これ神宮なのか、寺なのか、両方ってことなんでしょう。主だった神社が軒並み境内に寺を置いてね。神道には仏教を飲み込んでいく素地があったということでしょう。宇佐《うさ》八幡《はちまん》なんか八幡宮と言いながら、ご神体からして八幡大菩薩の神号です。これは神仏習合の象徴例ですね。僧形八幡《そうぎょうはちまん》、弓矢八幡《ゆみやはちまん》と言って武士に受けたものだから、全国津々浦々に勧請されて広まっています。私には神仏混淆《こんこう》という言い方のほうがぴったり来ますね。もうごちゃごちゃですから」

「でも習合にあたってそれなりの合理化はあったわけですよね」

「そう、そう、それなりに理屈は通してるのが普通でね。一方で逆に寺の方にも神道を内属させる合理化はあった」

「本地垂迹《ほんじすいじやく》とか……」

「ご存知ですね。八百万の神さんも、いずれも『仏の化身、仏の権現《ごんげん》』だと考える。これは大胆な合理化です。ここでは本地《ほんじ》は菩薩、つまり本質は仏の方で、神道の神格はどれも菩薩の仮象にすぎないと。こういう発想も結局は政治力の裏付けがあってのこと、つまり鎌倉《かまくら》仏教が王権相対化のプロパガンダ・エンジンとして有効だったということでしょう。政治的に都合が良いので為政者のバックアップがあって仏教がのしてきた。それで神社の軒を借りていた寺が、母屋を乗っ取りにかかったわけです。政治的な押し引きで神仏混淆の主客が揺れ動いているわけですよ。だからこそ、同時期の鎌倉期説話なんかもういい加減なものでね。あれは一般大衆を教導するための講話が原形なのでしょうが、真面目に受け取っていると、神さんを祀ったらいいのか、仏を拝んだらいいのか、大根を崇《あが》めたらいいのか、もう訳が判らない」

「大根？」隣で聞いていた香織が吹き出していた。おでんの大根なら食べたばかりだ。

「神社を大事にしていたら御利益があった、菩薩に祈ったら功徳《くどく》があった、っていう話に紛れてね、大根を崇めていたらピンチの時に助けてくれた、なんて話が平気で混じってる」

「徒然草ですね」裕も笑いを嚙み殺して応じた。

「万病の薬と信じて大根を毎朝二本たべていた押領使《おうりょうし》、まあ自衛官みたいなもんでしょうか、がおりまして、隙をついて敵《かたき》が攻めてくるんですが、見知らぬ白装束の兵が二人どこからともなく現れて押領使の加勢をするんですね。めでたく敵を撃退した上で、押領使が御礼かたがた『あなたがた、どちらさま？』と誰何《すいか》すると、毎朝召し上がっていただいていた土大根《つちおほね》で御座います、と。何でも心底信じれば功徳がありますよ、ということ話です」

「ありましたね、そんな話」香織が可笑《おか》しそうに頷いていた。

「信じればって言われてもねぇ。民俗学的にはこれは最早、どっちかと言うと狐狸《こり》妖怪の範疇《はんちゅう》じゃないですか。荒ぶれば禍事《まがつこと》、和《な》ぎれば福禄《ふくろく》を齎《もたら》す、というのは神道の神《かむ》さびの当然ですが……付喪神《つくもがみ》とかね、万物の擬人化が始まっているのがだいたいこの頃。これは皮肉な話で、なぜって時代は仏教が持っている鎮護国家のモーメントの方を重要視して、『権現』なんていう解釈のアクロバットであらゆる神を仏教化しようと企てていた訳です。本地垂迹は神道に対する仏教の優位を実際に歴史に刻みましたが、同時に説話文学なんぞでは八百万の神は永々生き残っていく……人に判らぬ祝詞《のりと》やお経や説法なんぞより、人口に膾炙《かいしゃ》したでしょうから、こっちの方がむしろ人心には当たり前のことであるように思えてくる」

「これで仏法と神道的アニミズムの二重構造がずっと保たれることになる訳ですね」

「いやいや、こんなもんじゃ話が終わらない。戦乱を経て近世にいたれば、今度は儒教系の朱子学《しゅし》が神道の統合をはかります。江戸《えど》期には幕藩体制と朱子学の儒教道徳の相性が良かったのはよく判る話ですが、これが神道に手を出してくる。『垂加神道《しでますしんとう》』と言って、幕府お墨付きの正学とされている儒家理論が神道と合一するわけで、神仏習合と重ねて三重構造です。寛政《かんせい》年間には『異学の禁』、儒学政策は他の学閥を押しつぶしにかかりますから、これは学問上の思想運動ではなくて、明確なイデオロギー闘争ですね。後に御維新の尊王運動にまで続いていく政治主導の学問統制ですが、これが神道を内属させようとしていた」

「なるほど最初に朝倉さんが『政治的な身振り』とおっしゃっていた意味が判りました。本当にその都度のイデオロギーや政治情勢にずっとアイデンティティーが左右されていたんですね、神道というものは」

「ええ、しかし神道の激震は本当はこの後です。『神仏判然令』ですね。俗に言う御一新の神仏分離です。新政府明治維新体制の国策と合致するのは国家神道というアイディアです、国家と形容を付けて大文字のイデオロギーをもちだしました。なにしろ公然と『神道は宗教ではない』と嘯《うそぶ》きだしたんですからね。これは国策であって宗教統制ではないという強烈な詭弁《きべん》です」

「そこまでの卓袱台《ちゃぶだい》返しをしていたんですか」

「ことの大きさに比して意外と知られていませんがね。なにしろ明治政府にとっては国家神道という『国家宗教』が必要だった。後世が批判するのは簡単ですが、欧米列強に伍《ご》して国体を強めなければならなかったという時代の要請もあったとするのが公平かもしれません」

「朝倉さんもそうお考えですか」

「私は天下の愚行だと思いますよ。しかし私は専門の大衆史の観点から見てますから、近代外交史とか、大所高所から見たらまた違った展望はあるかも知れませんね。ともかく長らく習合していた神仏を判然と分けて、国家神道の整備に入ろうとしていた。これは口実としては、べつだん仏教弾圧というほどのものではなかったけれども、混ざっていたものを分けて片方を取ると言われれば、仏教の方は捨てられるも同然ですよ。現金な僧侶は神職に『転職』しますし、見るも無残な仏体の毀損《きそん》が到るところで行われたと言います。事実として全国で廃仏毀釈《はいぶつきしやく》は運動として広まる。目立つところでは路傍の石仏を損壊したりね」

「僕も目にしたことがあります」

「首無し羅漢《らかん》とかね。よく怪談噺《ばなし》のねたになるんですが、なんのことはない明治期に政府の号令で全国で壊し回っていただけの話です。ところがまだ新政府の宗教への狼藉《ろうぜき》は終わりじゃない、寺を斬って捨てた返す刀で、村落の鎮守さまが軒並み否定されることになる。明治末期の神社合祀《じんじゃごうし》です。神社のリストラですよ。国家宗教の名のもとに、まるで県庁、市庁、出先の出張所を置くみたいに神社を組織化したかったんですね。中央集権的な神社運営を徹底したかった。すると氏子の少ない山のお宮は『肩たたき』ですよ。異なった神さんを祀っている神社でも、まとめて整理合併させてしまおうと言うんだからこれは無体な話です」

「熊楠《くまぐす》なんかが批判していた……」

「心あるものなら反対するでしょうが、御一新でありとあらゆる世相の変化に振り回されている民衆にその余裕もありませんでしたでしょ。近代化を急いだ明治政府は、人心から遠く離れて強引な国策を押し進めていったわけですね。功罪ありますが、ここから軍国主義までは一本道で、その路傍には途絶してしまった寺社の亡き骸《がら》が累々と積み重なっていった」

「つくづく政治に翻弄されてきたんですねえ」

「そうでない宗教というものも少ないでしょうがね。逆に考えてみれば、神道の二股膏《ふたまたごう》薬《やく》ぶりはちょっと痛快なまでの節操の無さですね。そこに神道の真の強さを見てみたくなるぐらいです、まあ逆説的な話なんですけれど」

「本地垂迹のさなかにも説話にアニミズムの残滓《ざんし》を保存していたなんていうのは、搦《から》め手と言うか、二枚腰の粘りが感じられますね」

「本当にねえ。結局、戦後は政教分離で国家神道は解体、神道指令というのが出て国家と神社の直接関係は絶たれましたが、お宮さんはしれっと一宗教法人にくら替えして、伝統をずっと保存してきたと言わんばかりの自慢顔ですからね。いや、それが悪いって言うんじゃないんですが、本当に世相に左右され続けのような、まったく左右されてはいないかのような、つかみ所の無いところがありますね、この国の宗教には」

「朝倉さんのご関心はそうした捕らえ所のないところなんでしょうか」

「そうですねえ。大衆史なんて言うと偉そうですが、要するに大文字の『歴史』は為政者のもの、政《まつりごと》つもの、統《す》べるものの記録でしょう？　それはその時代、その時代に起こっていたことの一端に過ぎないわけです。えてして記録を残すというのは政つもの、統べるものの特権でもありますから……『残っていく歴史』にはどうしても死角が出来る。例えば少し歴史書を繙《ひもと》けば、そこにあるのは闘争、戦争の連続でしょう。一大事ですから、そうしたおおごとが史書に残るのは当然です。しかしそこで戦争していた時に、かしこでは戦争のことなんか知らないでいた者達もいたわけですよね。ここに史書に残るような出来事が起こっていた時に、あそこではそのことと縁もゆかりもなく暮らしていた人たちというのも必ずいるわけです。そういう世の大事に係《かかずら》わなかった者達のいたことは『歴史』ではない、のでしょうかね？」

「アナール学派的な……問題設定でしょうか？」

「そうか、勝山さんは社会学が御専門でしたね。釈迦《しゃか》に説法だったか」

「とんでもない。でも、おっしゃることは判ります」

「言ってみればですね、大文字の『歴史』に翻弄されながら、左右されながら、それなのに日々変わりなく、年々変化なく過ごされていた大衆の生活というものがあったはずですよね。それを看過して、大文字の『歴史』に目を奪われていたのでは、これは大きな見過ごしになると思うんですよ」

「でも朝倉さんのこだわってらっしゃるのは、定義上、記録されなかった生活史みたいなものになりませんか。だとすると記録がないことを前提に、その不在をどう記述するのかという方法論上の問題が生じますよね。それだと……僕など、どういう調査方針を立てたものか判りません」

「実証的な史料解釈は史学の必須の手続きではあります。それなしには何も言えません。でもどこかでそうした実証主義自体を批判しなきゃいけないっていう部分はあるんですよ。実証主義が、実証の故に取り逃すような歴史の真実っていうものがあるかもしれない、あるはずだ。いや、懐かしいな。この問題では私は、師匠の教授や学友とうんとやり合ったもので。とくに指導教授と真っ向から対立していたんですよね。でも大衆史を志向する以上、昔から私のスタンスは変わっていないですね。『書かれなかったこと』を掘りだして記述するというのは不可能なことでも、理想論でもないと思ってます」

「でも『書かれなかったこと』を実証的なレベルで追えますか？　それと、ことが『歴史記述の恣《し》意《い》性』を問題にしている以上、それは即座にご自分の歴史記述の恣意性として跳ね返っては来ませんかね」

「その……後者の問題は学問である以上、どうしてもつきまといますよ。歴史学における一種の観測問題ですね。こういうメタ理論的な問題は解決しないものとして、どうしたって残ります。ある意味、解決不能問題の一つですが、それは私のようなスタンスもまた必要であるという理由になるのであって、逆ではないでしょう。前者の問題……『書かれていなかったこと』が実証的な史料解釈の対象になりうるかという問題ですが、これは方法が無いこともないんですよ。いろいろ方法論上の批判はあるでしょうが、とば口はある」

「興味ありますね。どういうことなんですか」

朝倉は笑いながら答えた。若い社会学者の卵が、いずれ同じ問題に逢着《ほうちゃく》して苦労することになるだろうとの余裕の笑みのように見えた。

「いかに書かれているか、いかに語られているかっていうことに欺瞞《ぎまん》を嗅《か》ぎ出せれば、隠された真実が暴き出せる。本当の歴史、とまでは言いませんが、もう一つの歴史があったことが暴き出せるわけです。『歴史』は真実の記録であるよりむしろ、往々にして真実の隠蔽《いんぺい》の記録、改竄《かいざん》の記録でもあるわけです。そこに隠蔽や改竄が起こったことを、その動機とともに示すことがもし出来るならば、同じ実証的史料が、その文言に反する『歴史的証言』を伝えてくれることになります」

「真実の隠蔽の記録――ですか」

「例えば『Aがあった』とする史料は、一次史料と認めたとしてもそれだけでは歴史上『Aがあった』ということを保証しません。他の多くの史料と突き合わせてみて、一定の客観性が担保されなくてはね。厳然たる事実としては『Aがあったと書き残している者がいる』という保証があるのみです。しかし現に何らか書き残した者がいた、ということはこれだけで既に重い、それだけで何がしかの意味、何がしかの動機を構成している理屈です。しからばその動機に着目すればですね、時によって場合によっては、史料の物語る事情とは逆の『史料が物語らなかったこと』が浮かび上がってくることもある。史料が口を噤《つぐ》んだこと、隠蔽したこと、改竄したこと、それをね、紙背《しはい》に読まなくてはならない。つまり……史料の精神分析ですね」

「でも、難しいことですよね。そこで『読み』の恣意性を排除出来るでしょうか」

「学問的な慎重さは要るでしょう。史料の文言に反した事実を措定するならば、説得的であるためのハードルはぐっと高くなりますからね。だが時にはこんな視点も必要になります。勝山さんのご質問は、神社の由緒由来の一次史料をご覧になりたい、ということでしたよね。それは神社の由来を確かめたいということでしょう？」

「ええ」

「だとすれば、一次史料を見て、そこに由緒由来が説かれていても話は終わりにならない。例えば、実際には国策の神社合祀で無体な合併整理が行われたに過ぎないのに、由緒書きには美辞麗句で包んだ由来が説かれているかも知れない。あるいは、史料に権現の分社が謳《うた》われていたとしても、実際には古くからあった神社に強引な本地垂迹の理屈を押し込んで、由緒を曲げているのかも知れない。いたるところにそうしたトリックの行われる機会も動機もあったわけです。ですから、由緒などというものは、どこか任意の時点で遡行的に捏造されうるものなのだということをね、注意しておかなくてはならない。当初からの御神体だということになっていた神木が倒れたので樹齢を数えてみたら、実は古朱印状の方が倍も古かったなんてことだってあるんですから」

裕と香織は少し微笑んだが、相変わらず朝倉は真顔で言うのだった。

「捏造とまで言えるものは少ないかも知れませんが、縁起を曲げるぐらいのことはいつでも起こっている。なにか理不尽な政治的動揺の影響にさらされた時に、宗教というものは、それを合理化して内面化するような詭弁を必ず用意するものです。そうした動機もあれば、そうした準備もある……神道に限った話ではありませんが。宗教ってものは、解釈のアクロバットで教義と現世《うきよ》との齟齬《そご》を何とか繰り込んでしまうもんです——むしろそれこそが宗教の役割なのかも知れませんしね」

「と言うと？」

「歴史の理不尽に翻弄される人心に、合理化した縁起、分かりやすい事の次第、を説いてやるということですよ。欺瞞《ぎまん》ではあるかも知れないが、筋の通った一つの説明、一つの解決をもたらすわけです。理不尽を理に落とす。それで構わないわけです。仮に因果を転倒させているような大胆な解釈上の反転を行おうとも、人心の腑に落ちるものならばそれで役に立つわけです。言ってみれば宗教というものは、人心の集合意識の防衛規制の現れみたいなもの、それ自体が一種の集団的な説話療法《ナラテイブ・セラピー》なんですよ」

第七章　井　戸

「ここをわたるのは無理かなぁ」裕は路肩のガードケーブルにもたれて崖の方へ身を乗り出し、渓谷を見下ろした。急な斜面に灌木が張りだして生い茂り、川床は見えない。だが先日からの雨で谷川は増水しており、奔流《ほんりゅう》の泡立つ音が遠く響いてきていた。

「裕、危ないよ」香織は路肩から少し離れて心配そうに見ている。

「話ではここから対岸にわたったわけなんだけど、こんなところを小学生が下りていけるのかな」

香織の車で山道を登ってくる間も、話に聞くとは大違いの厳しい行程だった。山肌をえぐるように続く道は幾度か舗装が切れ、谷渡りのために崩れがちな路肩に材木が渡してあるところもあった。かつてはバス道だったというのが信じられなかった。

話に聞いていた「金毘羅《こんぴら》下《くだ》り」の山道を辿《たど》る間、ここまでにバス停跡が話の通りに残されていたところは僅《わず》かだった。ある場所は、バス停の痕跡《こんせき》などなにも残っておらず、道がやや広がっている材木置場に過ぎなかった。またある場所では未《いま》だに朽ちかけた待ち合い小屋が架かっており、車を降りて窺《うかが》ってみれば文字の擦《かす》れた時刻表までがそのまま残っていた。往復は日に二度の不要不急線である、廃線は十年以上も前のことだった。

こんなバス停跡をいくつか数えた。

　こうして、いくつか続いた廃バス停の流れから推してみると彼らが今たどり着いた場所が、田淵佳奈の話にあった「小曲がり」である可能性が高い。話の通り山道はまるで中空に途切れるように急激に右へと屈曲し、痩せ尾根の背面へと続いていく。したがって遠く大きく弧を描いて対岸を回り込んでいくのが古道の「大曲がり」だ。

はたして現在の「小曲がり」にはバス停があった様子がかろうじて見受けられた。少し道が膨らんでわずかなスペースが確保してあるが、香織がハッチバックを寄せればもうそのスペースもいっぱいになった。

　かつて待ち合い小屋の壁であったと思《おぼ》しき波板ブリキが、基礎が腐って折れた柱材ともども山側の崖に寄りかかっている。その手前に錆《さ》びたベンチが寄せられていたが、人が腰を掛けるためというよりは、壁の残骸が倒れてこないように押さえに置かれているようだった。背もたれの板は風雨に曝《さら》されペンキが剝《は》げて、往時には何の宣伝が刷られていたかも判然としない。座面には欠けたコンクリートブロックと鉄パイプが重しに載せられていた。その向こうで突《つ》っ支《か》い棒のようになって、ベンチと一緒に壁を崖に押さえつけている平行四辺形にひしゃげたはしごの出来損ないみたいなものは「かつての屋根」だった部分だろう。屋根に葺《ふ》いたブリキ板は吹き飛んでしまったらしい。

　水の滴る音がしていた。待ち合い小屋跡の脇には水受けがあって、崖側の崩落防止のコンクリート固めの水抜きに差し込まれた鉛管から垂れる水を受けている。付近をざっと見回してみたが、田淵の言っていた蛇の目の札はどこにも貼られていなかった。そもそも貼るべき場所もない。もとより十年以上前の話であったから状況が同じであるはずもないが、何もかもが吹き曝しの今の様子では、仮にこのバス停跡のどこかに札を貼り付けてみても、夜には嵐になりがちな山間部とあって、三日と持たず吹き飛ぶか、破けるかしてしまうだろう。

山側の法面《のりめん》は腰高までコンクリートで固められている。待ち合い小屋が立っていたと思しき真裏には階段があるらしく、一番下の部分はいまは壁の残骸に隠れてしまっているる。視線を上げれば自然石の階《きざはし》が見えて、残骸の後ろから崖に張り付くように上へと続いていたが、すぐに崖から張り出して繁茂している灌木や下草に隠されてその行方は知れない。崖の上では細道が尾根沿いに続いていくのだろう。ここにバス停を設けた以上は、その道の奥にも集落があったはずだが、雑草の生い茂った階段には最近に人の踏み分けた様子がなかった。

遠く眺める対岸も見たところ切り立った崖である。向かいに見えるはずの「大曲がり」は斜面に蔓延《はびこ》る篠竹《しのだけ》にかくされ、渓谷の屈曲部の頂点に合流するという沢の様子も窺えない。ただ、見上げれば針葉樹の覆った山肌には樹影の濃い窪《くぼ》んだところが上へと続いていくようで、そこが沢にあたる部分なのだろう。いずれにしても此岸《しがん》からははっきりした様子が摑《つか》めない。だがこの崖を下りていって対岸に直に渡るというのはちょっと無理なように思えた。猿か地元の小学生でもなければ敢えてやってみようとは考えまい。

「ここを渡るのはやめとこう」

「当たり前だぃね、雨の後だし、こんな恰好《かっこう》じゃ」

と、香織は丈は長いが涼しげな織りの、生成りのワンピースの裾《すそ》を少し持ち上げて言った。今日は待ち合わせの時に開口一番「うんと洒落てていいがね」とコメントしたので香織は至極ご満悦だった。その時は「言わされたげに言うんじゃないよ」と混ぜっ返していたが照れ隠しのように見えた。もっとも裕が一番に香織らしいなと思ったのは、白ズックのスニーカーを素足に履いていたことだった。

「今日は山道を攻めると決まっていたのにどうしてお洒落してくるかね」

「だって川渡るなんて聞いてないがね」

「いいよ、この上に金毘羅さんがあるはずだ。話ではそちらから向こうの尾根沿いに上から通じる道があるということだった。まず金比羅さんを探してみよう」

琴平神社までは車でもまだしばらくあった。山道を数合と上がっていき、渓谷はやがて幅を狭め川床は深く切れ込んで渓流のどよめきは眼下に遠く、路肩がうんと張り出したところでもなければ谷川の気配も窺えなかった。対岸では森林がすぐそこに壁のように立ち上がっていた。

すっかり細くなっていた山道が小さな乗越《のっこし》のところで一時ふくらみ、そこに車止めが申し訳程度に広がっていた。琴平神社の入り口だった。砂利敷きの車止めにはわずかにわだちが残り、来《き》る盂蘭盆《うらぼん》の祭礼に注連縄《しめなわ》を張るためのものだろう、長さの揃った竹がガードレールに凭《もた》せ掛けて縛《しば》ってあった。車止めからは短い太鼓橋が対岸に渡っていく。看板もなく社号も記していない、木組みの反り橋は人が渡るだけの幅で、河岸の高い岩壁を結んでいる。裕は車を降りると、ナップサックを片掛けにして靴ひもを縛り直した。香織は折りたたみのパナマ帽を被って、すでに太鼓橋を渡りにかかっていた。今日は車から降りても眼鏡をかけたままだった。

行く手には針葉樹林の斜面に横にこそげ取ったような山棚があり、そこに狭く広がる境内がある。橋を渡りきったところには丸太の鳥居があった。鳥居を潜《くぐ》れば左右に小さな墓地が山肌に張り付いており、古くからのものなのかいずれも墓石は自然石で苔《こけ》むしていた。墓誌も花生けも卒塔婆《そとば》も無く、簡素な墓だった。野晒《のざら》しの地蔵《じぞう》の首には紐がかかり、これは涎掛《よだれか》けが朽ち果てたものだったろう。落ち葉にうずもれて病葉《わくらば》の塚みたいになっている墓もあった。

鳥居を潜った先に、凝灰岩《ぎょうかいがん》層の岩盤からしみ出る水を崖際の石盥《いしだらい》が受け、手水舎《ちょうずや》のかわりにそこに柄杓《ひしゃく》が浮いていた。淀《よど》んだ水に浮かぶ竹柄には黴《かび》が広がっている。祭礼の幟《のぼり》は垢染みた褐色に染まり、境内の隅に打ち捨てられていた。ここ数年のものではないだろう。琴平神社の号に、丸に四ツ目の社紋が記してある。寄進は氏子講中《うじここうじゅう》とある。

神社の本殿は物置き小屋にも等しい小作りなもの、拝殿《はいでん》は間口が一間にもみたない春日造《かすがづくり》の小堂で、賽銭《さいせん》箱はブリキの貯金箱のような箱が申し訳にあるばかり、大層な錠が下りているのが却《かえ》って滑稽だった。なるほどここは神社に相違ないという雰囲気を醸しだしていたのは、峰に日を遮られた一隅がしんと静かで、空気が冷えていた一事につきた。蟬の声がしていた。渓流のとどろきは遠かった。

拝殿の正面に扁額《へんがく》が掲げてあり、琴平宮と板に彫り込みで社号が記してある。おそらくかつては文字凹部に墨が差してあったはずだ。観音開きの格子戸は自転車の盗難除けに使われるようなワイヤーロックで閉じてあって風情を欠いていた。覗き込んだ内部には白木の三方《さんぼう》に白陶の薄い杯《さかずき》とお神酒《みき》徳利が倒れていた。奥には、神体というほど大袈裟なものでもないのだろうが、石造りの蜷局《とぐろ》を巻いた蛇が鎮座しており、これは水神《すいじん》に連なる金毘羅宮勧請の筋通りである。

「やっぱり蛇神《へびがみ》か」

「金毘羅さんは水神だって言ってたよね」

「ああ」

「もっとおどろおどろしい場所かと思ってたわけなんだけど」

「いたって普通だな。ひなびた山社《やましろ》だ。神社整理で氏子を本流筋の有力な神社に持っていかれたのかもな」

「社務所があるじゃなし、お世話をしてるのはこの辺のひとなんだろうね」

「誰か境内を掃いた人がいるな。でもそんなに頻繁じゃない」

裕は石畳の脇に掃き寄せられた落葉松《からまつ》の葉の山を指さして言った。同時に周りを見回せば、そんな風に掃き寄せた朽葉の山をあざ笑うように、到るところを新たに散った落ち葉が覆っているのだった。そちらの方がはるかに量が多かった。

「蛇神っていうのは珍しいもんじゃないよね」

「沼がありゃ竜神、川がありゃ蛇神ってとこだろう」

「山間部は水難あるしね」

「そうか？」

「雨が降れば山が緩むがね。嵐になれば山津波」

「そうだな。正式な分社がなくても祭神に蛇神っていうのはここいらなら当たり前か」

「裕、あれがあるよ」

香織が拝殿内部の奥に指さしていたのは、壁面に立て掛けられた紙垂《しで》を下げた三寸四方《さんすんしほう》の札で、そこには蛇の目の紋があった。造りの凝った絵馬みたいに、札の五角の上二辺に屋根が掛けてある。二重丸の紋を追ってこの琴平神社まで探索に来ていた田淵佳奈とその一党の話は香織には言い含めてあった。この二重丸が琴平、毛利という姓《かばね》と結びついて裕をここまで連れてきたという経緯を香織は既に承知していたのだ。裕は香織に目で頷いた。

香織は眼鏡のつるを上げてしげしげと拝殿を覗き込む。

「じゃあ、やっぱり弦巻紋は水神蛇神《すいじんへびがみ》の『蛇の目《じゃめ》』に由来するのかな」

香織の言葉に裕は反駁《はんばく》した。

「でも琴平神社自体の社紋は『丸に四ツ目』みたいなん。幟にあったろう？」

「丸に四ツ目？」

「田んぼの『田』みたいな紋だぃね、斜めになってるけど。あっこに落ちとる幟に刷ってあった」

「蛇《じゃ》の目《め》じゃなくて？」

「違うな」

「じゃあ二重丸のお札は何なん？」

「知らん。少なくとも琴平宮の社紋じゃなかったみたいだな」

「じゃあやっぱり蛇の目は魔除けの呪《まじな》いかな」

「そうかもな。水神に蛇の目なら筋は通る。ちょっと理に落ちすぎのきらいがあるような」

「筋が通ってるんなら多分そうだぃね」

「あるいは蛇の蜷局《とぐろ》の象形だとか……簡略化していけば、あぁになろうが」

「あの蛇の石が御神体なんかね」

「水神を祀った後に作ったんだろう。後付けだよ。何処《どこ》かで買ってきたものかも知れない」

「買ってきた？」

「あんなの、何処にでもあるもんだろ。どこの石屋だって作れるよ。山向こうは三波石《さんば》の産地だし石工はいくらもいるだろう？　もとの宮司は巣守郷《うろもりごう》か。この峰の向こう側だな」

裕は此岸の峰の上の方を指さして言った。

「そうなん？」

「そうらしいよ」

「それって変じゃないん。集落はずっと彼方《あっち》がしにあったろうに」

香織は今しがた太鼓橋を渡ってきた、車を止めてある対岸を指して不思議そうに聞いた。実際、登ってきた山道はたびたび古い集落を通り抜けてきたのだ。この神社はそうした河岸集落の氏子中の御構《おかま》いであるのが普通に想定されることだろう。だがそうではないのだ。

「この渓谷を挟んで管轄が違うんだよ」

「どういうこと？」

「この川のどっちの岸かで大違い。渓谷のこっち側はもとは禁域だってさ。御巣鷹山《おすたかやま》」

「御巣鷹山はここじゃないがね」

「飛行機の落っこった御巣鷹山のことでないよ。ふるごとに御巣鷹山って他にもあるん。この辺一帯もそう。文字通り鷹が巣をかける山ってこった。鷹狩りに使う鷹を取るんだと。鷹は警戒心が強くて、人の出入りしない深い山にしか巣を掛けず、雛を育てないって。それで鷹が育つような山では禁域にして、巣守《すもり》を置いて、一般人の立ち入りを固く禁じていたんだと。幕府のお偉いさんは鷹狩りになからご執心だったがね」

「江戸時代の話かい。じゃあこの神社は禁じられたところに建てられているってわけ？」

「だから、立ち入りを許された巣守郷《うろもりごう》の管轄の神社だったんだろう」

「うろもりって？」

「巣《す》を守《も》る、と書いて『うろもり』と読むらしい、変わった読みだが……樹の『洞《うろ》』ってあるだろ、それのことじゃないんか。鳥は樹の洞に巣を掛けようが」

「それで巣守《うろもり》と読めるんかい。ふん、その郷が峰の向こうにあると」

「ああ」

「じゃあ、そん人《ひと》らはどうして峰向こうのこっちに神社勧請なんかしたん。自分の郷に建てれば良かろうにさ」

「まあ事情があったんだろ。もちろんその事情が何か知りたくてここまで来とるわけだが」

「この神社は江戸時代からのもんかい」

「多分な。もともとの由来はともかく神社格を得たのは近世のことだろうよ」

「御巣鷹山か、御巣鷹山には神社は建てられないんかね」

「ともかく鷹の巣を騒がせないことが至上命令だろうから、そんなこともあるかもな」

「鷹の巣がそんなに大事なんかい」

「なんでも細い枝一本すら切り払ったりしないと、約束の証文を郷《ごう》のものが出しているような話だった。違反した奴は五人組まとめて『所払《ところばら》い』の厳しいルールがあったみたいなん」

観光地になるような神社ではないし、地元のものでも特に庚申《こうしん》待ちか節句祭礼でもない限り足を運ぶことの無いような荒社《あらやしろ》である。琴平宮には特段の由緒書きも無ければ、たとえば社領寄進の主体と年号を記したような断り書きも無い。裕は拝殿をぐるっと回って、うらに杣道《そまみち》が峰に向かっているのを見つけると、香織にそこを登っていこうと合図した。

いつから人が踏み分けていないか定かでないが獣道には下草が少なく、針葉樹は杣道沿いに列をなしていて往時に植林があったことを窺わせた。ところどころに溶岩地形が露頭《ろとう》した杣道はつづら折りに標高を稼ぎ、時には自然石が段になって、巨人のために造られた石段のように道を阻《はば》む。高く腿《もも》を上げて岩を踏みしめていく山行はアウトドアに適性のない裕には応《こた》えた。すぐに息が上がる。次第に抖擻《とそう》の修行《しゅぎょう》でもおこなっているような気になってきた。少しはいいところを見せようと荷物は裕の方でぜんぶ引き受けたからか、手ぶらの香織は山行に痛痒《つうよう》を覚えていない様子で、道が難所に差しかかるたびに帽子を手で押さえて左右を見上げては、面白そうに携帯電話で写真を撮っていた。

峰に出るまでに一度くらいは休もうと思っていたのだが、トレッキングというよりは岩登りに近い行程でなかなか骨である、けっきょく小休止は三度にわたった。香織から受け取った荷物は裕のナップサックに重かった。お茶、弁当の他にラップに包んだ梅干し、小さなチューブに入った蜂蜜、そして胡瓜が四、五本入っていた。裕は最初に受け取った荷を検《あらた》めたとき、なぜ胡瓜なんかと笑ったのだが、お山に行くならと香織の祖母が持たせたというこの胡瓜がじつに絶妙だった。

山道にさしかかってすぐに息が上がってきた裕は、香織の勧めで胡瓜を齧《かじ》りながら歩いてみた。腹が重たくなるのを厭《いと》い道々水をとらないままでいたのだったが、そこで穏当に咽《のど》を潤し、首から胸の火照《ほて》りを冷ますのに、朝取りの胡瓜は好個な選択だった。香織も、お婆の知恵袋は流石《さすが》と、曲がった胡瓜を河童《かっぱ》みたいにくわえて笑っていた。

峰に出てからも山道は急峻なままで、少し稼いだと思った標高はすぐに谷越えに使い果たされてしまう。やがて苦労のあげくにたどり着いた峠は三方から尾根の迫る高みで、北方の山体が遠く眺められたが遠い浅間は西の死角に入った。頂上と思しきところには三角点の柱石があり、その傍らに石積《ケルン》みがあった。

このあと再び「大曲がり」の沢へ下りていくルートを見つけなければならない。左手に斜面を保てば下沢との距離はともかく大きな位置関係は維持することができるだろう。地形図に今まで歩いた部分をプロットしながら、裕はこの先に大曲がりに下りる峰筋が分岐する地点があるはずと見込んだ。

「疲れないかい」

「へばってるのは裕の方だぃね」

「いや、正直……」

「もやしっ子」

「やかましい」

峰の周辺は植生が落葉松に変わっていた。踏み込むものも少なかろうに、下草が少なく杣道が歩きやすかったのは、もともと浅間外輪の溶岩地形で、原生林が有史時代にすら何度となく火砕流で枯渇したような土地だったからだろう。全体に表土が薄いらしく、斜面のきついところに溶結凝灰岩《ようけつぎょうかいがん》の露頭があった。そのため草を掻き分ける面倒がなく好都合だったが、上下の多い岩体の道を足を挫《くじ》かぬように気を張って進んでいるうちに、腿から向こう脛までがひどく疲れてきたのが判った。尾根から離れて沢へとまわる鞍《くら》状の下りに差しかかった時には、急坂《きゅうはん》の途中で休んだ時に膝が笑った。この時は香織も流石に音を上げて、路傍の落葉松にふたり寄り掛かって荷を開きお茶にした。アルミの魔法瓶から注いだコーヒーに舌に触るほど砂糖を入れて飲んだ。まだ湯気を立てるコーヒーは器が魔法瓶の蓋一つしか無かったので交替で飲んだのだった。ここのところずっと意識過剰になっている裕は器を手渡す時に香織の顔を見ることが出来なかった。

山道が深く落ち込んだところで落葉松の林が切れ、篠竹が斜面を覆っている一角に出た。稜線が刃物で切り込んだように窪みになっており、杣道はそこを迂回してうねりながらいったん山腹に続き、その先で再び尾根沿いに合流するようだった。尾根なのに川渡りのようにひととき谷が道を阻んでいるのだ。一部では重なった岩塊《がんかい》の間に突きでた松の根に縋《すが》り付いて下りていかなければならないような場所がある。ワンピースで来た香織は苦労していた。裾を汚さないでは下りることがかなわないほどの難所だったが、ひとたび心を決めれば香織の裾捌《さば》きは勇ましい。その度に裕が慌てて目を伏せるのを面白がっているような気味すらあった。

「あのなあ、おまえなあ」

「なん？」

苦虫を嚙みつぶしたような裕の渋面に、香織は意地悪に笑いかける。裕は香織の下で足下に目を据えて斜面を下りていきながら言った。

「なんだろなあ、これ」

「なにが？」

「いや、この山道だぃね。尾根が切れたから難所を避けたのかと思ったんだけど……」

「確かにねえ。かえってややこしいがね。ちっとも楽じゃないね」

尾根を外れた山道は篠竹の藪に覆われている。見回してみると、これまで頭上を覆っていた落葉松はこの窪地を外から守るようにぐるりを囲んでいるように見えた。窪地の周りをすり鉢の縁を辿っていくように道は続き、笹の葉を引き分けて進んでいかなければならなかった。押しやった笹がはねて、後ろの香織の邪魔をしている。剝《む》き出しの二の腕を擦るのが嫌だと言って香織は裕の後ろにぴったりとついてくるようになった。

「ここだけ様子が変わっているな。松がない」

「なんでだろ」

「昔に山崩れでもあったのかな。尾根が切れてたろ」

おそらく切り立った尾根が両面で急坂だったので、このあたりで山体の土砂が崩落してしまったのだろう。表土を失って火山灰堆積地層が剝き出しになったので植生が一変してしまったのだ。しかし今は長い地質学的歴史の中で再び土壌は回復して、こうした局所的な地勢の変化は足の下に埋もれてしまっている。ただ、土壌の回復期にいち早く地下茎を張り巡らせて、この窪地を支配した笹の群落が、今も植生変化の静かな闘争の痕跡を残しているばかりである。

生い茂った篠竹の藪は葉を頭上に広げており、山道は笹の葉の隧道《ずいどう》のように続いた。ざわめく葉叢《はむら》は窪地を迂回しながら再び尾根の方に近づき始めた。おそらくこの後で再び尾根筋に登るのに一苦労あるだろう。

「裕、これ」香織が山道沿いの竹藪の縁に小さな石積みを指さしていた。漬け物石のような岩石を積み上げて中央にやや大きめの立石を据えている。そこでトンネルのように続く藪の中の道が分岐している。正面はおそらくこのあと尾根に復帰する道筋、ここで北に分岐する方は……窪地の中心に向かって下りていく。

「庚申塚《こうしんづか》だな。銘《めい》も入っていないが、道標《みちしるべ》だ」

「こんな山の中で道しるべ？」

「この先に社があるな」

「どうして判るの？」

「稜線に道をまっすぐ続けなかったのは社を迂回したんだ。方《かた》を違《たが》えたな」

「かた？」

「尾根道がそのまま続けば通りすがりに窪地の中心を通るはずだろう。その中心に社があるはずだ。そこを避けて社には南からアプローチするように道筋の方角を調整したんだ。方違《かたたがえ》だよ」

「なんのために？」

「社があるなら当然だろ。道が社の中心を貫いて先に続くなんておかしいだろう」

「じゃあそんなことのために山道を迂回させたってことかい」

「そんなことじゃないがね。社を建てるなんて、そんな呪《まじな》いごとの最たるもんじゃないか」

むろん素通りする気遣いはない。二人は窪地の中心を確かめにかかった。すでに朝露は乾いていて篠竹の枝は引き分ければ思いのほか簡単に道を空けた。屈みこんで進んでみなければ判らなかったが、足下に瓦《かわら》敷きの痕跡があって篠竹が左右に道を空けている。笹の葉の下生えに隠されていて初めは見えなかったが、足元の両側に漬け物石ほどの大きさの自然石が点々と立って並んでいた。小参道というわけだ。僅かに下りになったその細道はすぐに空地に出た。笹藪が切れて空地になっているわけはすぐに判った。関東南部の庭園によくある富士《ふじ》塚のように、岩塊が剝き出しになって小山をなしており、稜線鞍部《あんぶ》に凝り固まっているのだった。そして岩石の築山の頂に小さな祠《ほこら》があった。富士講の塚なら溶岩の固まった玄武岩をよく使うところ、ここにあったのはこの山間《やまあい》によく見られる溶結凝灰岩、つまり火砕流に伴う火山砕屑物《かざんさいせつぶつ》の作る岩石である。積み上がった岩石は基礎になっている部分にいくつか巨大なものもあり、大小はあれど全体に形がそろっているのは、冷えていく時に溶結した岩石に柱状の節理がはしるからだ。竹藪が途切れたとは言っても、伸び上がった篠竹は築山をぐるりと囲んで一帯は暗く、まるで……蛇《じゃ》の目《め》のようだと裕は思った。窪地は外側に落葉松の輪、内に篠竹の輪と二重に囲んで、この祠が中心になっている。

まだ稜線から沢へと下りる経路には到っていないし、田淵の話していた祠とは様子がずいぶん違う。ここまで田淵の話にはかなりの信頼性を置けるとみていた裕は、これは彼らが子供の時に見た祠とは別のものだろうと思った。祠はまだ他にもあったのだ。

凝り固まった岩石を基礎とする、突き固めた版築土塁《はんちくどるい》の上に直に床根太《ゆかねだ》を渡した祠は、大石の上に重石《おもし》に載せたようなこぢんまりとしたものだった。切り妻の屋根は板葺きで煤《すす》けた色は燻《いぶ》してあるのか。屋根の棟木《むなぎ》の上に突き出た千木《ちぎ》、鰹木《かつおぎ》は形式ばかりのもので構造材と直結していない。南面の格子は作り付けの嵌《は》め殺しで、ひとめ閂《かんぬき》が支《か》ってあるように見えるがこれは装飾である。造られた当初から固定されたもので開《あ》け閉《た》ての機能はない。要するに通常の神社建築を小さく再現した模型のようなもので、コンクリートを鋳型に流し込んで造る現代の簡素な小祠《しょうし》と選ぶところも無かった。

ぐるりを囲む竹藪が騒《ざわ》めいて、円筒の底のようなこの窪地の要《かなめ》を暗く包んでいた。

「なにこれ」香織が呟いた。

別段特別なことはない。ただの社だ。だが裕もどこか気の落ち着かぬものを感じていた。迷信深い方では無いが、そんな裕でも気味が悪かった。何が気味が悪いといって、その違和感が何に由来するものなのか判らないところだった。なにか一帯に地磁気が狂っているとか、重力が曲がっているとか、そんな非科学的な説明でもあれば信じてしまいそうだった。

裕は祠の周りをぐるっと回ってみたが、祠が頼りない一方で、支える石積みは緊密でしっかりしたものだった。なにかちぐはぐだ。篠竹の外輪に守られていなかったら、こんな祠は嵐に吹き飛ばされてしまっていたのではないだろうか。土塁の上に格子に渡した根太から祠に鎹《かすがい》が打ってあり、なるほど祠が動かぬよう近時に修繕した節が残っていた。

「なーにを御祀りしてあるのやら……」

「神籬《ひもろぎ》だろうかね」

裕は小社の周囲四方に大きさも不揃いな二対の岩塊を指して言った。

自然石はしばしば信仰の対象となる。周りに垣根を巡らせて注連縄《しめなわ》でかこうのだ。だがここの石には注連縄はない。もっとも初めはあったものが失せてしまっただけかも知れない。

振り返ると入ってきた時に引き分けた笹藪が戻って、出口がぱっと見に判らなくなっていた。まるで竹藪に閉ざされたようだった。二人はこの窪地に長居するのを嫌って、出口を示す石の列を笹の下に探り、再び藪を潜って山道に戻っていった。


やがて尾根に復帰した杣道はすぐに落葉松の森に入っていき、ほどなく左手に山腹を下り始めた。峰から離れる部分は、今度は道標こそなかったもののすぐに判った。まるで石段のように岩石が両側から迫った細道があり、それが下まで延びていくのである。田淵の言っていた石に囲まれた『岩陰の廊下』だろう。田淵たちが下から登った細道を、二人は尾根から下っているのだ。この下りは山腹の南面だが、静かで暗く、そして足下が濡れていた。石の覆った道にそこかしこで水が湧いて、岩の裂け目から羊歯《しだ》が張りだして行く手を阻む。濡れた手で通せんぼをされているようで不愉快だった。びしゃびしゃと泥濘《ぬかる》む道に閉口しながら、苔《こけ》の覆った倒木を跨《また》ぎ、時に崩れようとする足下の石によろめいては二人は大岩の間を迷うように下りていった。

やがて沢の音が近づいてきたと思った時、山腹に突き刺さった巨大な岩石をぐるりとまわりこむと岩陰の隘路《あいろ》から横手に細い枝道が分かれている。先程見た尾根筋の祠に続いていた「参道」と同じように、細道の両側の足下に頭のまるまった自然石が点々と並んで奥へと誘っている。ほどなく山腹の崖に突き当たった岩棚に道は尽きた。岩石の沢下に向かった面に大きな裂け目があり、挟まるように祠が鎮座していた。

田淵の話していた祠だろう。上から下りてくると、曲がり角を折れたところで不意に待っていたような感じで、裕はぎょっとしてしまった。だがその様子が田淵に聞いた通りのものだったのですぐにそれと気がついた。

岩石は中央で合掌するように左右に裂け、開いた三角形の隙間を埋めるようにこの祠が押し込んであるのだった。

「これが話にあった……」

「そうみたいだな」

田淵の話と違ったのは、岩にめり込んだ屋根が瓦葺きではなくて板葺きだったことだけだった。小口の黒く煤けた板葺きは子供の目には瓦と見えたかも知れない。あとは話の通り、土塁の上に突き刺すようにまします社《やしろ》は、周りに散らばる毀《こぼ》たれた杯や徳利の類いに到るまで田淵が語ったことそのままだった。まるで時が止まっていたかのように。

社の正面に扁額はなく、まして由緒を書き記したような掲額《けいがく》もあるはずもなかった。もとより祠は形ばかりのもので、おそらく内部になにか具体的な神体が祀ってあるというものでもなかっただろう。正面も宮造《みやづく》りの格子戸ではなく観音開きの蔵造りで、閂をわたす鎹《かすがい》が出ていた。だが閂は支《か》っておらず、かわりに閂《かんぬきかすがい》鎹に鎖が通されて和錠《わじょう》で閉じられている。がちゃがちゃ揺すると岩棚の上に金属音の残響が尾を引いてきこえた。

鈴も鰐口《わにぐち》も無い。もっとも鈴緒を垂らした鈴を下げるのは戦後の風習で、古い神社には無くても普通だと聞いていた。

香織が足下に割れた白い陶器の狐を拾って聞いた。

「お稲荷《いなり》さんかね」

「いや違うだろう。誰かが祠を見てあとでいい加減に置いたものじゃないか。稲荷神社の系列に属すものじゃなくったってお構いなしだよ。稲荷は一番多いから……」

「そうなん」

「五穀の神さんだし、屋敷神だからさ。田舎にも都会にも到るところにあるだろ。こんな大きさの祠となれば最初に稲荷かと思うだろ。『火事と喧嘩は江戸の花』って言うだろう？」

「それが？」

「続きがあって、『伊勢屋《いせや》、稲荷に犬の糞』って言うんだよ。ありふれたものってこと」

「伊勢屋ってなんだと」

「屋号だろ。伊勢屋っていう店ばっかりだってこと」

「伊勢屋ってそんなに多かったんかい」

「どうかな。頭韻《とういん》を押してるだろ。洒落でそう言ったまでなんじゃなぃん。『イ』から始まるんなら別に『飯山屋《いいやまや》』でも良かっただろ」

「犬の糞と並べるな」香織は苦笑いに言う。「飯山屋じゃ語呂が悪いがね。何の店なんか―

裕も笑って応えた。

「知らないが……看板娘が人気なんさ」

香織があははと声を立てて笑った。裕の背中を叩いていた。何処《どこ》かから笑い声がかすかな谺《こだま》となって返ってくる。裕はしばらく周りを見渡し、立ち位置を変えて祠の写真を撮ってみたが、一帯は細い暗渠《あんきょ》のような岩壁に囲まれた山棚に過ぎない、歩き回るほどのスペースもなかった。

「この後どうするん。例の『大曲がり』……まで下りてみる？」

「いや、どのみち川を渡れない以上、行き止まりなのは判ってるからなあ。ここで引き返そう。お昼にしようよ」

往路をそのまま引き返すのだから、ここが中間地点だった。しかしここで弁当を開けようという話にはならなかった。なにしろ一帯が暗くて、それは光量のことばかりでなく要するに陰気で、足下はじめじめしていて腰を下ろすところもない。自然と、先に越えてきた峠の三角点のところまでもどって、見晴らしに包みを開こうか、という話になった。

「あの急坂を今度は登るのか……俺の足、もつかな」

「もたなきゃ、置いてってやるがね。弁当はあたしが引き取るから、そのまま行き倒れておればいい」

裕は写真を撮っていたカメラをしまい、片掛けにしていたナップサックを担ぎ直したが、ふと思いだしたように再びナップサックを降ろす。そして「そうそう」と言って、祠に近づいた。

石積みに目を埋めた土塁が腰高にあり、その上に社の本体が載っている。その土塁の岩に迫った部分に、水抜き穴のような縦長の穴が穿《うが》ってある。裕はナップサックからペンライトを取り出して、穴に屈みこんだ。無論、田淵の話で往時に少年たちが覗き込んだという空気穴はこれに相違ない。田淵の話はこんなところまで正確そのものだった。何度も再話するなかで記憶がはっきりと定着されていたのだろうか。

「まさか『中の人』が居《お》るとも思わんが……」

「いたらどうする」

「挨拶しなきゃな」軽口に言ったが、強がりと思われたかも知れない。香織は裕の背中に張りついていた。

ペンライトを穴に差し入れて、片目をつぶり顔を穴に寄せていった。湿った黴の匂い、そしてかすかに屎尿《しにょう》のような匂いがあった。それとけだものめいた臭気、実際なにかのけだものが巣にしていても不思議はない。穴の中は暗い。そして狭くて深い。底は遠いがペンライトの明かりはかろうじて届きそうだった。ただ土塁の壁の厚みがある上に、穴の角度が悪くて下の方まではっきりとは窺えない。ともかく蹲《うずくま》っている人影も、見違えたという「天目さま」の像も無いようであった。

裕はペンライトの明かりをずっと上の方にずらしていった。底が深いわりに奥はすぐのところに壁が迫っている。細い穴からは見えない死角に入る両側へと壁面は湾曲して、こちらに迫ってくるようだった。明かりの外周のところで内壁の部分が折り重なった鱗《うろこ》のようにささくれているように見える。裕は目を細めて見つめた。ペンライトを揺すると影が動く。息が土塁の縁にあたって返ってきて、裕の眼鏡を曇らせた。明かりが正面の壁を照らした。

背中が冷えた。冷や汗がこめかみをつたう。

「どうしたん」

裕は穴から体を起こして、目を見張ったまま後ずさりした。蒼白だった。自分が何を見たのかはよく判らなかった。その意味も、謂《いわ》れも。ただ嫌なものを見たという感触が腹の底にずんと落ちていった。裕は震える手で穴を指さし、かろうじて言った。

「二重丸の札が……」

香織は裕の手からペンライトを取り上げると、空気穴に屈みこんだ。裕が止める間もなかった。何故とは知らず、裕は香織にこれを見せたくないと感じたのだった。だが香織はすでに裕の見たものを確かめていた。

「うわっ……気持ちわる……」

まさに裕もそう思ったのだ。気持ちが悪い。

暗い祠の内壁にライトのあえかな明かりで浮かび上がっていた、壁をうめる鱗のようなものはすべて紙の札《ふだ》だった。重なり合う札で壁が一面に覆われていたのだ。びっしりと壁を覆った札の数々には、いずれも弦巻紋が極太の墨痕で黒々と記してあった。土塁の内壁の曲面を覆い尽くした札の全てに二重丸が描き上げられ、覗き込む者を何百という蛇《じゃ》の目《め》で一斉に見返していたのである。


山道を峠に戻りだしたとき二人は初めは無言だった。暗い岩陰を登ってくる間、何となしに、まずは早く祠を離れたいというような、いまは問題にしたくないというような気分が暗黙のうちにあり、裕も香織も知らず寡黙になっていたのだ。やがて岩陰の祠を遠く離れ、窪地の竹藪の中の社も素通りして稜線に戻ると空は明るく少しは気が晴れた。いわく言い難い不愉快な感じが澱《おり》のように胸の底に沈んでいたが、今見てきたものについて話題にする気にようやくなってきた。

「あんなの子供が見たら疵《トラウマ》になっちゃうだろうなぁ」

「田淵さん……は小学生だったって？」

「低学年の頃って言ってたな。彼女が一面の蛇の目を見たのは河べりでの話だったな」

「あれ、なんの為ん貼ってあるん」

「いやぁ……魔除けのお呪《まじな》いかなにかだと軽く考えていたんだが……。つまりお宮さんにお札を貰って、玄関口勝手口、水まわり火まわりと貼っておくだろう？」

「それは普通のお札でしょう。家内安全、商売繁盛、どこそこ神社、ってやつでしょ？」

「袋や包み紙を取り去ると、お守りの中身……っていうか内符《ないふ》って言うのかな、それはたいてい簡単に社紋や梵字が焼き捺してあるぐらいのものなんだよ。彼女の話の中ではさ、弦巻紋の札は四つ辻や道祖神、水場に貼ってある、事故のあった所に貼ってある、って話だっただろ？　どこもお守りを貼っておく意味がありそうじゃないか。交通安全、水難回避、そんなお札と大きく異なったものじゃないように思うんさ」

「田淵さんたちは『人が死んだ所』と思ってたんじゃないの」

「それは彼女がいみじくも言っていたように、子供たちが自分らで話を盛り上げる為に、よりおどろおどろしい想定が提案されたに過ぎないよ。『少年探索隊』の自己演出に過ぎない。そんなに到るところで死亡事故が相継いでいるなんて有り得ない」

「じゃあ河べりの橋脚《きようきやく》にびっしり貼ってあったっていうのはどうなんさ」

「宿なしの生活跡があったって話だったろ？　流れ者が境界を侵犯して隠れ住んでいたわけだ。それを『監視』していたんじゃないのか」

「監視？」

「蛇《じや》の目《め》で監視するんだよ。エジプトの『ウアジェトの目』にしても、イスラムの『ファティマの目』にしても呪《まじな》いとしての『眼状紋《がんじようもん》』の役目は庇護と監視――災いを跳ね返す『見張り』みたいなもん。もともと古神道の祠や道祖神は神域の結界だったわけで、その結界を蛇の目紋で見張る……」

「そんなにたんと貼る意味があるん？」

「村落のものが余所者《よそもの》に圧力をかけたかったのかも知れないしな。実力を行使して追いだすのは憚《はばか》られるし、ほっておくのもいやだし。それで『見ているぞ』と、『立ち去れ』ということでさ……眼状紋のもう一つの大事な機能は『脅《おど》し』だからな」

「そうなん」

「これは文化人類学に限った話じゃない、もっと原始的な話だぃね。ジャノメチョウとかアケビコノハとか、目の模様は生物学的にも脅しの効果があるって言われてるだろ」

「じゃあ本当に鳥威《とりおど》しの風船に描かれてる二重丸と同じようなものだったっていうんかい」

「ああ、俺は河べりの二重丸の札については、宿なしを追っ払うための……その言い方で言えば『ホームレス威《おど》し』みたいなもんだったんじゃないかと思ってたんさ……少なくとも、あの話を聞いた当初はね……」

裕が少し言葉を濁していた。香織は特に質問を返さなかったが、彼女が何を考えているかは聞かずとも想像が付く。では、いまはどうなのか。壁面に広がって、覗き見をした不届き者を一斉に見詰め返す蛇《じゃ》の目《め》紋の群れ、それを文字通り「目の当たり」にした今となっては、どう思っているのか……？

「それだけじゃないよな……あの禍々《まがまが》しさは……それだけのことじゃない」

「じゃあ……他になにがあるっていうん？」

「あの蛇の目に限ったことじゃないんだよ。あれを見る前から……なんか端《はな》からいやな感じがあった——

「わかる。なんだろう、あっこ居心地がさ、悪かったよね」

「まあ何というか、ちょっとぐらい陰気なのは神社仏閣の仕事のうちってところもあるが」

「でも琴平宮ではあぁに嫌げな感じはなかったがね」

「あっちゃ見るからに普通の神社だよな。荒寂《あれさび》ているのも変なことじゃあないし……。でもあの祠の方は……なんか変だいね」


峠に出ると二人はようやく一息ついて汗を拭った。風が出てきていた。低い雲が山肌を転がっては峠をなめ、その度に峰は照明を切り替えたように、暗がりに包まれたかと思うとややあってさっと日が差す。

裕は荷を下ろし香織の作ってきたという弁当の包みを引っ張り出した。香織が弁当を作ってくると宣言した時から、ファンシーなタッパーウェアに入った彩りのあるランチや、具だくさんのサンドウィッチなどではなかろうなと思ってはいたが、案の定包みはずっしりと重い不定形の塊で、ふろしきを解けば輪ゴムで留めた竹の皮が二包み、中には男の拳骨《げんこつ》のような握り飯がごろごろしていた。


「これ……幾つあるんかい」

「十《じっ》こ」

「多いな。一人扶持《いちにんぶち》で——」

「あとの二つは？」

「四つずつ」

「予備」

「予備ってなんだいね」

裕が笑っていた。件《くだん》の二つの祠を経《へ》めぐってから、どうにも落ち着かないものを腹に抱えていた裕だったが、峠の風と、折々に差す陽光と、そして竹の皮に山と積まれた握り飯が胸のつかえを下ろしてくれた。香織も笑っていた。

峠の三角点のケルンのそばに太い割丸太が寝かせてある。檜葉《ひば》だろうか樹皮が剝かれて木肌に艶が出ているのは、ここを通る者がしばしば腰掛けにしていくからだろう。裕は荷物からウインドブレーカーを引っ張り出して敷いた。二人掛けにはやや狭かったが、裕と香織は互いに寄り掛かるように腰掛けて、ぐいぐいと眼前を行き過ぎてゆく夏の雲を眺めながら、ひとつで丼飯ほどもあろうかという握り飯をぱくついていた。武骨な見かけに相違して頬張った一口は柔らかくほぐれ、三口でたどり着いた具は胡麻を塗《まぶ》した昆布の佃煮《つくだに》だった。ほんの少しちりっと七味が利いていた。ふだん食の細い裕でもすぐに二つは腹に収まってしまった。

「これは……旨《んま》いな」三つ目に手を出して裕は呟いた。

「ほうか」

「メシヤマがにぎったんかい」

「ほうさ。半分はお婆ちゃん」

「朝っぱらから、お婆さんに手伝わせたんかい」

「お婆ちゃん、朝からずっと台所《だいどこ》におるんさ。きっとからんでくるん」

「旨いのはお婆さんの方のだろうか」

「見してみ——そりゃわたしんだぃね」

「なんでわかる」

「こんぶ入れたん、わたし」

「昆布のしかないいんかと思っとった」

「お婆《ばあ》のは鰹節《おかか》」

「そうか。当たらんかった」

香織は齧《かぶ》り付いていた握り飯をちらと見下ろすと「やるがね」と裕の顔に突きだしてきた。裕は一瞬とまどったが、鰹節の覗いたところに大口にかぶりついて、赤い顔を気取られぬように山の方を見渡しながら咀嚼《そしゃく》した。そして香織流に八行だけで「こっちゃもないい、なからうまい」と言った。

「実に旨《んま》い。商売になるがね」

「お結びなんか誰が握っても旨かろうが」

「そんなわけあるかい」

「ほうかい。そりゃ良かったぃね。搗《つ》き立てたいたん、甲斐あった」

「この梅干しもお婆さんのか」塩分が表面に結晶した、市販のものとは違う塩気の強い梅干しだった。裕は梅干しは好きで東京でも買いつけていたが、今手に入るのはたいてい塩分控えめ、うまみ《グルタミン》を添加したものばかりだ。こうした郷里のきりっと素朴な梅干しの味は舌が覚えていた。「こうにしたんが無いんだよなあ、なかなか」

香織は自分と祖母の作ったものがずいぶんと好評を得てまんざらでもなさそうだったが、その一方でちょっと首を傾げるようにして眉根を寄せている。応答に困っていた。この地方には梅の産地があり、土用に梅を干すのは年中行事、家に年寄りがいればどこの家庭でもまず普通のことなのだ。だが話を聞いた限りでは親族と疎遠で男所帯の裕の家庭では、梅干しを漬けたりすることなどついぞなかっただろう。いや年寄りの仕込みになる昔ながらの食材を口にすることそのものが珍しいこと、それどころか身近に爺婆がいることじたい彼には無かったことなのではないか。彼は祖父、祖母を知らない。彼の記憶にあるのはただ父母がいるばかりの家庭であり、そして早くに亡くなったその母は……確かな姓すらがいまだに判明でないと言うのである。

香織は黙って裕のことを思っていた。この山行はただのハイキングではない。郷土史探訪の史跡巡りでもない。これは彼の個人的なルーツを探る旅なのだった。香織はまだ、「琴平」神社という名前以外に、彼をこの地に結びつけるもの、彼をこの地に呼び招いたものが何であるかを聞いていなかった。彼がことさらに蛇《じゃ》の目《め》の紋に屈託する訳を知らなかった。だが彼の父が黙して語ろうとしない母の出自に彼が拘《こだわ》っているのは自然なことと思えた。さもなければ、彼のなけなしの家族の記憶をどこに位置づけたらいいのだろうか。今のままでは彼は根扱《ねこ》ぎにされた根無し草、寄る処《よべ》ない宙に浮いた存在のままなのだ。

これは裕にとっては、大袈裟に言えば、自分の実存を問うような旅だったはずだ。

もっとも裕の表情には終始悲壮なものはなかった。相変わらず……昔の通りにひょうひょうとしていた。昔から、何か諦《あきら》めにも似た、不思議な落ち着きを醸し出している少年だった。だが香織は、今は父とは絶縁に近い状態で東京に一人暮らす彼の身の上に、胸にせり上がるような痛ましさを感じていた。彼は家族と切り離されている辛さをすら初めから知らないのかもしれない。

お婆ちゃんの梅干しが旨かった、香織には当たり前過ぎるそれだけのことが、裕というと、何だか過ぎた僥倖《ぎょうこう》であるかのように、申し訳ないことであるかのように思えてしまうのだ。

二人はポットに温《ぬる》み始めたコーヒーを分けあい、弁当の包みを閉じて簡単に荷造りをした。まだ握り飯は四つも余っており、この後どこで腹が減っても「予備」のある勘定である。だがお茶が尽きた。

「水も少し余計に持ってきておけば良かったな」

「うかつだったんね」

「まぁ咽の渇いても胡瓜がまだあるから平気だな」

「でもお八つにお結び食べようならお水は欲しいかな」

「この辺じゃ店も自販機もまぁずなかんべ」

「ポットに湧き水くんどくかね」

「飲めるんかぃね」

「飲めませんとは書いてなかったぃね」

「水質調査してないのと違うか。溶岩地形が多いから裂罅水《れっかすい》は有毒かもしらん」

「そんなに危なくはなかろ」

「しかしこの辺でも万座《まんざ》も草津《くさつ》も硫黄が多過ぎようが」

「殺生河原《せっしょうがわら》か」

「硫化ガスだぃね、悪くすりゃ死ねるがね。確かじゃなきゃ、やたらな湧水《ゆうすい》なんて……」

「しゃやぁねぇな。あの井戸の水なんざ汲むのもまっぴらだしねぇ」

香織の言葉に、立ち上がりかけていた裕がぴたりと動きを止めている。香織はワンピースの尻をはたき、敷き物にしていたウインドブレーカーをはらっていた。

「井戸？」

「なん？」やけに真顔の裕に、香織は不思議そうな顔で反問した。

「あの井戸って……」

香織は黙って尾根筋の下を指さす。裕は香織に詰問するように目を見開いていた。

「ありゃ井戸か？」

「は？」

井戸――それをだれか他の者の言葉にも聞いたような気がする。裕は二つの祠のある方角を眺め下ろして愕然《がくぜん》とした表情を浮かべていた。香織が不審顔に訊く。

「どうしたん？」

「そうだ。田淵さんの話にもあった。『弘ちゃん』だ。弘ちゃんが『これ……井戸だろ』と言ったんだ」裕は譫言《うわごと》のように呟いている。

「それが……どうしたん？」

「おい、ありゃ井戸か？」

こう訊いたのは二度目だった。香織にはまだ裕が何を言っているのか判っていない。たしかにあれは井戸のようだった。割れて露頭した溶結凝灰岩を積み上げ、土塁をぐるりと突き固めた上に祠を鎮座させてある……版築土塁の筒井を覆うような祠だった。尾根筋の祠にせよ、大曲がり向かいの岩陰の祠にせよ、何となく無意識に井戸か何かに似ていると、あるいは井戸そのものであると了解していたのだった。

「あれ井戸のわけが無いぞ」裕は鋭く言い放った。

「何で？　だって――」

「たしかに……井戸みたいん積んであったけども……メシヤマ、どこの誰が山の尾根筋に井戸を掘るんか！」

香織もはっとしていた。竹藪の窪地はへこんではいても依然尾根筋であることには変わりはない。確かに有り得ない。わざわざ山の標高の高いところに井戸を掘ろうとする馬鹿もおるまい。わざわざ地下水面から一番高くあがった場所に井戸を掘るなんて。

「でも、あの岩陰の方なら……そこらじゅう水がびしゃびしゃ湧いていたしさ……」

「湧き水が出るなら井戸を掘り下げる訳がどこにあるっていうんか」

別に香織を詰問している訳でもないのだが裕の語調は厳しかった。香織は柄にもなくしどろもどろになって応える。

「だって水を溜めねばいかんだろ」

「何でだよ。どうして忘れてるんかい、ここは沢沿いなんだぞ。水なら沢に下りて汲めばいい。水なら下にいくらもあろうが。井戸なんて掘らずとも汲み放題だがね」

井戸など要らない——そんな簡単なことに気付かないでいたのだ。香織も裕の困惑の訳を悟って目を丸くしていた。

「……じゃあ……」

途中で言葉を失った香織の代わりに裕が二の句を継いだ。

「何なんだろう、あれは。井戸じゃなけりゃ、何なんだろう？」

第八章　戒壇石

下りの山道は足に応《こた》えたが、裕は休みを取るのも忘れて、香織を振り返る気持ちの余裕もなかった。稜線を離れてしばらく香織がさすがに息を吐《つ》いて辛そうにしているのに気が付くと、ようやく手を貸すだけの気遣いを思いだした。香織は裕が済まなそうに差し出した手を取って大袈裟に会釈をすると、ワンピースの裾《すそ》をつまんで段を下りたが足下がふらついた。

「済まん、気が利かんで」

「何をあせってるん」香織は笑う膝に手をあて、息を吐きながら裕を上目に見上げた。

「どうも妙に気がせいて」

「急ぐことはなかろ」

「本流筋まで下りれば寺があったな」

「そりゃどこにでもあろうが」

「お山に入る前の大きな山門のさ。県道から外れてすぐに突き当たりにあったろう。ありゃ何の寺か」

「何の……って寺は寺だろ」

「古いかな」

「山門の手前になかから大きな木があったぃね。あれは古かろう。本流筋は旧道の宿《しゅく》があるから、お寺さんはうんと古いよ」

「うんと古いってどれくらい」

「古いもんは古いよ」

裕が拘《こだわ》っているのは大きな時代の位置づけのことだ。この地方では寺社が鎌倉室町《むろまち》時代にまで遡《さかのぼ》ることはおろか、旧跡は古墳時代のものから縄文遺構、さらには石器時代の環状列石まではるか古代にわたる。ふるごととなったら千年、二千年の単位がざらなのだ。

「墓場はでかいか？」

「墓？　墓が見たいんかい」

そう訊きながらも、香織は裕の言わんとすることを察した。あの祠《ほこら》が井戸でないとすれば、それは墳墓ではないかと裕は踏んでいるのだ。

「裕、ありゃ墓なんかい」

「判らん。でも俗な発想だが掘るの塞ぐのといったら……そりゃ墓だろう」

「墓に祠を建てるもんかね」

「普通だろう。首塚、胴塚、バイパスの近くにあろうが。どれも社《やしろ》が建って、なんでもない神社みたいな顔しとるんさ」

「いや、確かに薄気味悪かったわけだけど」

「この辺の古い墓っていうのはあぁしたもんかね。古くは墓はどうなんか」

「まぁず……土饅頭《どまんじゆう》でないかい。土葬だろ」

「だよなあ。あんな風に石を積んだりはしない。古墳じゃあるまいしなあ」

「墓を見に行くんか」

「帰りがけに見られるもんならな」

「じゃあ急がんでおき。墓は逃げないがね」

二人は琴平宮の境内にようやくたどり着き、すっかり萎《な》えがちになった膝をいたわって一息ついた。午前の間はひんやりと暗かった境内に、いまは昼日中の木漏れ日が降りそそいで様子が一変していた。丸柱に虫の食った社殿も苔《こけ》むした瑞垣《みずがき》も陽を浴びてのどかに見えた。鳥居に幟《のぼり》に高床の拝殿、石灯籠《いしどうろう》に築山《つきやま》、狭い境内に点在する社周りの取りそろえも、取り立てて歪《いびつ》なものを感じない。これに比べるとやはり岩陰の祠はどこかおかしかった。

「ありゃ、圏外」香織が携帯電話のアンテナを高く掲げて揺らしている。

「いや、振ったら電波が入るってもんでもないだろう」裕が笑った。

香織は携帯の地図機能で裕が望んだ新たな目的地、近在の大きな寺社を見繕おうとしていたのだった。だが渓流のえぐった谷の中腹におさまった琴平神社には香織の携帯電話の電波は届いていないようだった。問題の携帯の最寄り基地局からすると、ちょうど山陰《やまかげ》に当たったのかもしれない。裕はナップサックの外ポケットから折り畳んだ地図を引っ張り出した。

「こういうの方が頼りになるんだな、いざとなると」

「お結び食べてた時は来てたみたいなんだけどなぁ」

「こんな山の中に入って来ちゃうと、ちょっとの場所の違いで入ったり入んなかったりだろ」

二人は軽口を叩きながら琴平神社を後にしようとした。窺《うかが》えば、鳥居の向こうに太鼓橋、橋をわたった対岸に香織がとめたハッチバックが見える。裕はおや、と目を細めた。

「誰ぞおるな」

「なん?」

「車のとこ」

香織が少し脅えるように裕の傍ににじりよった。人影は香織の車に屈みこんで、ガラスに手を突かんばかりに中を覗き込んでいる様子だった。車上荒らしか、いやこんな山中にそれは割に合わないだろう。二人は鳥居を潜《くぐ》っていった。太鼓橋に裕が踏み込んだとき、足下の木組みがぎいっと軋《きし》んで、車に屈みこんでいた人影がはっと身を起こした。

何をしているのか、と裕が声をかけようとするのを待たず、人影は車から後ずさって、車の陰に一瞬屈みこんで身を起こした時にはすでに自転車にまたがっていた。傍に倒してあったのだろう。裕は足を速めて太鼓橋を渡っていったが、自転車の少年——そう、少年だった——は後も振り返らずに逃げ去っていく。

「おーい！」後ろ姿に裕はやや声を張ったが聞こえていたか判らない。少年はカーブをたいそうな勢いで曲がっていき、その姿はあっという間に山道の屈曲の向こうに消えた。

裕は車からさらに数歩を追ったが、すでに少年は次のカーブに差しかかり、ブレーキをかけることも忘れているようにまっしぐらに下流へと走り去っていく。

「何しとったんかね」

「さぁて……」

「このへんの集落の子だろうか」

「どうかな……」

裕には、少年の様子は少し都会だちな様子があったように思えた。遠く眺めた後ろ姿は無帽で、白いポロシャツに、膝丈のだぶだぶのカーゴパンツ、おそらく年のころはせいぜい中学生……自転車は少し前にはやったMTBと見たが、この辺の子供はママチャリなんか乗りはしない、誰もみなマウンテンバイクだ。

「えらい勢いで逃げていったんね」

「メシヤマの運転では車で追っても、追いつかんかも知らん。下りはチャリの方が……」

「なんか悪さしとったわけじゃないよね」

「少なくともまだ……何もしてないな」裕は自分も車を覗き込んで答えた。車内に金目のものと思《おぼ》しき何かがあっただろうか、あるいは特に子供の好奇心を刺激するようなものが。

「あの子、どっかで見たような……」

「だよな。俺もそう思っとった」

「どこでだっけ」

裕と香織はその後すぐに車を出したが、ぐねぐねと曲がる「こんぴらくだり」をそろそろと運転していくあいだ、自転車で駆け降りていった少年と交錯することはもはやなかった。しばらくは一本道が続き、横道はない、彼は大変な勢いで坂道を下っていったことになる。裕は車に乗ってからも彼と何処《どこ》であったのか思案していたが、すぐにそんな詮索は他の考えに紛れてしまった。助手席で地図を広げて渓谷の下流域に広がる田園のなかにある、いくつかの神社仏閣に目星を付け始めていたのである。地図に丸をつけて、香織に「こことここに寄ってもらっていいか」と頼んだ。香織は裕を見もしないで頷いて「途中でお茶買わんと」と澄ましていた。

まずは、まだ山道を下りきらぬ沢沿いの集落に山寺があった。おそらく小集落の檀那《だんな》寺《でら》であろうが、地縁と結びついたものとみえ、本堂に到る山道は奇麗に掃き清められ、石畳の周りもさっぱりと草刈りがされていた。鐘楼に鐘が吊っていなかったのは戦中の供出以降に再建の目処《めど》が立たなかったのだろう。

この寺の墓所は本堂から裏山に上がったところにあったが、その段々畑のような墓場には特に見るものはなかった。こんにちの墓所が大抵そうであるように、わりにきちんと区画整理された墓地だった。一坪の墓が行儀よく並んで、墓石も石屋が磨いた御影石《みかげいし》である。火葬された骨壺を台石下に安置して棹石《さおいし》を積んだ何の変哲もない墓ばかり、山の斜面に几帳面に並んで寺を見下ろす墓の列は、どこか建て売りの住宅にも似ていた。

車に戻ってさらに道を下ればやがて山道は農道となり川岸の土手の上を続く。見下ろす畑地にいくつかの寺を見かけた。中でも蘇芳《すおう》神社を後ろの崖上に戴き、参道を共有している興福寺《こうふくじ》なる寺は大きなもので、山門では大造りな阿形吽形《あぎょううんぎょう》が脇を固めていた。二人はこの寺の様子を窺いに車を降りた。山門をくぐった先の本堂は屋根に反りのある唐様で中庭の突き当たりに大きく聳《そび》えている。関心の墓地はと言えば、本堂の辰巳《たつみ》の崖下に大霊園が広がっていた。大きさに見合って流石《さすが》に古い霊場と見えて、おそらく有力な檀家か社領寄進の大地主のものか、なかには巨大な墓もある。階段を上った石垣の上に小さな公園のように柘植《つげ》や楓《かえで》を植え込み、墓石、多宝塔を幾つも並べている墓もあった。その他にもやや格の違う造りの墓が散見される。それでも、やはり霊園の大半を占める墓はそれぞれ一坪、半畳といった「建て売り」式の墓ばかりで、そこには裕が期待していたような当地の墳墓の原初形態を窺わせるような様式のものなど無かった。

「大小はあるが……だいたい何処もこんなものだろうなあ」

「いや、今どき日本中どこ行ったって墓場は大概こうでないかい」

「まあそうかもな」

「石積んだ盛り土の墓なんかありゃしないん」

「うーん、じゃああれはやっぱり墓とは違うのか……」

「まぁず気味悪かったからねぇ、それで墓かなんかと思ってしまったわけなんだけど……」

「そうなんだよな。ちょっと考えが浅かったか。墓か何かなら……あの気持ち悪さに見合うような――そんな予断があったんだな」

二人は裏手の崖上の蘇芳神社に登っていったものか相談したが、石段は見上げる高さに続き、登ればその先でお茶が欲しくなると香織が言う。まずはお茶の算段が立たなければ、登り下りは遠慮したいということである。遠足の時に重要なのは行き先ではなく、もっぱら弁当の如何《いかん》にかかるということか、クラスにいたな、そういう奴が、と裕は香織をからかって笑った。

興福寺参道の広い階段は中休み平坦部の左右に供養塔と巨大な石碑があり、往きには目に入らなかったこの戒壇石《かいだんせき》が裕の目を引いた。それというのも石碑裏面に細かな彫り込みがあったのである。参道を上がってくる時には表の側しか見えなかったので裏面の刻文に気が付かなかったのだ。裕はふらっとそちらの方に歩いていった。

「これなに？」

「戒壇石――不許葷酒入山門《くんしゆさんもんにいるをゆるさず》とあるだろう」

裕は戒壇石の表を指さした。

「葷酒？」

「葱 韮 大蒜やなにかと酒のことだよ。禅宗の出家は禁酒だし、それに加えて精の付く物は避けるだろう。修行の妨げになるって言うん」

「葱喰《くろ》うて境内に入ってはいかんの」

「建て前上はな」

「裏は何だって？」

「これは……ちょっと変わってるな。こんなの見たことないぞ」

　戒壇石裏面の刻文は楷書でびっしりと十行ほど、碑文末尾に村落の男女の頭数を数えてあるようだった。だから裕は読み始めに戒壇石を寄進した集落人別のリストか何かと思った。だがそれにしては文言に穏やかならぬものがある。碑文の日付は天明《てんめい》五乙巳《きのとみ》年三月とある。

天明三癸卯年、兼日凶饉天山稠敷ヿ　雖精夏黴雨不已　出梅不出来　寒気相続
田畑実不入　儘青立立枯也
夷則七日大焼也　朝更雨無而釜割斗雷鳴　砂降天地覆五ツ時尚夜不明　飛礫降不
巳　潰屋焼屋不知数　両国ニ拾里惣而作物埋　川沸立焼泥ニ而隣村幾多庄押流
人馬不及言大都村々草木山家無己押往　御領地山里草木到迄皆枯風聞也　畑圃ニ
青物絶ヱ　野ニ木々枯　川沸魚罔揚皆腐果　饑饉此極　庄内困窮筆紙盡難　山野
薇蕨薹立罌　固雑木之根稂莠到迄掘漁　土壁穿縄解藁寸莎粉挽嘴唇汚　剰動［四、

五字不詳」験有者
大凶年當寺拝知百石百姓家数九拾四軒之所五拾八軒死明殘家三拾六軒也　雖然家一軒男一人或女二人位助命也数合而男女六百十六人之所四百六拾四人餓死病死殘而男女百五拾二人助命也　前代未聞也向後人相構無油断雑穀可囲也
天明五乙巳年三月（建立寄進者連名に就き後略）

金釘《かなくぎ》流の楷書は裕にも読める判りやすい字体で解読はさして手がかからなかったが、用字は判っても意味の判らないところがいくつかある。香織は職業柄、変体仮名の解読や碑文、拓本の翻刻《ほんこく》には裕よりもむしろ慣れたところがあったのだろう、先んじて肝心の文言の結語に辿《たど》り着いていた。香織は碑文を指で辿って訊いた。

「これなん？　大凶作の記録って事かね」

裕も文字をぼちぼちと拾っては文意を確かめている。メモしておこうかと思ったが、そこで思いついてカメラを出し、写真を撮った。

「村落九十四軒、うち残ったのは僅かに三十六軒……近在だけで六百人は居た集落に生き残ったのがせいぜい百五十人か……集落の半分以上……いや三分の二以上が死に絶えとるんだな——天明三年、大凶年か……」

「ここかい、何だって？『前代未聞なり、向後《きやうこう》の人相構《あひかま》えて雑穀《ざっこく》油断なく囲ふべきなり』……これが〆の一言」

「なるほどねぇ」

「飢饉に備えよ、ってことなんかい。戒壇石ってこういうこと書いとくもんなんかい？」

「いや、戒めを書いとく石碑には違いないんだけど……普通はさ……件《くだん》の『葱韮《ねぎにら》、酒を召して入るな』とか、寺によっては『芸術売買の輩《やから》は立ち入り禁止』とかな」

「なんそれ？　なんで？」

「物乞いの大道芸を山門の前でやるなってことだよ。いずれにしても単なる立ち入り禁止の札みたいなもんだ……短く書けば『禁葷酒』とかな、そうしたものだいね。でもこれは……山門の出入りの話でないな。こうした警告を記して広く周知しておくべきだと火急の判断があったんだろ。こんな例がたしか他にもあったはず……あれは奥州《おうしゅう》だったか……」

「奥州？　東北の話？」

「確か……八戸《はちのへ》か、この碑文と同時期じゃないか。天明の大飢饉かな」

「これは浅間焼泥押《あさまやきでいおし》の経緯《いきさつ》でしょう、八戸って……青森？　そんなとこにまで影響があったんかい」

「そりゃそうだろ……直接被害はともかく気候に影響が出たんだろうな。『五ツ時尚夜《なほよ》不明《あけず》』って、朝になっても夜が明けなかったっていうことだろ？　噴煙か降灰か、ともかく陽の光も拝めなかったような規模の噴火があったと言ってるんだ、べらぼうな話だろ。まさに御大変《おたいへん》だな」

天明年間の浅間噴火で北浅一部村落が壊滅した一件を、上州では天明の「御大変」としばしば呼ぶのである。

「でもその前に梅雨が明けないって書いてあるよ。浅間の噴火は秋じゃなかったかい」

「そうか、天明年間の飢饉は浅間噴火の所為《せい》だと思ってたけど……」

「なんかもっと前からひどい有り様だったみたいだがね」

裕は「確かに」と文言を指で辿っていく。その指が碑文の半ばでぴたりと止まった。

香織も裕の指先を見つめていた。碑文中央の文字不詳の部分である。彫刻が不明瞭なのではない、その部分だけ石碑表面が鏨《たがね》かなにかで削《はつ》られているのだ。

「削り取ってあるな……」

「悪戯《いたずら》かな」

「いや……邪気のない悪戯にしては……」

「何か文言を削ったんかね。文字通り」

「前んとこも判らん。『土壁穿縄解藁寸莎粉挽嘴唇汚　剰……』――どう読むんだ」

「続く文末は『……験有者《ためしありてへり》』だろうかね」

「この『者』はそう読めるんかい」

「よくあるんさ」

「ためし有り……か。どんな例《ためし》があったと言うんか」

「削ったとこ……何と書いてあったと」

「何となく想像がつく……が」

「わたしもだがね」

「いや、けっこう嫌な想像が――」

「わたしも……」香織は腕組みに肩をすくめて苦笑いを浮かべていた。二人とも相手が何を想像したのか敢えて問わなかった。

「削ったのもずいぶん昔だな」

裕は鑿《のみ》か鏨《たがね》の刃が打ち込まれたと思しき痕《あと》をしげしげ眺めて言った。もともと全体に粗削りな御影石だが、削《はっ》りの入った部分も周囲と同じように古寂《ふるさび》て石が黒ずんでいる。

「ここはどう読む？」裕は冒頭からやや下がって「天山稠敷」とある部分を指さした。

『はなはだきびしき』かな」香織は簡単に答える。

「意外な読みだな……難しい。ぜんぶ読み下してくれないかい」

裕の軽口に応えるかのように香織はふふんと鼻で笑うと進み出て、碑文のどこを解読しているところか指で示しながら字と読みを明らかにしていった。確かに裕より役者が一枚も二枚も上だった。

「天明三年癸卯《みづのと》、兼日凶饉《かねてよりきようきん》、天山稠敷ヿ《はなはだきびしきこと》、精夏《せいか》といへども黴雨《ばいう》已《や》ま不《ず》、出梅出来《しゆつぱいいでこ》ず寒気相続《あひつづ》き、田畑実《み》入《いら》ず青立《あをだ》ちたる儘《まま》に立枯《たちが》るるなり……いい？」

「うん、判る。続けてくれ」

「夷則《いそく》七日大焼也《おほやきなり》」

「夷則とは？」

「七月の古名だがね」

「そうか、やはり浅間大焼は七月だったな」

「続けるよ——朝更《あさぼらけ》、雨無而《なきにして》、釜《かまわ》割る斗《ばかり》に雷《かみな》鳴り、砂降《すなふ》り天地《あめつち》覆ひ、五ツ時尚夜《なほよ》不明《あけず》、飛礫降《つぶてふ》り不已《やまず》、潰屋焼屋《つぶれややけや》、不知数《かずをもしれず》、両国《りやうごく》二拾里、惣而《すべて》作りもの埋《うづ》みて、川沸立《かはわきたち》、焼泥《やきどろ》に而《テ》、隣村幾多庄《あまたのしやう》押し流さるる、人馬は不及言《いふにおよばず》、大都《おほよそ》村々、草木山家《さうもくさんか》無己《わかちな》く押《お》し往《ゆ》く、御領地山里《さんり》草木に到る迄、皆枯《か》るるトの風聞《ふうぶん》也……」

「と、言葉にされると凄まじいな」

「田畑に青物絶《た》ゑ、野に木々枯れ、川沸《かはわ》きて魚岡《うををか》に揚がり皆《みな》腐り果《は》つ、饑饉《ききん》此れ極《きはま》り、庄内の困窮筆紙《ひつし》に盡難《つくしがた》く、山野に薇蕨《ぜんまいわらび》の薹《たうだ》立つ齧り、固《もと》より雑木の根、稂莠《らうしう》に到る迄《まで》掘り漁《あさ》り——次が判らん」

「無理に読めば——土壁を穿ち縄を解《と》き……」

「何か知らんが藁のなんとかを粉に挽き、嘴唇汚《くちびるよご》したる、剰《あまつさへ》——『動』ってなんだろ、そして削除があって……なになにの験《ため》し有り者《てへり》」

「なるほど」

「空欄になに埋めよう、餓死者が相継いだ……とか」

「そうだな……文脈には合いそうだけど……それ削除する意味があるかな」

「削除されるだけの意味がなくちゃいかんわけだいね。すると……」

一文斯的にはさ……あれを食べた、これしか食べる物が無かった、っていう流れだろ」

「じゃあ、やっぱり……」

「だよな……こりゃ人を食った話だ。餓死者の亡き骸《がら》を口にした例《ためし》すらあった、と続くんだろう」


参道の向かいにあったのは「餓死萬霊等供養塔」である、大飢饉の魂鎮《たましず》めに建立されたものだろう、こちらの石碑は村落有志が寄進したものとあった。言ってみれば当たり前の由緒由来の石碑である。だが今しがた戒壇石に当時の凄惨な状況の一端を窺い、そこに少なくとも「後年に削り取らなければいけないほどの事跡」があったことを知った裕と香織には、その供養塔の方もただならぬ幽気を帯びて見える。「餓死萬霊等」の「等」というのが何を念頭に添えられた一字だったのか、それを思うとそんな小さなことまでが相まって、定かには語られることのない世の悲惨の怨念が、何気ない佇まいの石碑に匂い立っているように感じられてくるのだった。

二人は参道を出てゆき車に戻ると、しばらく言葉もなかった。このあと、もう一つ既に話に出ていた県道すぐの大寺院の墓所を見て回る予定だったのだが、すっかり意気を失っていた。この短い間に、気持ちの悪い物を立て続けに見てしまったという気分だった。いや、じっさい見てしまったのだ。

禁域に建つ祠の土塁の様式が何を意味しているのかは未だに判らない。当地での墳墓様式の積年の変遷は、この短い探索行の間に確かめた限りでは、祠の土塁の意味を何も示唆してはくれなかった。しかし代わりに別の種類の歴史に埋め隠された不愉快の在り処《か》を、はからずも掘り起こしてしまったのだ。

第九章　資料館

「朝倉さんのご紹介でしたね。彼、面白い人だったでしょう」

郷土資料館員の古賀《こが》は太りじしの小柄な男で、目を細めて人懐っこそうな顔で笑う。裕は有名な噺家《はなしか》を思いだした。わざとやっているわけではないのだろうが、裕と香織に椅子を勧めた時に、手許の資料の山を崩して大わらわで積み直していた。根っから三枚目なのかも知れない。

朝倉の推挙があったのは、この古賀こそ、門外不出の古文書資料をフィルム版、電子データ版と整理分類する専門職能を持つ研究員であったことに加え、古賀が、ずばり中世神社の本地垂迹の由来を蒐集《しゅうしゅう》している「神社の由来」の専門家であったことによる。山間《やまあい》の荒社《あらやしろ》までは手が回っていないようだが、その知識の程は朝倉のお墨付きだった。

「あれ言われたんでしょう。『史料の精神分析が必要だ』ってやつ」

裕は苦笑して答える。

「ええ、史料を真に受けちゃいけないって。勉強になりました」

「駄目ですよ、あれで若い子が道を誤るんだ。若い研究者には朝倉さんが言うような方法論は鬼門なんですよ」

「そうですか」

「騙《だま》されちゃ駄目ですよ。あれで朝倉さんご本人はね……彼の論文ご覧になりました？」

「はい、祭りの習俗と修験道や密教修行の影響についてってやつ、ひとつきりなんですけど」

「彼の史料批判は物凄く手堅い正統派ですよ。彼は学会とやりあって冷や飯を食ってるなんて言ってますけどね、ああ見えてかなりきっちり王道の方法論を叩き込まれてますから……若い者にそれ抜きであんまり無手勝流を教え込んじゃうのは困りもんですよ」

開口一番、陰口から入るのかと裕は警戒したのだが、案に相違して古賀氏は朝倉の業績を高く買っているようだった。思えば裕自身が、古賀が危惧するところの、朝倉の勧める「史料を大胆に相対化する方法論」よりも、かえって古賀が朝倉の論に評価しているような「確立した方法論の確かさ」の方を重要視したい立場だった。古賀の朝倉に対するアンビバレントな批判と評価のほどは、かえって自分のことのように理解出来た。

「彼はねぇ、安楽椅子型っていうか、二次史料の比較分析が緻密なのが持ち味でね、そこに批判もあるわけですが、ご自分の標榜しているようなやり方とはぜんっぜん違って、えらく古典的で、分量のある資料集でひっぱたくような……」

苦笑を浮かべながら朝倉の研究をくさす古賀であったが、屈託がない。おそらく朝倉とはかなり昵懇《じっこん》の関係なのではないかと裕は思った。朝倉から古賀のことは、自分とは違う、膨大な資料に頭を突っ込んで史料批判もせずに事細かに分類に勤《いそ》しんでいる史料コレクターのような男だと聞いていた。そう聞いた時に裕は、こちらもずいぶん口さがない批評だと思ったのだった。だが、古賀の朝倉評に鑑《かんが》みると、逆に朝倉の方も古賀のことを実は憎からず認めていて、それなりに評価しているがゆえの苦言が人物評に出ていたものだったのかも知れない。そう言えば朝倉は裕に向かって「そういうことなら検索なんかかけて調べているより資料館の古賀という奴に聞けば必要な物を出してきますよ、現物とは言いませんがマイクロでぜんぶ持ってるような奴だから」と請け合っていたのだ。ある程度評価していなければそこまでの信頼はあるまい。

「マイクロ」はマイクロフィルムのことだ。この電子化の時代にも古くにフィルム資料化されたままに死蔵されているものは多い。裕自身は使ったことがなかった。なにしろ文字情報になっていない写真版のデータの集積である。キーワードで検索抽出する訳にもいかず、ずっと昔のSF映画に出てくるようなコンソールに座って画面を覗き込み、ダイヤルを回して画面を切り替えて端からデータを総覧していかなければならない。じっさいコンソールに屈みこむ古賀の姿は、機械工作に勤《いそ》しむ町工場の熟練職人のような様子だった。必要な資料をこれと引っ張り出してくるのには年季が入った腕が要ることだろう。

「お問い合わせは神社の由緒書きですって？　まずはどこの神社か仰《おつしや》って頂かないとねえ」

「北浅の支流筋にある琴平神社っていうやつなんですけど」

「金毘羅さんですか、金毘羅さんは多いですよ、それだけじゃ。四国、紀州《きしゆう》なんかに比べるとずっと少ないですがそれでも上毛《じょうもう》だけで……」

　と古賀は指を折って数え上げる。

「楽器の琴に平らと書くんですけど……」

「じゃあ大分絞れますかね、それでも随分ありますよ、せめて時代だけでももう少し……」

「この辺の神社っていうのはだいたいいつ頃に成立したものなんでしょう」

「それはもう……いろいろですよ。まあ延喜式神名帳《えんぎしきじんみょうちょう》に載るようなのだと甘楽《かんら》の貫前《ぬきさき》神社、伊香保《いかほ》神社、赤城《あかぎ》、ほか大小あわせて……あ、この大小って言うのは神名帳に定められた社格のことね、まあ大きさとも若干関係しますが、ともかく大小十二座は延喜年間にすでに上毛で有力だったということですね」

「延喜年間ですか……えぇと平安末期？」

「神名帳は完成は延長《えんちょう》年間になりますが、もともと醍醐《だいご》天皇の肝煎りですから」

「はぁ……ずいぶん古いもんですね」

「ご冗談を言っちゃ困ります、これは社格付けに確かな格式の文証《もんしょう》があるっていう話に過ぎないんで、その辺りの神社ともなると成立そのものはもっと遡《さかのぼ》りますよ。例えば伊香保が旧本社の方で天平勝宝《てんぴょうしょうほう》年間、赤城も六国史《りっこくし》に言及があって、つまり『続日本後紀《しょくにほんこうき》』にすでに言及されたものですから、この二社は優に奈良以前に遡ります。一之宮《いちのみや》貫前は謳われている由緒のままならお祀りが安閑《あんかん》天皇のころで、これなんかもう古墳時代ですねえ」

「そこまで遡るんですか……」

「ご冗談を。碓氷《うすい》峠の熊野《くまの》神社なんぞ縁起は日本武尊《やまとたけるのみこと》を八《や》咫烏《たのからす》が先導したっていうことで、景行《けいこう》天皇の代に熊野神霊を勧請したというのが社伝ですから、これは理屈では東征のころ」

香織が「ほぇえ」と奇妙な溜め息をついている。

「伊勢崎《いせさき》の大國《おおくに》神社はさらに一代前の垂仁《すいにん》天皇ですね。大旱魃《かんばつ》を憂えた垂仁天皇の前に大国主命《おおくにぬしのみこと》が翁に化身して現れ、雨を降らせ淵を作ったのが縁起だと……」

裕も日本古代史は門外漢である。縮小したプリントアウトで手帳に貼り付けてあった元号一覧に慌てて目を走らせていた。古賀は立て板に水で古い神社の縁起を並べ立てていく。

「桐生《きりゅう》の賀茂《かも》神社は社伝に垂仁天皇からさらに一代遡って崇神《すじん》天皇朝を謳っています。崇神天皇といえば歴史学上に実在説のある最古の天皇ですからこの辺が学術的には限界値になりましょうかね。だいたい安全を採れば記紀以前は怪しく思っておくのが穏当でしょうか」

「そうした社伝の縁起っていうのは信頼出来るものなんでしょうか」

「やっぱり朝倉さんに何か吹き込まれていますね」

古賀はにやっと笑みを浮かべて言った。

「私はね、朝倉さんとは違って、そういう判断はしないんだな。こうした史料がありますっていうことをね、淡々と記録していく。史実か伝説か、なんてね、いちいち確かめるのも立派な考え方ですがね、私は虚実おりまぜてこうした史料がありますってことを、まずは押さえておきたいのね。なまじな判断で史料そのものや本文《ほんもん》の記述に非を打っていったら、史料とすべきものの目録が、もう恣《し》意的なものになっちゃうでしょ？」

「判りますが……」

「確かなことは『ここにこうした史料がある』っていうことまででいいんですよ。だいたい史実と伝説を切り分けようなんて、その配合自体が一史料の部分ぶんでもまちまちなものでしょ？　どだい史料に確かなことだけ求めようっていうのが浅はかなんで、意外に思われるかも知れませんが私は朝倉さん以上に史料の真実性なんてもの信じちゃいませんよ。ただそれを問題にしないのね。それが私の立場」

「なるほど、そういう割り切り方もありますか……判るような気もしますが」

「割り切りじゃないのね。これはね、諦《あきら》め。史料の中の真偽を切り分けるなんて……それは究極的には無理な話なんでね……でも、だからって、ここは不純物が多いからって鉱脈を捨てていいってことにはならないでしょ。純鉄だけ掘り出そうというなら隕石が落ちるのでも待ってないとね。そりゃあ何万年でも待ってて落ちてくるもんなら」

裕は思わず笑ってしまった。香織も忍び笑いを漏らしている。

「しかし近在のこととは言え、よく覚えていらっしゃいますね。この辺の神社のことはみんな頭に入っているんですか」

「とんでもない。『この辺の神社』なんて、それだけで幾つあると思ってるの。もっとも史学、郷土史やってる人は神社仏閣は普通ぜんぶ押さえますよ。西洋史の人だって教会、修道院は押さえるでしょ」

「そういうもんですか」

「そりゃそうですよ、そこにしか文字になってるものがないから。近世日本は世界的に見て識字率が著しく高かったそうですが、実際のところ自分の名前が書けるというぐらいの話がほとんどで、まとまった記録を残すということになるとね。まして鎌倉、平安と遡っていけば……過去帳、寄進状、縁起由来、寺と神社は『古事を残す』のが存在意義の一部ですからやはり。寺社は吉凶問わず特に有事を必ず記録します。あと商家は証文、裁許状なんかをごっそり残しますが、これは商売、どうしてもねたに偏りがある」

「なるほどやっぱり寺社は頼りになるんですね」

「そりゃそうでしょ。古地図と現在の様子を比べると全然様子が違っちゃってることはままあります、山城《やましろ》なんて跡形もなく消えちまいますし、どうかすると川の流れなんかまですっかり動いてしまいますが、神社仏閣はぴたりと古地図に言われる場所にありますからね。もう安定度抜群。無くなってもきっと再建するから。それから安定してるって言えば寺社には石碑があるでしょ。吹けば飛んじゃう、焼けば燃えちゃう紙なんかとは訳が違う。多胡碑《たごひ》なんかご覧になったことありますか？」

「ああ、上毛かるたにある……」

「昔を語る、多胡の古碑《こひ》」諳《そら》んじたのは香織である。

「あれ八世紀ですよ。碑文の語る由来は和銅《わどう》四年ですから古事記と同時期。そんなものが今でも普通におっ立ってますからね」

おっ立っている、には裕も苦笑を隠せなかったが、古賀の言葉が先日に見た戒壇石《かいだんせき》を思い出させた。裕は「失礼」と断って、ごそごそとラップトップを引っ張り出しながら聞いた。

「なるほど……でも碑文だって毀損《きそん》されることはあるでしょう」

「いや、なかなか。多くの人目に触れるから記録もされるし、壊したって欠片《かけら》が残りますしね。壊されたことまで含めて立派な史料となりますよ」

「これなんですけど……」裕はデジタル写真閲覧のソフトウェアを立ち上げて、画面を古賀の方に向ける。

「先日見たんですがね、碑文の一部が……」

「興福寺の戒壇石ですね」古賀はひと目で言った。すでに碑文の毀損という話だけで念頭にあったのだろう。

「ここのところなんですけど……」

「はいはい、存じ上げてます。この削ったところね」

「その前のところも判らないんですよ。どう解釈するんですか」

「はいはい、ちょっと拝見、ああ、角度を変えて撮ったんですね。これ大事。正面から撮っただけじゃ、あとで絶対に斜め、横からの図が欲しくなるもんです。最近は拓本よりこれが早いですね。石の様子も判るし。ここ拡大出来ますか」

裕は古賀の方に椅子をずらし、問題の部分をズームアップした。香織は立ち上がって後ろから覗き込んでいる。

「はいはい、これね。ここですか。土壁穿《うが》ち縄解《なはほど》き藁寸莎《わらすさ》粉ニ挽《ひ》き嘴唇《くちびる》汚したる剰《あまつさへ》……」

「わ、わらすさって何ですか」

「寸莎《すさ》藁《わら》のことですよ。土壁を荒壁塗りにするのに繊維として藁を塗り込むわけ。それを壁から掘り出したって言っているんですね。『なはほどき』っていうのは縛ってあった縄を解いたっていうんじゃなくて、藁縄をばらしたということでしょう。壁や縄から藁を引きずり出して、粉にして貪《むさぼ》ったと、こういう話ですね。天明の大飢饉ですね、ご存知でしょう？」

「藁を粉にして食べた……」

「こういうところがリアルですね。想像じゃ書けない」

「古賀さんは史料の真偽は問わないお立場では？」

「おっとこれは勇み足。『剰《あまつさへ》……動《ややともすれば》』……以下不詳」

「そう読むんですか。欠落部には何が書いてあったんでしょう」

「もう引っかかりませんよ。これは『欠落がある史料』、それで終《しま》いです」

「そんな」

「書かれていない以上、想像するしかないじゃないですか。私は想像はしません」

「そう仰らず……」

「勝山さんは何か想像なさった」

「そうですね……古賀さん、さきに『壊されたことまで含めて立派な史料』と仰ってましたね」

「はい」

「この戒壇石碑文は削られていることに、やはり意味を認めるべきでしょうか」

「そうでしょね。文言を選んで鏨《たがね》で削り取ったわけですから。これは想像でもなんでもなく、一節を削除しなければ済まないと思った者がいたということは確かなのでは」

「何か後世に伝えたくないこと、いっそ口を噤《つぐ》んでしまいたいことがそこに書かれていた」

「そこまで言うと予断が入ってきます」

「外聞の悪い話が書かれていた。郷土の恥となるようなことが」

「それは勝山さんのご想像ですよ」

「僕はこの抹消部分は食人の事跡を伝えたものだと思うんです」

「書かれていないことですから、否定出来る人もいませんよ」

そう言って古賀はにっこりと微笑んだ。

かたくなに言質《げんち》を与えない古賀だったが、目先を変えて天明年間に食人の事跡を伝える史料が他にあるだろうかと聞いてみると、上毛の神社縁起を唱えたときと同様に立て板に水で典籍の数々を並べ立てる。こういう質問なら受け付けてもらえるのだ。

「そりゃあいくらもありますよ。天明大飢饉は未曾有《みぞう》の深刻さです。影響範囲も甚大で関東から奥州まで東日本全域が荒廃したということですから」

「この辺ばっかりじゃないんですね。東北にまで及んでいる。浅間大焼が原因かと思っていたんですが……」

「同じ天明年間に大噴火が有りましたから、近県ではよくそういうふうに錯誤されているんですよ。でも天明大飢饉は安永《あんえい》年間からずっと引き続きの凶作が遠因です。やませが酷《ひど》かった奥州八戸の餓死萬霊等供養塔の碑文では凶作の始まりを安永七年としていますね」

「――1778年ですか」裕は手帳の元号年表を片手に口を挟んだ。

「そうですね。大焼以前に五年ほど凶作が続いていたと伝えているわけで……浅間大噴火はいわばとどめですね。それに天明三年（1783）はこう言っちゃなんですが噴火の当たり年で、青森では岩木山《いわき》が噴火していますし、遠くアイスランドでもラキ火山、グリムスヴォトン火山と相継いで噴火しています」

「アイスランド……火山の多いところですよね、でも地球の裏側の話じゃないですか」

「こっちの噴火は規模が浅間大焼と比べても桁違いですよ。噴出物量だけで比べても……たしか……浅間大噴火の35倍強だったかな、硫化ガスの中毒だけでイギリスでは二万人以上が中毒死したとか。噴煙は成層圏に及んで、ヨーロッパを覆う。『ラキの靄《ラキヘイズ》』と呼ばれたそうです。これの影響で日照量が激減して北半球全域が数年間にわたり深刻な冷害に悩まされたんで、飢饉は世界規模で巻き起こっていたんですよ。これがフランス革命の原因だったとまで言われている」

「そうなんですか。フランス革命は貴族の横暴に民衆が怒ったとかそういうことかと」

「地方の人間は貴族のことなんか気に懸けてやしませんよ。単に飢えていたんです。都市部にまでまわす穀物が無くなっていたんです」

「なるほど、じゃあフランス革命の本当の理由は人権思想ではなくパンの問題だと」

「そこは解釈ですね」古賀は肩をすくめて明言を避けた。

「それじゃいずれにしても、天明の飢饉も浅間大焼ばかりでなく……」

「ええ、まずはそれ以前から続いていた冷害、くわえて遠い北大西洋《たいせいよう》の巨大噴火、そこに津軽《つがる》ではお岩木が、こっちでは浅間が火を噴く、まさに踏んだり蹴ったり。大焼は最後のとどめですよ。江戸期の人別調べを通時的に比較する研究はたくさんありますが、天明年間で人口は激減しています。全国的には死者総数は百万近いと計上されてますね。松平定信《まつだいらさだのぶ》の筆なら百四十万とも言っています」

一そんなにですか。この時代……戦争でもそんなには死にませんよね」

「この時代どころか、日本史に限れば第二次世界大戦でも一般市民はそんなに死んでないでしょ」

「まさに空前絶後ですか……」

「いや空前絶後というと語弊がある。確かに天明大飢饉は最大最悪のものですが、これは最大のものだというに過ぎないんでね。江戸時代は全期にわたって比較的寒冷で、冷害凶作は頻繁でしたから。江戸期を通じて地方農村は飢饉との戦いですよ。大凶作、大飢饉ていうのは日本史だと少し狭義にとって『四分三以上の減作』とすることが多いですが、そんな酷い飢饉が慶長《けいちょう》からこっち御維新まで十六回を数えます。江戸三大幕政改革ってあるでしょう？」

裕は高校時代に取っていたのは世界史で、受験科目として日本史を避けたぐらいだから日本史にはあまり明るくなかった。元号と西暦の対応表なんぞを手帳に用意しているのも、もともと苦手意識があるからだ。このところ郷土史に分け入っているのも基本的には付け焼き刃の知識で、たとえば碑文の翻刻一つ取っても香織には及ばない。三大改革と言われてもすぐには思いつくものがなかった。代わりに答えたのは香織である。聞いてみれば確かに中学で教えているほどのことだった。

「享保《きょうほう》の改革、寛政の改革、天保の改革ってやつですね」

「あれはそれぞれ江戸期三大飢饉に対応していますよね。享保の改革に享保大飢饉、寛政の改革は天明大飢饉の直後、天保の改革は天保大飢饉の直後。施策の中身をみれば甘諸《かんしょ》栽培の奨励、囲米《かこいまい》で備蓄の確保、農村への人返し令と……必ず農政に係る施策があるでしょう。幕政改革も飢饉との戦いという一面がありますね」

「なんとなくお上は農村を搾取し続けていたような印象がありますか……」

「そりゃ、搾取の構造は確固たるもんだったでしょう。しかし飢饉というのは、百姓が食えない、お上にゃ年貢が届かないっていうことに留まりませんからね。風紀が紊乱《ぶんらん》する、夜盗や追剝《おいはぎ》が横行する、はては一揆の打ち毀しのっていうことになる。幕府は先手を打って農村に手当てをしておかないと後が怖《こわ》いんですよ。しばしば一揆は戦より痛いですからね。打ち毀しを許せば大打撃、かといって鎮圧しても農村の窮状は変わらない。直接の衝突がなくても大規模逃散でも起これば領そのものが生産力を失う。どう転んでも領内の生産性はがた落ちになりますから、これは為政者としてはせいぜい善政を布《し》いて農村を宥《なだ》めておかないとまずい。飢饉の度に藩政、幕政はかなりの持ち出しを強いられてきました。リスクヘッジとしてある程度の穀物は囲っておかなくっちゃ話になりませんが、いざ飢饉となると米を囲っていることが民衆の反感の的になる。打ち毀しなんかの起こらぬようにと備蓄しておいたものが打ち毀しのターゲットになるんですから皮肉なもんです。まあ実際に私腹を肥やしていただけの領主も多かったでしょうが、大概はかなりの石高を放出したはずですよ」

「しかしそれで上手くいった例《ためし》はあるんですか。結局は焼け石に水というか……」

―もちろんもともと上手くいっていないから救恤、御普請《ごふしん》っていうことになるんで、ひとたび飢饉となれば後手にまわっている以上、農村の荒廃は必至です。そうなると風紀が紊乱するというより、もう人倫が廃れる。ご質問だった食人だって到るところで起こっていたといいます」

「そうですか……」

「まずはこれ、元禄《げんろく》八年（１６９５）の大飢饉の事跡を伝えた弘前《ひろさき》藩の添田儀左衛門《そえだぎざえもん》『耳目心痛記《じもくしんつうき》』、これが比較的古い例ですね。家のものが死んでも弔いをあげてやるどころか埋葬する余力すら家族にない。野ざらしに放置される亡き骸《がら》が路傍に横たわり、日を追って一族郎党死に絶えた家が集落に増えていく。生き残った家々でも結局は長くもたないということで子殺しや心中が相継いだと……」

「元禄年間ですか、『おくのほそ道《みち》』の頃ですよね」

「芭蕉《ばしょう》はちょうど飢饉の間を縫って良い時をまわっている様ですね。蕉翁の紀行は元禄初頭ですからあと五年もすれば元禄大飢饉です。ひどい話ばかりですよ。木の葉を食べ、木の根を食べて辛うじて長らえていた一家があったが山が雪に包まれ、もう何も食べるものがない、あとはどのみち死ぬしかない、このまま子供が飢え死にするのを座視しているのも忍びない、いっそ一思いにと、飢えてすでに力もない子供を抱えていって、夫は息子、妻は娘を冷たい川に沈めては一人ずつ殺していく。そして一度は川のほとりから帰ろうとしたものが半町も歩いたところで、どうにも心が堪えきれなくなって妻は取って返し、今し方娘を沈めた同じ川に身を投げてしまう、夫もそれを見て、なるほど情けなくも子を淵に沈めて、それで夫婦が幾年栄えるものだろうか、ともに死ぬのが親子の情けか、ただしばし待てと先立つ三人の回向《えこう》に念仏百遍を唱えてから自らも水を潜《くぐ》る……そんな風に家々が絶えていく。また別の話では、水に沈めた我が子が何度も這い上がってくるので、石を振りかざして打とうとしている女がいる。それを見とがめた人が、それでも人の親か、いっそ一緒に死ぬのがまだしもの情けではないのかと咎めると、女が涙ながらに言うには郎党すでに残らず飢え死にし、自分も今日明日をも知れぬ、幼い子を残してはどんな憂き目に遭うかも知れず、それならば、よし自分は地獄に落ちようとも先に子供を殺して回向してやる、その方がなんぼか子供の為になるのではないかと。咎《とが》めた方も何と答えて良いか分からない……」

古賀は飢饉の時代の証言を伝える資料の目録を指で辿《たど》りながら、ますます凄惨さをます記述を拾い上げていく。裕は年代を確かめるように手帳に鼻を突っ込んだまま聞いていた。噺家のように見えたのは古賀の容貌のみには留まらず、立て板に水で述べ立てて留まるところがない。史料を読んでいるのではなく、おそらく中身が頭に入っているものだろう。寄席の怪談でも聞いているようで話が上手く緩急の付けようが達者で、却《かえ》って本当の話とも思われなくなってきた。

「天明年間なら『卯《う》辰《たて》飢饉《ききん》物語』、これは八戸市博物館所蔵の展示品ですね、現地の飢饉《けがじ》の直近からの記録。有名な展示品で、時代は違いますが元禄の『耳目心痛記』にあたのとほぼ同じ惨状がこちらは絵になっている。これすぐ出ますよ」

古賀がコンソールを熟練の手付きで操作すると古ぼけた画面に稚拙な記録画が映った。

「野ざらしの遺体を野犬が貪り、あまつさえ人もそれに屈みこんでいる。子を水に沈めていると思《おぼ》しい女の図も見えます。あるいは『飢歳凌鑑《きさいりょうかん》』。こちらは盛岡《もりおか》藩ですが同じ天明三年。はっきり食人を伝えていますね。『せん方無きあまり、死したる人の肉を食するもの、在々所々に多し』、弊衣《へいい》蓬髪《ほうはつ》の女が二、三歳の子供のものと思しき真っ白い腕を手に摑んで食べていた……と」

「それは自分の子供ではないんでしょうね」

「さあ、分かりませんが……同じく天明飢饉の由来を伝える上野家文《うわのかぶん》『天明卯辰簗《てんめいうたてやな》』になると、はっきり一家のものを口にしたとありますよ。夫を騙しうちに殺して食べた、我が子を鎌で殺して食べた、はては墓を掘り返して死骸をあさるようになり、夜には里に出て子供を追う……この辺の話は完全に鬼みたいになってますね」

「それは民間説話とかそういうものではなくてですか？」

「この『卯辰簗』は八戸、上野伊右衛門《いえもん》の見聞記ですね。本当に怪談噺みたいな逸話も多くて、『卯辰簗』で特に有名なのが『片股《かたもも》を借りに来る』という話……」

「借りに来る？」

「宿場に宿を取っていたところ宿の主人を訪ねてくる地元の女があるんですね。それでひそひそと主人と話しあっていることには、もしもし、こちらさまでは爺様がお亡くなりになったと聞いて参りましたが、御無心ながら片身なりとも片股なりともお貸し下されないか、うちの爺様も二、三日うちには片がつくだろうと存じますので、その節にはすぐにお返しにあがりますからと……」

「遺体の股の貸し借りですか……これは……」

「うちもすぐに死ぬんでじきに返すからっていうところが怖いでしょ。その他にも『牛馬の肉を食するのはふつうで、人肉を食する者さえあり、老母の死体を五百文で売買し、嬰児を食う母親もあり』とか。これは衣川《ころもがわ》村馬懸《まがけ》鈴木家所蔵文書、『胆沢《いさわ》町史』とあります、岩手県の記録ですか」

「こうしたものの原本は東北まで行かなきゃ見られないんですかね」

「行くまでもないでしょ。確かな翻刻と校訂、解題が知られていますから。この辺のもの……『飢歳凌鑑』や『卯辰簗』なんかは『近世社会経済史料集成』という史料集に見えますよ。第四、第五巻の所収ですね。そのものずばり『飢渇もの』と副題されている二巻で、そのために夙《つと》に知られています。収録史料の校訂と解題は1970年代に大東文化大経済学会の論集に纏《まと》められています。紀要《きよう》、学会誌ですから、これも手に入りやすいかな」

学会誌だから手に入りやすいというのは研究者独特の感覚である。裕も学者の卵であるから、学術論文はあるところには必ずあるもので市販の書籍などよりアクセスが容易であるという感覚は共有していた。

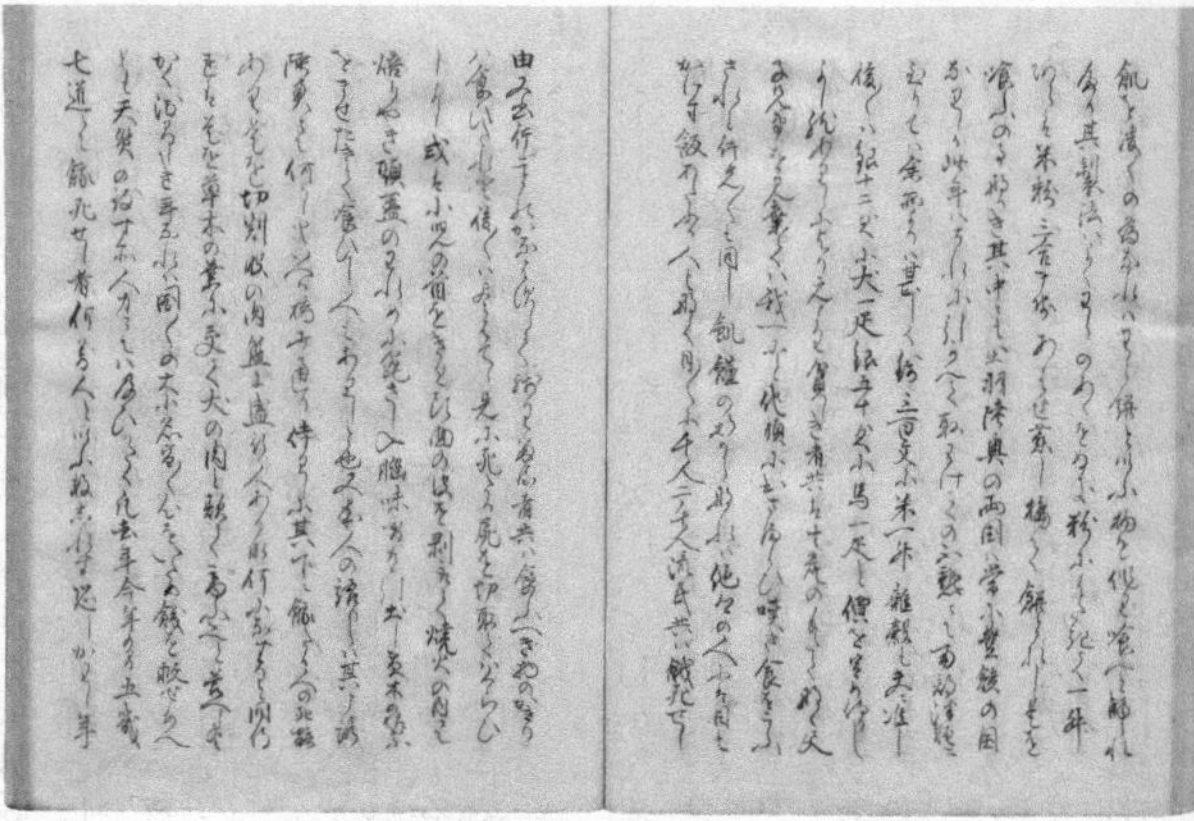

後見草（国立公文書館所蔵）

「もっと有名なのは杉田《すぎた》玄白《げんぱく》の『後見《のちみ》草《ぐさ》』ですね。天明三年の津軽を見てまわっています。伝聞が多いのですが、この表現がもう身も蓋もない」

「そんなに酷いですか」

「『先に死たる屍を切取くらひしまま、或は小児の首をきり、頭面の皮を剝《む》きて焼火の内にて焙《あぶ》りやき、頭蓋のわれめ箆《へら》さし入、脳味噌を引き出し、草木の根葉をまぜたきて食ひし人も有しと也』。例によって聞き書きなんですが書き記したのが医学者の筆だけに……」

「たしかにこれは即物的で……グロいですね。しかし奥州に記録が多いんですね。餓死者供養塔も八戸にもあったような話でしたが」

「飢饉の古い記録は奥州に多いんですよ。供養塔といえば岩手県旧江刺《えさし》市松岩《しょうがん》寺の餓死者供養塔は宝暦《ほうれき》年間、八戸の対泉院《たいせんいん》餓死萬霊等供養塔は天明年間。仙台《せんだい》辺りだと宝暦、天明、天保の大飢饉を三大飢饉としていますから……」

「世に言う三大飢饉とはずれているってことですか」

「それは場所によってその都度の飢饉の深刻度は違いますでしょ」

「この辺とも違いますか」

「この辺りですと天明年間以降の飢饉の方が深刻だったようですねえ。上州で四大飢饉といえば、まずは天明大飢饉、文政《ぶんせい》八年（1825）に上野飢饉、そして天保四年（1833）の大飢饉、それから天保七年（1836）の日本一統大凶作、この四つが被害甚大で」

「うーん、これは年表を作っておかなきゃ追いきれませんね」

「近世の貧窮史は追っている人が多いですから、ものの本に要領良くまとまっているものがいくらもありますよ。上州の郷土史では大焼からこっちの史料は膨大ですから、テーマごとに編年的に整理していかないと混乱するんじゃないかな」

「そうみたいですね。だいたい僕は元号に弱いものでいちいち換算しないと……」

ましてや十二支十干で年号を表されるといつのことと特定するのにしばらくかかってしまう。そう言うと古賀は「他じゃ使いませんからね」と笑った。

「もともとのご依頼だった神社仏閣の由緒由来なんかも飢饉年表と並べてみると何か分かるかも知れませんね」

そう思われますか？」

「たとえば享保年間、あるいは天明年間なんか勧請が多かったですから。要するにことが落ち着いてからようやく供養する、魂鎮めするっていう余裕が出るわけね。農村に喫緊の義捐《ぎえん》救恤《きゅうじゅつ》を果たした後で、言ってみりゃ精神的なアフターケアも必要になるわけですよ。それで勧請が増える。それから寺社の分霊移築も増えますから」

「分霊移築……ですか」

「たとえば天明大焼では北浅の村落が壊滅したでしょう。一村まるごと焼泥に押し流されてしまった例も多い」

「ええ、十何キロも離れたところから寺の鐘が出てきたとか……」

「常林寺《じょうりん》の鐘ですね。それ、現物が火山博物館で見られますよ。まあともかく大焼直後は、無理からぬことですが対策もすぐには行き渡らない。村々の連絡も途絶えがちになり、焼泥はことごとくの橋を焼き流してしまってますし、渡河が出来ないので対岸との連絡を綱繰《つなく》りで行ったなんていう史料も残ってます。県立文書館に寄託されている伊能《いのう》家文書『吾妻郡岩井村の浅間焼け諸入用覚帳』ですね」

「綱繰り……？」

「綱を対岸に投げて文をやり取りするんです。畑田ばかりでなく街道から橋から、当時の連絡網から、インフラが完全に途絶してしまったんですよ。しぜん頻発した一揆、打ち毀しを平らげた後に幕府は公儀御普請《こうぎごふしん》でインフラ整備、田畑開墾に乗りだしてます。

その時に最初は私領への援助は断っていたんですが、自力復興は不可能と見た幕府は早晩、御普請の対象を私領にまで広げています……さらには同じ頃に草の根でもなかなか働いた人があったと伝えられているんですね。この辺は重文ものの古文書が幾つも残っていますよ。特に被害の甚だしかった鎌原《かんばら》村近辺では、同じ吾妻郡隣村が自分たちも被災者には違いないのに、結構早くから救助活動に出ていて、まあ今風に言えば仮設住宅ですか、それを私財をなげうって用意して避難民を集団で住まわせたなんていう名主がいたりしてね。親を亡くした子、子を亡くした親と大勢いるわけで、それを養子縁組させたり、配偶者を失った者どうしで新たに一家を設けたりね。相当に積極的に立ち回った篤志家《とくしか》があって、村の復興を助けたのだと」

「ええ、そうした話は聞いています。後に褒美を得たとか……」

「そうした村落の再興計画の中に、集団移住という選択肢もあったわけですよ」

「……なるほど」

「そうすると村落単位で新天地で心機一転まき直しです。そういう時にね、氏神を祀った神社を分霊して連れていく。蠟燭《ろうそく》で火を移すような話で、分社しても同じ神体と見なせる」

「なるほど……それで神社の移築があったと」

「場所が開発新田で天明年間後期にぽこっと出来ているような神社は、まずは分霊移築か被災者の鎮魂でしょう。これが元からある神籬《ひもろぎ》と混淆《こんこう》を果たすんでまた話はややこしいんですが」

「そういう由緒由来もあるということですか……なんだか思わぬところで繋がってきたな」

「神社整理でお取り潰しになっていなければ、集落神社は少なくとも幕末までには由来書き上げを残すようなことがあったでしょう。合祀されていたとしても、合祀された先の神社に記録が残るはずです。そっちの可能性の方が高いかな。問題の琴平神社が今は荒社で何も確かなものが残っていないとしたら、近隣のもっと大きな神社に連絡したのかも知れませんから、そちらから迫っていけるんじゃないでしょうかね」

「いいえ、琴平神社もそうなんですが、もう一つ気になっている山社がありまして……」

「山間の神籬なら、朝倉さんが詳しいでしょう。中古中世の修験道の霊地が寺社に習合した例はたくさんありますよ。ただそうした自然信仰の拠り所にちょっとお社を建てたというぐらいの小さな祠ですと史料に名を残さぬものがほとんどじゃあないでしょうかね」

「人によると『天目《てんもく》さま』の像を置いていたという話もあるんですが」

「天之麻比止都禰命《あまのまひとつねのみこと》ですか。山鍛冶《かじ》の神さんですね。そういう繋がりもあるんだろうか……ちょっと判りませんが。でも山の祠に像を置くなんてめったにないと思いますよ。山間の信仰神体はもっと抽象的なものが多いですから」

「天目さまっていうのは……何か蛇の目《じゃめ》と関係があるっていう話はありますでしょうか」

唐突な質問だったが、古賀は無精髭をこすって首を傾げて真面目に答えていた。

「蛇《じゃ》の目《め》ですか。弦巻《つるまき》紋の蛇の目？　……蛇の目ねえ、関係あるかも知れないですね。天目さんは竜神と習合した例がありますし……これは『和漢三才図会』に記述があったはずです。一目連《いちもくれん》と言って、北勢《ほくせい》の多度《たど》大社別宮ですか、片目の竜神を祭神に戴いていた神社が、垂迹権現《すいじゃくごんげん》に天之麻比止都禰命を習合したんですよ。もともと一名に天目一箇《あめのまひとつの》神《かみ》と言って片目の神さんですし」

「片目の神さん……ですか？」

「その紀州の例では片目の潰れた竜をお祀りしたという民間信仰と天目さん信仰が合流しているんですよ。もともとたたら場、山鍛冶の神ですから目が悪いのが常で……。ただこちらの山間では山鍛冶の事跡はあまり聞かないかなあ。だいたい勝山さんのお話にあった辺りは山自体が鉱山どころかいったいに禁域ですからね」

古賀は説明のさなかに、ここまで参照してきた資料の目録をプリントアウトしてくれていた。裕は書類を捧げいただくと礼を言って、かねて用意のあったフォルダーに綴じ込み、薄いラップトップのコンピュータと重ねて革鞄にしまい込んでいた。少し手が滑ってラップトップが鞄の底に落ちこんでごとりと音を立てた。

裕は手元をよく見ていなかったようだ。ややぼうっとした顔をしていたのを香織は見た。

所でそのくたびれた革鞄は飴色に艶の出た分厚い牛革で、学生鞄よろしく大きな覆い蓋の下に平たい小部屋が二、三と仕切られている。一番小さな部屋はファスナーで閉じられており、そのファスナーのつまみに根付けの紐が絡《から》んでいた。

裕は書類とコンピュータを鞄の中できちんと揃えて並べて直していた。そして眼鏡を拭くためだろう、ファスナーを開けてちり紙を引っ張り出した。その時にファスナーに付けられていたのが根付けではなく錦の小袋に入ったお守り札だったことが判った。まるで小学生みたいに、鞄にお守りを付けている。香織はすこしほほ笑ましく思った。

だが、くすんだ朱色のお守り袋はずいぶん古いものと見えた。すぐにファスナーはまた閉じられてしまい、お守り袋も仕切りの中に消えてしまったが、その一瞬に香織はあれはどこの寺社のものだろうとちらりと訝《いぶか》った。いや……香織にはそのお守りの出所はすでに問うまでもないことのように思えたのだった。

第十章　巣守郷

巣守郷《うろもりごう》は先日赴いた金毘羅《こんぴら》下《くだ》りの支流筋からは尾根一枚向こうにあたる、典型的な山間離村で、以前に登った山道とはまったく違った経路からしか道が続いていかない。先日歩いた琴平神社裏の杣道《そまみち》から郷《ごう》に下りる道筋があるのだろうと思っていたら、そうしたルートは無かったのが驚きだった。ロードマップでもウェブ上の衛星写真でも、本流筋から登ってきた県道、広域林道とどう接続するのかが判らない。それでも地図に無い集落というほど孤立している訳でもなく、二万五千分の一の地形図を見ると僅《わず》かに点線で示された山道がある。この山道が金毘羅下りの水系とは違う支流筋に沿って、いわば裏側から郷へと登っていくのだった。琴平神社のある側の渓谷集落とはまったく連絡がないようだった。

　地図に確かめた林道からそれていく細道は、山肌を同じ標高を保って続いていくらしく、地形図の上でもあえかな点線が等高線に紛れて、それがあたかも道筋を隠しているかのようだった。林道から分岐する場所は理屈の上では山道の三叉路だったはずだが、現地で見ると分岐していく道筋の入り口はたまさか空いていたガードレールの隙間にしか見えなかった。

　ここに違いはあるまいと蛮勇を奮って香織は脇道へとハンドルを切る。もし道を違えていたらここまでずっとバックで戻ってこなければならないだろう……。しかし裕は脇道に入ってすぐのところで、この道は正解だと確信した。ガードレールの隙間からがくんと脇道に下りた路傍に小さな楕円形の立石があり、裕が車中に振り向いて確かめるとその石の裏面に薄汚れた白い紙が貼り付けてあった。白く見えたのは墨が雨風に洗い流されてしまったのだろう、裕はそこには蛇の目《じゃめ》が描いてあったに違いないと思ったのだった。

広域林道を離れてからずっと砂利も敷いていない細道で、香織のハッチバックは道を左右から覆うような笹の葉を掻き分けるようにそろそろと進んでいった。ボンネットに濡れた葉が張り付いて、やがて車は迷彩車のような柄になってしまっていた。だが二条の轍《わだち》が下草の上にあらかじめ刻まれており、このような細道でも車で往来している住人が確かにいることを窺《うかが》わせた。

やがて細道は登りに差しかかり、ごつごつと石を踏んで車は標高を稼いでいく。尾根を乗り越すところでは細い切り通しになっていた。その切り通しを抜けかかったところで、前方に車が見えた。こちらに向かっていたのは軽トラックで、切り通しの先の下りの中ほどにぴたりと停まっている。車中に人影がある。

「ここはすれ違えないな」

「どうするん。あたしらに戻れっていうんかね」

「この先はずっと細いんじゃないん。切り通しの手前で寄せられないかな」

「ここをバックしろと。まぁず……」

「こっちゃアウェイだがね。引いておこうよ」

こちらはたいした用もなく郷を訪《おとな》っている余所者《よそ》なのだから、集落のものの往来を邪魔するのは気が引けた。ここは彼らの生活道なのだから。だが香織はバックで細い切り通しの坂道をしずしず戻っていきながら、まだ不平を言っていた。

切り通しの手前まで戻って、申し訳程度に広がった山道の山側の路肩に、香織が車の鼻先を突っ込んだ。案の定、軽トラックは切り通しを抜けてきて、切り通し出口のところで「もっと寄れ」とでも言うようにまた停車した。香織は笹藪《ささやぶ》をバンパーで押しやりながら強いて山道に通れるだけのスペースを作ろうと苦慮していた。

軽トラックは通り過ぎる時に彼らの車の脇で一度停まった。運転席に乗っていたのは野良着の老人で、助手席に乗っていた妻と思《おぼ》しき老女の方がドアガラスをするすると下げていく。裕も香織も礼なり詫びなりを言われるものと思った。そういうタイミングだった。

ところが助手席の婆さんは窓から顔を出しながら、何一つ口に出すでもなく、ただ香織の車の全体と、車中の二人を上から下まで舐めるように眺めわたした。不躾《ぶしつけ》というものを絵に描いたような視線だった。裕も香織も言葉もなく、あっけに取られてその視線を見返していた。

老女は一言もないまま、再びするするとドアガラスを閉じ、軽トラックは半クラッチがこすれる不愉快な機械音を響かせながら動き出した。そして香織が山道に復帰しようと苦労して切り返しを繰り返しているのを意地悪に眺めているように、数メートル下ったところで軽トラックをまた停めていた。裕はなぜとは知らずぞっとした。婆さんはトラックのちいさな後部窓からまだこちらをねめつけている。運転席の爺さんが携帯電話で何か話していた。

それを「敵意」と表現するのは自意識過剰にあたるかもしれない。だがあまりといえばあまりの態度ではないだろうか。この山道を登ってきたというだけのことが、これほど無遠慮な警戒感を顕《あら》わにされるのに値するだろうか？　運転席の爺さんは、相棒の婆さんに読み上げさせて、香織の車のナンバーを誰かに連絡したのだということを裕はほぼ確信していた。

やがて香織は山道の轍に車を戻しおおせ、そして切り通しの彼我《ひが》に二台の車は別れた。先方が見えなくなるや香織はハンドルを白い手で握りしめて毒づいていた。

「なーんだぃね、あれ！　そんぶり悪《わあり》ぃにも程があろぅが！」

「感じ悪《わり》ぃかったんな。俺も驚いちゃったよ」

「わたしゃ、婆《ばば》ぁはたーいがい好きなんだが」

「そうなんかい」

「婆ぁはうるさいもんだけど、悪さはせんし、困った時にはきっと役に立つ。これで可愛きゃこんなに世話《せあ》ねぇ生きもんもなかろ」

世話無い生き物という物言いには裕も笑った。しかも好きと言っておいて「婆ぁ」呼ばわりもないものだろう。

「誰もが香織のお婆さんみたいではなかろうよ」

「それ！」香織が鋭く言い放った。

「なんかい？」

「それ、いいね」

「なんが？」

「いま『かおり』っつったがね」

「そうだったかね」

「言ったがね。それがいいん」

「そうかい」

「そうさね。もう『メシヤマ』は止めれ。わたしん『裕』つっとるからバランスがよかろ」

「そうかい。バランスかい」

思わぬ成り行きで香織の機嫌はさっぱり直ってしまった。それからしばらく香織はことあるごとに、話の中で「誰が？」とか「誰の？」とか細かく水を向けて、裕から「香織」という呼び方を引きだそうとするのだった。その都度とまどいを感じながらも裕が「香織」と口にするたびに、うふふと似合いもしない奇妙な笑い声を上げていた。

山道はやがて近在のものだけが知る沢の川岸に続き、道沿いにぽつりぽつりと家屋が散らばっていた。典型的な限界集落で、建材にトタンや樹脂製の波板が用いられていなければ、時代劇に出てくる廃村そのままの様子だった。すでに人の住まぬ廃屋が風雨に晒《さら》されて朽ち傾いて放置されている。中には屋根がそっくり落ち込んでしまったあばら家もあった。

まだ人の手の入っていると見える家屋もところどころにはあり、かつては廏《うまや》か納屋だったと思われる開け放ちの建物にはしばしばナンバープレートが外された廃車が押し込まれて錆《さ》びていた。斜面に段をなす小さな畑地は農業を営んでいるのではなく各戸に消費する家内用の作物を育てているのだろう。段々畑の縁取りは大概は桑の木の列である。畑では頬被《ほおかぶ》りの婆さんが鍬《くわ》にもたれ、過ぎ去っていく二人の車をずっと眺めていた。

廃屋は道沿いに点々と続き、時に斜面にへばりついたような横長の建物も散見された。物置き小屋を横に延ばしたような粗末なトタン葺《ぶ》きの建物で、大の大人が入っていくなら腰を屈めなければならないだろう。香織はお蚕小屋ではないかと言った。

集落といっても商店があるでなし、集会所のような施設もない。ただ点々とばらけた廃屋が路傍に時々姿を現すばかりだった。どこまでいっても何処にも着かぬ代わりに、どこまでいってもこうした廃屋が続いていくように思えた。

山道が尾根を回り込んだところで、沢への展望が開け、山側には階段が尾根沿いに上っていくのが見えた。階段は蹴上《けあげ》を丸太で押さえただけの簡素なもので、しかしまっすぐに尾根を上っていく壇上に小さな鳥居がある。こんな寒村にも鎮守の社《やしろ》があるのだ。階段の下に車を停めれば山道は塞がってしまう。香織はもう少し進んだところで道が谷渡りに切り込んだところに場所を見つけ、そこに車を停めた。道の先には数軒の小家屋が集まっており、電信柱は最近見つけなくなったコールタールを塗り込んだ杉丸太だった。裕はこんなところにも電気が来ているのかと当たり前のことにやや驚いたが、電線は電柱からつり下げられるように谷の下へと延びていっていた。その電柱の下にライトバンが停まっており、車の外にでて携帯電話で話をしている様子の男がいた。電波も届いているのだ。でも、ガスや水道まで通っているとは思えないな、と裕は独りごちた。電気だけなら富士山のてっぺんにだって通すことはできる。

　二人は集落の神社へと登っていく階段に取りついた。段は急ではなく、参道というよりはハイキングコースのような様子である。尾根を登っていく丸溝《まるみぞ》の底にだけ、段をなす丸太が渡してあるような恰好で、左右からは羊歯《しだ》が生い茂り、落葉松《からまつ》の原生林が天井のように頭上を覆っていた。

　香織が階段の赤土に足を取られてよろめく。小さな悲鳴を聞きつけて、裕は笑いながら振り返って香織に手を貸したが、その時にふと羊歯の藪の中になにか黄色いものが光ったように思った。なんだろうと藪に屈みこんでみると、車輪の小さな折り畳み自転車が藪に突っ込んであった。後部車輪の泥よけに付いた反射板が、屈みこんだところでたったご神身に入っていたのだ。裕は訝しんだ。こうした藪に不用物を不法投棄していくことは街の近郊ならよくあることだが、ここは山間《やまあい》深い村落である。自転車を藪に捨てる意味はないだろう。落葉松の落ちた枝が自転車に覆いかぶさっていて、ここで振り返って少し注意してみなければ、自転車があるということにも気が付かなかったろう。雑な細工だが、これは自転車を捨てたのではない、隠したものだと思ったのだ。だがいったい何の意味があって……いや、どうしてそんな疑いが頭を過《よぎ》ったのか。

香織はズック靴の底についた赤土を段の丸太に擦り付けて落としながら、裕の視線を追っていた。

「どうしたん」

「いや、なんでもない」

今日は香織は黒地に花の散った、だぶだぶのアロハシャツに細身のジーンズで、例によって素足にズック靴を履いていた。琴平神社裏の杣道を登った時と同じパナマ帽を目深にかぶり、この日は縁無しのではなくセルフレームの眼鏡を掛けていた。ほんの少しアウトドア仕様にしたということだろう。

香織は片掛けにしていたディパックをきちんと両肩に掛け直すと、段を踏みしめてすいすいと登っていく。裕はまだ藪に押し込まれた自転車を振り返りながら、その後を追った。段は百段と無かっただろうがすぐに息が切れ、裕は前を行く香織の踵《かかと》を見下ろすように下を向いて登っていく。今日はもやしっ子呼ばわりは御免だ、少し意地になっていた。

落葉松に覆われた林道には木漏れ日もなく、標高の高いこともあって空気はひんやりしていたが、じりじりと気温をあげていく晴天の午前に刻一刻と蟬の声が増えていき、今は山自体が大合唱に震えはじめていた。上を見上げると汗が目に沁みる。ようやく最上段に辿り着いたか、香織が立ち止まって鳥居を見上げていた。

裕もなんとか階段を登りきり、どうして香織が黙り込んでいるのか訝しみながら、となりに並んで同じように鳥居を見上げた。せいぜい丈は三メートルほどの、いわゆる春日鳥居《かすがとりい》だったが、申し訳程度の粗末な額束《がくづか》が貫《ぬき》と笠木《かさぎ》を結んでいる。香織が黙っていたわけはすぐに察せられた。

額束に掲げられた社号は「毛利神社」であった。

琴平、そして毛利。裕の実母の旧姓をめぐって沙汰されていた名字はいずれも当地の社号だったのだ。やはり母はこの近在に出自を持つのか……。裕は震える手でカメラを取り出して、いまだ吐息を激しく吐きながら、この鳥居を写真に収めた。

鳥居から先の参道は相変わらずの山道で敷き石もない。道は平坦になったが森の中に続いていく穴蔵のような暗い参道だった。その行く手に毛利神社の本殿があった。林間に空地を切り開いたように暗い森の中に明るみがあり、そのただ中に本殿が鎮座している。

突き当たりは凝灰岩の岩体が剝き出しになった崖で、二帖《じょう》の屛風を立てたように神社の裏へ向かって切り立っていた。ここも水が出るのか暗い岩肌に苔《こけ》が生え、羊歯が蔓延《はびこ》っていた。本殿は板葺きの物置き小屋ほどの大きさで、何処《どこ》にでも見る当たり前の社殿と見える。

神社の左手には参道から直角に折れて緩やかな坂道が下へ続いてゆき、正面から階段を登って鳥居をくぐってくる以外にもこの神社に近づくルートがあることがわかる。そちらの坂道の入り口の角の向こうに小さなプレハブの小屋があるのが見えた。社務所とするには行き届かぬ、それこそほんの物置き小屋か何かと思われた。

もう一つ、奥の崖の際《きわ》に本殿とは別に幅一間ほどのお堂が建ち、境内にあるものはこれで全てだった。手水舎《ちょうずや》も絵馬掛けもなく、左右を守る狛犬《こまいぬ》も狐もいない。鳥居も先にくぐった一基ばかりで、幟《のぼり》もなければ灯籠《とうろう》もない。山向こうの琴平神社に比べてもずいぶん見劣りがする小さな社だったが、古賀の話にあったように古い霊地が神道と習合したものだろうか、蟬の声の喧《かまびす》しい中でも静謐《せいひつ》とした雰囲気があってここに社を建てた理由は分かるような気がする。琴平宮裏杣道に見た祠《ほこら》のように、気味悪く感じさせる要素はさしてなかった。これが毛利神社――裕はまだ手にしたままのカメラの感度を調節して、社殿を写真におさめる。

香織は右手から本殿の裏へとぐるっと回って、崖際に建てられた石碑の列を検《あらた》めていた。

裕は高床の神明造《しんめいづくり》に似た社殿を眺め渡した。囲いの瑞垣《みずがき》はない、どこか高床式倉庫にも似た通り一遍の社殿だった。装飾は少なく板壁も素朴な造りである。小さな社だが奥にやや高く本殿が持ち上がっており、その手前の拝殿は格子戸の向こうに一間四方の座敷様になっている。拝殿正面には例によって鈴も鰐口《わにぐち》もなく、賽銭《さいせん》箱もなかった。注連《しめ》縄《なわ》に紙垂《しで》が下がっているのがかろうじて神社らしい佇《たたず》まいである。格子戸を透いて拝殿を覗き見ると、中は都合二畳ほどの広さだが畳はなく板敷きに莚《むしろ》が延べてあった。隅には場違いに新しい三方《さんぼう》が重ねてあり、低い灯明台が脇に寄せてあって畳んだ提灯《ちょうちん》が足下に寄りかかっている。拝殿奥で本殿の観音開きに続いていく正面の階段も、段の狭い形式ばかりのもので、人が登ることを想定して作られているのではない。いわば神明造の模型のような社殿であるが、これはこうした小社には普通のことと思われる。

裕は左手に社殿の横合いにまわり、ぐるりと向こうをまわってきた香織と合流した。

「お参りはせんの」

「作法が判らん。賽銭箱もないし」

「二拝二拍手だろ」

「神社に依《よ》るん。石、なんて書いてあったと」

「天目一箇神《てんもくいっこのかみ》だと。やっぱり天目さまだがね」

「そうか……琴平は水神、毛利は竜神か」

「あとは天照大神《あまてらすおおみかみ》だと」

―どこにもあるからなあ。御維新後だな。由来もへったくれもないんさ。年号はあったか」

「天目さまと断っとったのは元治《げんじ》年間」

「ずいぶん下るな。幕末か」

「幕末は慶応《けいおう》だろ」

「元治は……そのすぐ前だろ」

裕は手帳の元号対応表を辿って答えた。そらではまだ判らないのだ。

香織は裕の袖を引いて、視線を裏の崖についと走らせる。

「あれ……」

「うん」

「どう思う？」

香織が言っているのは崖際のお堂のことだ。神社には、本体の本社とはべつに、祭神に縁故のある別神体を祀った摂末社《せつまっしゃ》が付属することが多い。いわゆる枝宮《えだみや》である。これは朝倉に説かれたことだが、本殿に勧請された祭神に連なる神体が脇の摂社に祀られる場合のほかに、その神社の本来の起源をなしているような氏神や地主神が、こうした枝宮に回されることが多いのだという。つまり神社の元来の由緒が、むしろ付属の摂末社の方に保存される例《ためし》があるということだ。

神道的な意味付けはともかく、朝倉が注目しているような民俗学的な起源を問う時に、こうした摂社、末社の方がより古い故事来歴にまま関わっているものだというのである。単なる神社の付属物にはとどまらない、こちらの枝宮の方を由緒の本質を物語るものと見るべき場合があるということだった。

香織が言葉を濁している訳はすぐに察することが出来た。その枝宮は粗末な平入りの末社と見えるが、崖にめり込むように本殿の脇に控え、当たり前の高床の本殿とは異なり、版築土塁《はんちくどるい》の上に鎮座していた。

裕は枝宮のお堂に歩み寄っていった。小さな御堂《みどう》は嵌《は》め殺しに見える格子が正面にあり、屋根は柿葺《こけらぶ》きの切り妻で、下本流の祭りの神輿《みこし》に比べても粗末なものだった。だが小作りな形《なり》にそぐわず、向拝柱《ごはいばしら》も打越垂木《うちこしたるき》も一掴《つか》みもある太い材で組まれていた。やはりどこか、琴平宮裏の杣道に見た祠に似ている。ただあちらの祠に感じた、得体のしれない気味悪さ、禍々《まがまが》しさを欠いていた。毛利宮本殿と同様、これもなにかしら模型のような空々しさがあった。格子戸に突き出た持ち桟の様式が、あの祠とは違っているようだ。裕は今日はラップトップを持参していなかったが、あとで比較してみようと思ってこの格子戸にカメラを向けた。

その時、参道の方から声がかかった。

「あんたら何しとると」

裕が振り向くと、参道をこちらに向かって大股で歩いてくる男がいる。驚いたことに手に棒を持って振り回していた。裕は身を固めた。香織は裕の袖に取りついていた。

こに停めたんはあんたらの車か」

　男は近づきながら、上体をひねって杖のような棒を境内の下へ向かって振って見せた。

「はい……そうです……何かご迷惑でも……ありましたか」

　香織の前でせいぜい気丈に振る舞おうとしたが、声音に気弱なところが出ていたように思う。裕は不甲斐なさに唇を噛んだ。

「どけてもらわんと。あの辺は他に停められるところないんだがね」

　同じ上州弁だったが僅かにイントネーションが違った。初老の男は上はTシャツで、下は鳶職《とび》が穿《は》くような腿《もも》から膝が膨《ふく》らんだ七分、それに十二枚小鉤《こはぜ》の長い地下足袋《じかたび》を履いていた。半ばはげ上がった頭の下で、眉根をぐっと寄せて詰め寄ってくる。

「写真とったと」

「いえ……まだ撮ってません。なにか許可がいるんですか」

「知らんがね！　そういうことは宮司に聞いてもらわんと」

「はあ……済みませんでした」

　不甲斐なくも訳も分からず謝りながら、裕は気が付いた。彼は先ほど下でライトバンの脇で電話をしていた男だ。意図したものかどうなのか、棒を振り回しながら話す仕草に恫喝《どうかつ》的なものを感じた。

「済みませんでした。勝手に……写真撮ろうとしたりして」

　男は手を差し出した。うん、と顎《あご》を上げて促している。カメラを見せろと言っているのだ。

「いえ……まだ撮ってません。まだ何も……」

「そうかい。まあいいや。あん餓鬼もあんたらんとこん子かい。ちゃんと紐つけておいてくんなきゃ困るがね」

「え？　誰ですって」

男は裕の言葉が分からなかったとでも言うように眉根を寄せて何だと視線で恫喝した。

「とぼけるんか」

「なんのことやら……さっぱり……誰のことですって？」

「分かんなきゃ、いいがね。早く車どけてもらわんと」

「……はい、済みませんでした。すぐ」

裕と香織は這《ほ》う這《ほ》うの体で参道を戻っていった。車をどけろと言うからには空けるスペースに用があるのが本当のはずなのに、文句を言った男は彼らに同行せず、まだ境内に居残っていた。香織が裕の背中にどすっと拳《こぶし》を当てている。つまらぬ言いがかりをつけられ腹が立って八つ当たりしているのだ。車をどけろだなんて、意味もない難癖に決まっている。それは裕にも分かっていた。

裕は鳥居の手前で境内を振り返ってみた。男はまだ本殿の前でじっとしていた。電話をしているように見えた。

「う

裕が声を潜めて、香織がひそひそ声で訊いた。

「なん？」

「崖の上……」

毛利神社の前にまだ男は立っている。はやく出て行けというように棒を振るっていた。その向こうで神社裏の崖の上に白いものがちらついて動いている。人影と見えた。その人影はすぐに崖上の藪に消えた。裕の頭の中で何かが結びついていった。

「どうするん。出直すの」

「ああ、仕切り直しだ。あのおっさん俺達をつけていたのかな」

「下で電話してた奴だろ。つけてきたんさ！　なかい、い、から感じ悪《わり》いこと、あん切り通しですれ違った爺婆の仲間かね」

「うーん……だろうなあ。そんな警戒されるようなこと、俺達やったかね」

「……裕……崖の上、何かいた？」

「ああ」

「誰よ」

「とりあえず車をまわそう。退散だ」

この郷——巣守《うろもり》の郷は古くは御巣坊《ごすぼう》村と称せられ、集落の存立そのものが御巣鷹山の禁野《きんや》指定と関わりがあった。古くから自然発生的に周圏《しゅうけん》を広めた奥利根本流域の街道筋、駅《うまや》や宿《しゅく》の街とは違って、巣守は近世前後に山間の禁域にいわば人為的に押し込まれた集落である。裕が琴平神社はじめ、近辺の祠の成立を近世以前に遡《さかのぼ》るものではないと見ていたのはそうした事情をもともと郷土史資料に当たって含んでいたからだ。

巣鷹、つまり鷹の幼鳥の保護育成を職責として、元来は小身《しょうしん》なりとも旗本相当の身分の者が任に当たり、唯一禁野に出入りを許された。これは鷹場《たかば》、鳥見《とりみ》といった鷹狩り遊猟現場を管理統括する役職と名目上同位におかれたもので、身分は理屈の上では「御目《お め》見得《みえ》以上」ということになる。だが鷹匠や遊猟地管理という特殊性、専門性を担う職掌に比べると、巣坊方《すぼうかた》あるいは巣守《うろもり》——すなわち巣鷹の保護という職責は本質的には禁域の見張り番に過ぎない。そして巣守という役職そのものが鷹匠とならんで、江戸期を通じ、廃止されたり復活させられたりしていた節がある。その職掌柄は著しく脆弱《ぜいじゃく》なもので、禄高《ろくだか》が乏しいながらも曲がりなりにも実際に知行所《ちぎょうしょ》を持っていた正規の旗本には比ぶべくもなかったろう。巣守の職位そのものが形骸的なもので、集落は誕生の経緯からして、ただ近在の領民が足を踏み入れてはならないことになっているだけの何の生産性もない「禁域」に貼り付けられた、不遇な棄民《きみん》の寒村と成り果てていたのだった。

それはむしろ、他者の出入りを拒む禁域であるというよりも、巣守の衆自身が留め置かれた、彼らにとっての禁足地に他ならなかった。

だが、近在の里からしてみれば、幾峰かに跨《また》り「郷《ごう》」をなす巣守一帯の番人は、初めから余所者であると同時に、名目上は天領直轄の権勢を笠にきた役人であり、扱いの上では「お武家村」の一党であった。くわえてその職責は、在所一帯の人払いである。明白な落魄《らくはく》ぶりにも拘わらず、強権を、強制力をお上から付託《ふたく》されてきたのだ。

山間に完全に孤立した集落——ぐるりの近在の里からは煙たがられ、白眼視されている集落。その閉鎖性は、閉塞感は、村落の成り立ちからして当然のものだと言えただろうか。近在との悪因縁がその後も変わらず維持されたというのだろうか。やがて明治維新を迎え、戦乱の近代が幕を開け、戦後の激動を社会が経験していく中で、この寒村はずっと近在の薄遇に耐えてきたというのだろうか。

裕はおよそ現代のものとも思えない疎外が、この集落に今なお息づいているのを目の当たりにした。だがそれは、ただもっぱら巣守の郷に内因を持つものだったろうか。それとも近在の里から吹き寄せられる疎意《そい》の蓄積が、かくも拗《ねじ》けた心性を集落に凝縮させてしまったのか。

だいたい、如何に山深い寒村とはいえ、周辺町村との交渉をこのように拒《こば》んでいつづけられるものなのだろうか。郷の成り立ちに由来する近在との葛藤はなるほどこの集落独特の精神性の契機になっていたのかもしれない、しかしそれは要するに遠い過去の確執に過ぎないではないか。

なぜこの集落は今に至るまで、その閉鎖性を頑なに、歪《いびつ》に、保ち続けているのか。そこに何らかの動因が、動機がまだ残されているというのだろうか。この閉鎖性はいったいどんな歪《ゆが》み形《なり》な求心力によって保たれているのか。

数刻後、裕と香織は笹に遮られた細道をずっと戻って広域林道と合流する地点から少し登った待避線に車を停め、道端に弁当を開いていた。先日に好評を得たからか、この日も弁当は香織の手になるもので、ごろごろと大振りの握り飯が包みから出てきた。県が管理する広域林道とはいいながら山間の細道を継ぎはぎにしたような頼りない道筋である。管理といっても冬期には閉鎖するとかその程度の手当てをしているばかりだろう。すでに日は高く昇り、木漏れ日が落ち葉の上に散っている。ここでも蝉の声がわんわんと響いていた。県道まで下りていけばもっと見晴らしの良いところは何処にでもあるが、あえてこの場所を選んだのには考えがある。彼らは握り飯をぱくつきながら御巣坊村から戻ってくるはずの少年を待っていた。

地下足袋の男は誰かを「あん餓鬼」と呼び、何のことやら「紐を付けておけ」などと彼らに理不尽な注文を投げつけていた。その「餓鬼」とやらが、先ほど裕と香織が毛利神社の境内から無体に追い払われた一件を、おそらく崖の上に隠れて見ていたはずなのだ。はっきり姿は見えなかったが……

男が「あんた等の子か」とも訊いた以上、それは子供のことであり、十中八九は男の子だ。いまのところ想像に過ぎないが、その少年が参道下の藪の中に自転車を隠していた……蓋然性は高い。事情は判らないが、その少年はこの郷に疎んじられていて、それで隠れて出入りをしているということだ。

「あんたらのとこの子って言っとったがね」香織は焼鱈子《たらこ》の握り飯を口一杯にほおばって、ハ行だけで喋る得意の会話法を披露していた。

「夫婦に見えたんかね」おほほ、とまた乙に澄まして笑っている。さっきまでの憤懣《ふんまん》は、その件《くだり》を思いだしたところで雲散霧消してしまっているようだ。裕は麦茶に咽《む》せて咳き込みながらやっとのことで答えた。

「あんな大きな子供がいるわけなかろうにな。幾つの時の子になると」

「大きな子供かい……やっぱりあの子かね」

香織も察しの悪い方ではない。二人とも琴平神社の太鼓橋のたもとで彼らの車を覗き込んでいた少年のことを思いだしていた。たしか中学生ぐらいと見えたのだった。

「裕、あの子も私たちをつけとるんかね」

「偶然にしちゃ、やけにすれ違うよな。こんなところでまで……。でも今日はあの子ん方が先に来とったわけだし……向こうの方こそ俺達につけられていると思ってるかも知らん」

「ここいらで何ぞ悪さでもしとるんかね。あの爺婆はわたしらんこと、その悪童の親かと思うとったんか」

「どうかな……もう警戒心剝き出しだったしなあ。でもそればっかりじゃないような」

「いつまで待ってればいいん」

「じきだろ。ほとぼりが冷めたら自転車を掘り出して戻ってくる。ここまでは一本道だ」

裕はそう言うと自分の手元の握り飯をひとつわずかに割って焼鱈子が入っているのを確かめてかぶりついた。どうも昆布ばかり当たるのだ。昆布の佃煮《つくだに》のやつも旨いには違いないとはいえ、一つひとつが大きいので焼鱈子が当たるまで運を天に任せていては先に腹がくちくなってしまう。

ビニール袋の中のおしぼりはぬるく温まっていたが、海苔《のり》にまみれた指先を拭い、顔から首筋から汗を拭けば山風がすいと吹きつけて快かった。香織が、首に海苔がついたと笑っていた。裕が手探りで首の海苔を擦り落としている間に、香織もおしぼりで顔をごしごしやっていた。化粧直しにたびたび手洗いに駆け込むゼミの女学生らとは違って、香織は化粧気がまったくない。濡れタオルでぐりぐりと顔を拭っても平気の平左《へいざ》でさっぱりとしたものだった。裕はこうしたことについて特段の論評はしないでおいた。何か言えば、また思い掛けない大技《おおわざ》を掛けてしまいかねない。

木陰ではあるが南中する太陽に周囲の気温は上がり、吹きつける風にむっと草いきれが混じるようになってきた。しかし少年はじきに戻ってくるだろう。なぜなら彼の方も、この人気《ひとけ》無い山間に不思議と行き合う、裕と香織のことを気にしているはずだからだ。裕と香織が巣守郷のものに体よく追い払われた、そして彼はそれを見ていた。裕と香織がああも邪険に追い払われたのには何らかの訳がある。おそらく少年にも関わりのある訳が。

冷えた麦茶のポットを手に取って、また一杯を注ごうとしていた時に、喧しい蝉の鳴き声に混じって林道の笹藪をざざっと掻き分けてくる音がした。来た！　裕は慌てて麦茶を道端に切って、ポットを閉じた。焦ったので熱い麦茶を指にかけてしまった。

「来たぞ！」

鋭く告げたが、すでに香織の方はボンネットの弁当の包みをかき寄せて、ふろしきは縛らずにそのままデイパックに押し込んでいた。後部座席に投げ込んで運転席に滑り込む。

「出してくれ」言うまでもないことを言いながら裕も大急ぎで助手席に飛び込んだ。

少年の自転車は猛烈な勢いで笹藪の細道を掻き分け、合流地点の手前で小さく坂になったところを一瞬で駆け上がると、ジャンプ台から飛びだすように広域林道に躍り出た。小石を弾《はじ》き飛ばしてドリフトしつつカーブを切って、そのまま速度を殺さず坂を下っていく。林道の上の方にいた裕と香織に気付いた節はなかった。

「なから早《はんや》いがね！」

「無理して追いつかんで。まだずっと一本道だ」

「追いつかん」

「上に行くか下に行くか、それを待っとったんだ。下なら県道まで一本道、県道に出れば追いつく」

「追いつくん」

「あんなスピード長くは持たん。はやく巣守郷から離れたくて急いどるだけだ。県道に出る頃にはスローダウンするだろ。だから安全運転でいい、ゆっくり追おう」

そうは言っても気は急《せ》く。香織は時にタイヤを滑らせながら、ひいこら林道を下っていった。少年の背中は見えない。

やがて県道に出るとそこは対向各一車線の舗装路だ。裕はふもとへ下る方を指さした。ここは賭けだが、金毘羅下りの筋でも会った少年だ、先日の支流筋と今日のルートが合流する本流近くの市街地郊外まで下りると見ていた。香織はスピードを出さず、対向車もない山の林道を落ち着いて下っていった。道は次第になだらかになっていく。

二合ほども下ったところで先のカーブを曲がっていく少年の後ろ姿を見つけた。あの日と同じ白いポロシャツにカーゴパンツである。裕が想定していたように、この舗装路に出てからは下りの傾斜に任せて、ペダルを空回りさせて坂道なりに下っていた。

路肩を軽快に走っている少年を香織は大きくよけて追い抜く。追い抜きしなに裕は少年の顔を横からまじまじ見た。女の子のような童顔で、鄙《ひな》には稀な長髪を風になびかせている。以前に見た時、ちょっと都会風の様子があるように見えたのはこれが理由だった。香織はアクセルを踏み込むと少し先まで車を進めて、たまたまそこにあった県道沿いの地域物流センターの入り口の車寄せに乗り入れた。裕は車を降りて路肩で自転車の少年を待つ。

第十一章　琴平、毛利

県道はやや下りとあって少年は漕ぎ足もないままにぼんやりと近づいてきた。目の前でさりげなく路側帯に立ちはだかっている男を見た時も気にも留めず、ちょっと後ろを見て車の音がないことを確かめると、その男を避《よ》けるために車道側に進路を膨らませていった。ところが目の前の男は彼について車道まで踏みだしてくる。男に避ける気がないどころか、少年を停めようとしていることに気付いた時にはもうブレーキをかけるしかないところまで近づいていた。

車輪の小さな自転車はドラムブレーキを軋《きし》らせて路面に浮いた砂利に横滑りしながら停まった。うまく停まりおおせなければ、こちらが転ぶか、向こうに突き当たるかしてしまうところだ。何だって言うんだと少年は憤懣《ふんまん》に口をねじ曲げて通せんぼをした男を見上げる。

その男が毛利宮の崖上から自分が隠れ見ていた男その人であることに気が付いて、少年はとっさに後ろを振り返った。道を戻って逃げられるかと考えたのだ。その時、道の先では車を降りてきた香織が運転席のドアを音を立てて閉めていた。ついさっき車で追い抜かれていたのだ、それに気が付かなかった。この県道では相手が車である以上は道を戻ってもすぐに追いつかれてしまう。道は山側に斜面、谷側は急な土手の下に田が拡がり、横に逸れていく逃げ道は無かったように思った。逃げられない。

少年は観念して自転車を降りた。自分を止めてこの男は何をしようというのだろうか。脅《おび》えとともに、いざとなったら自転車に飛び乗る構えでハンドルを握る手に力を込めた。

その男は慇懃《いんぎん》に笑いかける。

「車が来るよ。寄せなよ」そう言って、自分は背を向けて車寄せに歩いていった。

少年に微妙な安堵をもたらしていたのは、男の標準語のアクセントだった。だがいまだ警戒を解かず、いざとなれば自転車に飛び乗れるように間合いをはかって車寄せについていった。男は振り返って何気なく訊いた。先日のマウンテンバイクとは違う、折り畳み自転車を指さして――

「自転車替えたんかい？」

少年は顔を真っ赤にして強く答えた。

「盗まれたんだよ！」

「そりゃ災難だったな、でも俺に怒ってもしょうがないだろ」

男は戸惑い顔に慌てて答えていた。少年も、あっと顔をさらに赤らめて黙った。この男が前の自転車のことを覚えていたことを不思議には思わなかった。互いに初めて出くわしたのではないことは判っていた。

「あの、ご免なさい。でも盗まれたんだ、僕の……チャリ」

少年はあらためて目に見えてしょげていた。大事な自転車だったのだろう。

「あれ、かなりいい奴だろ？　盗難届は出した？　防犯登録はしたったんかい」

「してあったけど……父は、警察は自転車なんかまず捜してはくれないって……」

少年は少し落ち着きを取り戻していた。落ち着いてみれば、少年が大人相手の話し方を知っていることに男の方は気付いていた。

「鍵かけてなかったんかい」

「あんなとこで盗まれるはずなんてないと思ってたから」

やはり少年はこの地方の生まれではない。この地方のものなら「はず」とは言わない。代わりに「わけ」と言うのだ。盗まれるわけなんてないと思ってた、と。

「あんなとこって……？」

少年は恨みのこもった目で後ろの山岳を見上げると、山の方を指さした。

「御巣坊村で盗られたんか」

「ごすぼう？」

「今に言う巣守郷《うろもりごう》のことだよ。あの郷のこと」

「おじさんはあそこの者《もん》じゃないんだね」少年は確かめるように訊いた。

「俺達が追い出されるの見てたろ」

「気が付いてたの」

「崖の上に隠れてたんだよな」

「……」

「俺達が追い返されたのは君のせいか。なんかあっこで悪さでもしたんか」

「悪さなんかしないよ！　悪いのはあいつらが……」

少年はむきになって答える。男は慌てて手を振って宥《なだ》め声に訊く。

「巣守郷で自転車盗られたってことは……帰りはどうしたん」

「……父に車で迎えに来てもらった……んです」

「そうか……歩いて帰るわけにもいかないもんな」

「僕ん家《ち》……僕の家を知ってるんですか」

「知りゃしないが、お山じゃないだろ」と男はふもとの本流筋の方角を指さした。

「おじさんは……」少年が言いかけた時、後ろで車にもたれていた女が声を掛ける。

「僕、名前なんて言うの」

少年はまだ警戒を解いていなかったが、嘘をつく意味もなかった。

「長谷川《はせがわ》淳です」

「淳君か。わたしは飯山香織」そう言って香織は裕を押しのけて少年に手を差し出した。

淳はおずおずと手を握った。香織は強く握り返して握手に手を振る。

「初めまして」

「あ、はい……はじめまして……」

さっと距離を詰めている。香織の早業に裕は舌を巻いた。こうした気の利きようが自分にはないと思った。自分は尚早にも少年に尋問を始めてしまっていた。香織は少し長めに手を握っていた。少年――淳は香織を見上げてほんの少し顔を赤らめ戸惑っていた。淳の面立ちにこれまでとは違った種類の緊張があった。

「ふむ、『おばさん』と呼ばれる前に先手を打っておかないとな」

　香織は裕に向かってからかうと笑いながら手を放した。淳は慌てて手を引っ込めて言う。

「そんな、お姉さんを――」おばさんなどとは言いはしないと続けたところか、みなまで聞かず裕が割って入った。

「ちょっと待て、俺の方はおじさんで香織はお姉さんかよ。そりゃないだろ」香織が口を押さえて笑っていた。淳も少し緊張を解いて笑いをこらえるような顔をしていた。

「同い年なんだぜ」と、自分と香織を交互に指さしながら裕は頭をかいている。

「淳君、俺は勝山裕」そう言って裕も香織よろしく手を差し出した。

「あの、僕は、その……」

「いいよ別に。俺が『おじさんゾーン』に入ってることはもう確認済みだ。前に塾の生徒に聞いてみたんだ。ほぼ満場一致でおじさんだった」

　後ろで香織が腹を抱えて笑っていた。

「勝山さん……は先生なんですか」

「学生だよ。塾はバイトだ」握手の間に裕は言った。

「初めまして……ではないよな、本当は。前にも会ってる」

「はい……何度か」

かくして互いに縁もゆかりもなかった長谷川淳と勝山裕の道行きは巣守郷に交錯し、そこに合流したのだった。互いに自分の行く先にどうして相手が必ず姿を現すのか、それを訝《いぶか》っていた。特に淳の方は初めは、裕と香織が自分をつけ回しているものかとほとんど思い込み、懸念でならなかったのだった。だがどちらの側も、相手の方が自分の目的地に先行して辿《たど》り着いていた例《ためし》のあったことには気付いていた。だから何らかの異《い》なる偶然が彼らをこの邂逅《かいこう》に呼び寄せていたことは疑いがなかった。いや、それは偶然ですらない、むしろ一種の必然が彼らを呼び合わせていたのだ。なぜなら彼らは、それぞれの理由から、同じものを追いかけていたのだから。彼らが共通して追いかけてきたもの——それは蛇《じゃ》の目《め》の紋である。

時刻は昼時、香織が淳をお昼に誘っていた。淳の自転車は都合の良いことに折り畳みのものだったのでハッチバックの荷台に簡単に載った。彼らはそろって車に乗り込み、三人連れ立って麓近くの運動公園に出向いて、中断していた弁当の包みを芝生の上で改めて開いた。握り飯はまだ六個も残っていたので淳に分けても余裕があった。「予備」は確かに役に立ったわけだ。淳は子供らしからぬ遠慮で、しばらくは勧められる握り飯を断っていたのだったが、強いて押し付けられたひとつを口にしてみたら、二つ目を貰うのにも躊躇《ためら》いはなかった。そうだろうと裕は微笑んだ。これが後を引くのは請け合い

それは身にしみて知っていた。加えて淳はずいぶんと腹を減らしていたのだった。同じ釜の飯と
麦茶を回し飲みしながら、彼らは互いの事情を少しずつ明かし始めた。同じ釜の飯といっては大袈裟だが、気心の知れた仲といった雰囲気になるのに香織の打つ手はことごとく正鵠《せいこく》を射ていた。

裕には意外だったのが、話を聞いてみると淳の方が前から裕と香織をはっきりと認識しており、相手の動向を気に懸けていたのも淳の方が先だったということだ。夏休み初めの御神楽《かぐら》の出た神社に裕と香織が居たことを、淳の方ははっきりと覚えていた。村落の祭礼に若い男女が目立っていたからだ。かたや裕と香織は、淳のことを何処《どこ》かで見たかと怪訝に思ってはいたものの、それが御神楽の日に遡《さかのぼ》るとまでは判っていなかった。その日、淳は鍋を片手に従姉妹《いとこ》たちと連れ立っていた。その様子は地元氏神の祭礼によく馴染みこそすれ、違和感を与えるようなものではいささかも無かったから、淳のことを強く覚えていなくとも無理からぬことだったかも知れない。

ともかくもその日、祭礼の神楽殿の舞台上に、古式の赤い盤領《まるえり》に染め抜かれていた蛇の目紋に注目していたのが自分だけではなかったことを、この場で裕と淳は初めてはっきりと心得たのである。

香織の機転でだいぶ警戒を解き始めている淳にむかって、裕はなぜ自分が蛇の目紋を追いかけているのかを簡単に説明した。流石《さすが》に自分が戸籍上は養子であることだとか、両親が法的な婚姻関係になかったことだとか、母の戸籍について不自然なことがあると

か、そんな勝《すぐ》れて私的で込み入ったことまでは説明しなかった。だが、家族のルーツに「琴平」そして「毛利」という姓が関わっていること、そしてそれがこの地の神社の由緒と関係がありそうだということ、さらには二重丸の蛇の目紋が魔除けとして珍重されている事跡が裕を例の巣守郷に招き寄せていたのだということをざっと語った。

裕が語ったことのなかで淳がとくに強い関心を示したのは、先日彼らが行き合った琴平神社の話だった。もちろん淳が自力でたどり着いていたのが同じ琴平神社だったということもあるが、裕が簡単に伝えた田淵佳奈の昔語り……こんぴらくだりの挿話にいたく興味を引かれていた。あの異郷に足を踏み入れて忘れられない出来事に遭《あ》った──それはまさに淳のことでもあったからかもしれない。

「もともと琴平神社っていうのはありふれた社号なんだよ」

「しゃごう……ですか」

「ああ、神社の名前ってことな。神社なんてのはたいていどこでも似たような名前だろ。諏訪《すわ》さん、八幡さん、金毘羅さん、お稲荷さん──どんな地方に行ってもこの辺の名前の神社は普通にあるし、そんな名前にはべつだん気にするほどの意味はないんだ。神社がどこの名前を分けてもらったとか、どんな神さんをお祀りしているかとか、そんなことは結構いい加減に決められるものらしいからな」

これは朝倉からの受け売りだったが淳は、はあ、と感心して聞いていた。

「[illegible]友達の話に聞いた蛇の目の札っていうのが気になってさ。それがこの辺の神社と

[illegible]わざわざ足を延ばして調べに来ていたんだ。そしたら琴平はおろか毛利神社なんてのまで見つかったから……巣守郷にはもう少し用が出来たんだが……」

裕は言葉を濁して淳の反応を窺《うかが》っている。

「なにしろ集落の連中があんな態度だろ。なんか連絡し合って辻つじでこっちを監視してるみたいだしさ。もう畑にいる婆さんがこっちを見てるだけで何だか見張られてるって気がしてくるんさ。ちょっと話を聞かせてくれっていう感じでもなくなっちゃったよな」

「あいつら……」厳しい顔で淳は言い淀《よど》んでいる。「僕のチャリ盗んだのもあいつらだ」

「そうかい。どうしてそう思うん」

「だって他にいないだろ。僕が嗅《か》ぎ回っているからって嫌がらせに盗んだんだ」

子供の思い込みとは決めつけられない。確かにあんな過疎の集落で子供の自転車を盗むなんて、誰にとっても何ほどかの意味があるとも思えないし、第一「容疑者」が少な過ぎるような限界集落なのだ。他所《よそ》のものが出入りすることなどめったにないことは自身の体験で思い知っていた。

香織が窘《たしな》めるように淳に声を掛ける。

「淳ちゃんさ、どうしてあの集落ん人にそんなに……邪魔にされてると。何かあっこで悪さしたっていうんじゃないんでしょう」

「悪さなんかするもんか。悪いのはあいつらのほうだ。あいつら……知られちゃまずいことに僕が気付いたと思ってんだ。だから――」

「知られちゃまずいこと……だって？」

「あいつら村ぐるみで虐待してるんだ」

「虐待？」

淳の言葉に二人は少なからず驚いた。淳が集落のものに監視されながらも執拗に郷に出入りしていた訳には、神社の由緒の中に家族のルーツを辿っている裕の事情などよりも、さらに切実な問題が孕《はら》まれていたようなのである。

淳はまず、昨年の夏に巣守郷から下った渓流で一人の和装の少女と出くわしたことから説明した。淳も流石にその少女が目の前で小用を足したという忘れ難い詳細についてはあえて触れないでいた。だが足を踏み入れた渓流に場違いな和装の少女と行き合ったという話の大要は、裕と香織にも印象深く刻まれた。

淳はそこで少女の残していった下駄に蛇の目の紋を見たのだった。これが淳の方の蛇の目紋との出会いである。そして翌年、すなわち今年の夏の初めに村落の祭礼が神楽座を呼んだ時に、演者の中に同じ弦巻紋を背負っているものがいた。淳はその時には家紋、社紋といったものの細かな事情は知らなかったが、それが伝統的に継承されてきたマークであるという想像はついた。

そして同じ日に、篳篥を吹いていた問題の少女と、淳は一瞬であったが再びすれ違ったのだった。その時、淳はその子が神楽座と縁のあるものだということを知り、蛇の目の紋というはっきりした手がかりを手にしたのだ。

「その子、奇麗な子だったんかい」香織が少し意地悪そうな笑みを浮かべて訊いた。

「そんなんじゃないよ。そういうんじゃなくって……だってその子はさ、馬鹿なんだよ」

　馬鹿という物言いについて裕と香織に判ってもらうのに、またしばらくの説明が必要だった。「山向こう」と呼ばれ敬遠されている集落、その郷に「近親婚が続き、集落には知的障碍が増えていく」……ひどい偏見まじりの物言いだが、曾祖母から聞いた話をそのまま二人に伝えた。

　だが説明のさなかにも淳は自分の言っていることが言い訳めいて聞こえないかと危ぶんでいた。なぜなら……あの少女はじっさい奇麗だった。ほかに見たことのないほど奇麗な少女だったのだ。

「近親婚か……それは……なにか根も葉もない風聞なんじゃないかな」

「どうして」香織は裕の決めつけに食ってかかる。

「近親婚って、実際には思われているほど遺伝性の障碍がでる確率は高くないらしいよ」

「そうなん」

「これは人類学の調査でさ……小部族同士の『嫁の交換』っていう制度が世界中いたるところにあるんだよ。それで、あんまり普遍的に分布しているものだから、初めは近親婚の遺伝性の障碍を避けるための、いわば生物学的な基盤があるんだろうと言われてたんだけど……つまり嫁の交換はほとんど生物学的適応の一形態なんじゃないかってね。ところがそうした説明ではタブーとされている『近親婚』にもいろいろあるっていうことが説明できない。何を『近親』と見るかがそもそも文化依存なんだよ。それに近親婚って、言われているほど顕著な確率で障碍に繋がるってことはないんだと」

「血が濃すぎて障碍が出るってよく言うのと違う？」

「よく言われてれば本当だってことにはならないぜ。それが有意なほど目立った確率には上らないっていうんだよ。顕性な遺伝形質が発現しがちにはなるかもしれないけどもさ。だから嫁の交換も生物学的な根拠ではなくて、すぐれて社会学的、文化人類学的な説明が求められるっていう……」

淳は話が難しくて目を白黒させている。裕はそれに気付いて淳に向かって簡単に言った。

「とにかくさ、そういう知的障碍っていうのは善かれ悪しかれ目立つものだろ。健常者が十人いたって二十人いたって誰も何らかの解釈が必要だなんて思いもしないけど、そこに障碍のある人がいればとかく言挙げされがちだし、二人もいれば『多い』って言い出しかねないし、何か訳があるんじゃないかって言い始める奴が出てくる。まして、あした閉鎖的な集落だとさ……隣の郷からじゃ勝手な憶測も出てくるだろう。近親婚が多いからだとか、なんかの祟《たた》りだとかさ」

「いや淳君のお婆さんを責めてんじゃないよ。そうした風聞、そうした憶測っていうのは、元来だれか個人の憶測に由来するってもんじゃない。言ってみれば共同体が——つまりこっちの郷なり町なりがね、噂話を伝えていく中でだんだんに固定していくものなんだ。これは構造的なもので、なんて言うかね、連帯責任だな。村と村との関係から自然に生じてくるものなんだろう」

「じゃあ僕んとこの集落が山向こうと仲が悪いから、出鱈目《でたらめ》を言ってるっていうの？」

「そこまで言ってないよ。むしろ逆だな。風聞が共有されることで、村落相互間の仲が固定されていくんだよ。仲が悪いから噂が立つっていうばかりじゃないんだ、噂が立つってことで仲の悪さが作られていくんだ。集落とか檀那衆《だんなしゅう》とか氏子中《うじこじゅう》っていうのは大概そうしたもんだ、余所《よそ》と線を引きたがる。『相手は閉鎖的だ』とくさすとき、どっこいこっちの側の方もまた相当に閉鎖的になっているもんさ」

淳はまだ納得がいかないような顔で聞いていた。

「これは共同体ってものの宿命みたいなものなのかもしれない。村でも町でも国でもさ。人が集まりゃいつでも同じだ、いじめだって本質はそうしたものだろう？　誰かをターゲットにして弾《はじ》いてやることで、逆に『うちら』っていう仲間が固定されるわけ。排除の論理が逆説的に『仲間意識』ってやつを担保してくれるってわけ」

「裕、そんな抽象的な話、したって判んないがね」

すっかり説明口調になっている裕を香織が窘《たしな》める。しかし淳は話を理解してはいた。

「いや、僕わかるよ。わかるけど……あそこの連中は本当に変なんだよ」

「しかしなあ……それも余所に疎外され続けてすっかりいじけちゃったのか知らん。実際ずいぶん感じが悪かったけどさ、そうなりたくて閉鎖的になったってわけもないだろ」

「あいつらは悪くないっていうの？　だったら僕のチャリを盗んでもいいって？」

「そういうことじゃなくてさ」

淳の剣幕に裕はすこし慌てて答えた。根拠もなく人を疑ってはいけないとでも諭《さと》そうかと考えたが、それは引っ込めた。そんな道徳を説いても意味がない。彼は実際に大事にしていた自転車を盗られているのだ。おそらくは……警告か、威《おど》しの意味で……

「そればっかりじゃないんだよ。あいつら、あの子を監禁してるんだよ」

再び、やけに穏やかでない言葉が飛び出してきて裕は驚いた。

「監禁って……どういうことかい」

「勝山さん、あの神社のお堂の写真を撮ろうとして止められただろ」

「ああ、やっぱりずっと見てたんだな」

「あれ、あのお堂、奥があるよ。あれ牢屋だよ」

「最初から変だと思ってたんだよ」

驚きこ目を丸くしている裕と香織に、もはや沈痛な面持ちすら浮かべて淳は言い放つ。

[illegible]に浴衣姿の少女に行き合った時のことに話を戻した。少女を追ってきた者達は、まるで犬でも扱うようにその娘を平手ではたいていた。「打《ぶ》つから！」とさらに威しながら……

「そしたらね、その子はこうに手を出して……」

淳は裕の目の前に軽く握った両手の甲を揃えて突きだした。

「これってさ……逮捕されるときの手の出し方みたいだろ？」

裕と香織は、拳《こぶし》を揃えて前に出された淳の両手を見つめて言葉もない。確かに……その場で手錠を掛けられたとかいう話ではないだろうが、その仕草は「お縄にこうとしている」者のそれに他ならない。手を縛られつけている者の仕草だ。

「その子、下駄を片方無くしてたんだ。っていうか自分で放っちゃってたんだけど……でもそんなことお構いなしで捜しもしないで片っぽ裸足のまま連れていっちゃった」

淳は遠い記憶を呼び起こすように自分の両手を見つめて続ける。

「それでずっと気になっていたんだ。その子はなにもんなんだろうってさ。だいたいこの辺でも着物きてる子なんていないし」

「その子が……その……馬鹿だっていうのはどうしてそう言えるんかい」

「だってさ、人前でしっこしちゃったり、することがちょっと……」

淳は顔を赤らめ、少し急いだようにそう言った。

「幾つぐらいの子？」香織が俯《うつむ》いている淳の顔を覗き込んで訊く。

「僕とおなしぐらい……？　それがよく判んないんだ。あんな恰好《かっこう》している子ほかにいないし……」

「確かに服装も特殊なら話しぶりも判らないとなれば、年の頃を測るのは難しいだろうな」

「依子より下ってことはないと思うんだけど……」

「依子？」

「僕ん妹。小五」

「淳ちゃんはお兄ちゃんか」香織はいつしか「ちゃんづけ」に切り替えている。

「それで、あの御神楽の奉納の日にその子に再会したってわけか」

「うん、なんか前ん時は夢でも見たような気がしていたけど、今度は確かだった。神楽座の人と一緒に居たんだ。すぐに帰っちゃったけど」

「そん時もなにか虐《いじ》められているような様子でもあったんかい」

「いや別に……神楽座の人は打《ぶ》ったりしてなかった。沢で見たんとは違う人だと思うけど、恰好は似てた……『いち』って呼んでた」

裕が少し眉根を寄せた。その子の名前なのだろうか？　そうではないという気がした。

「僕はそれでさ、その子が座に就職したのかと思ったんだ」

「就職？」

「山の連中の子は、なんか作業場とかに早くから就職するだろ？」

就職って言うよりは福祉の意味合いの方が強そうだけど……。淳くんの学校でも普通そうかい？」

「僕んとこ分校で小さいから。前の学校ではひまわり教室ってのがあったけど……」

それは恐らく知的障碍児童を面倒見る特別支援学級に美称として名付けたものだったのだろう。特別支援学級という言葉自体を避ける風潮はしばしば見られる。

淳の言う知的障碍児童を指す言葉はじっさいにはかなり直截《ちょくせつ》な「差別用語」で、これは淳の「ばあちゃん」の言葉をそのまま引き取って言っているまでだろう。裕は「最近ではそういう言い方はしないかな」とそれとなく淳の物言いを窘めたが、どうしてか「馬鹿」という言葉——本来なら一番に「罵倒語」として忌避されそうな言葉だけが口の端に残っていた。

「淳君は転校してきたんか。やっぱりこの辺の生まれじゃなかったな」

「どうして？」

「ちょっと訛りが……違うな。東京か？」

「ううん、埼玉。でも北区《きた》の隣だよ」

それから淳はその子の影を追って巣守郷まで追ってきた経緯を簡単に説明しはじめた。最初から頭の良い子だとは裕も香織も気付いていたが、淳はたった一人で蛇の目紋ひとつを手がかりに巣守郷まで辿り着いていたのだ。

淳は初めに、次に神楽座が呼ばれるのがどこの祭礼であるかを確かめたのだという。座が出張で地元の祭礼を巡回している以上、次のスケジュールというものがあるはずだ。果たしてそれは本流筋の蘇芳《すおう》神社の大祭だった。

こちらは初詣なら市街地の住人ばかりか近郊のものまでが列をなすような大社で、広い境内の左手にでんと控えた神楽殿も立派なもので、朱塗りの欄干に囲われていた。このほどの夏の大祭は淳と裕が行きあった祭礼のちょうど一週間後にあたり、大社専従の氏子有志の能神楽《のうかぐら》保存会と、出張の神楽座とが交互に奉納にあたっていた。鄙《ひな》の祭礼のような餅撒きこそ無かったようだが、境内には子供もたくさん集まっていた。なにしろ長い参道にびっしりと露店がならび人出はたいしたものだった。到るところで発電機のエンジン音がうなり、スピーカーで神楽の奏楽が境内中に響き渡る。境内には酒饅頭《まんじゅう》の甘い酒の薫り、ソースの焼ける匂い、醤油の焦げた煙が交互に立ちのぼり渦巻き、人いきれはひと通りでなかった。

淳は一人でその祭礼に足を運んでいた。神楽殿の周りを何度も廻ってみたが、この大祭には問題の少女の姿はなかった。ただ蛇の目紋を背負った古式の巫女装束の演者はやはり舞台にあり、淳は神楽殿横のテントに休憩していた白足袋《たび》の能神楽保存会の鼓手《こしゅ》に、それとなく件《くだん》の神楽座がどこから来ているのかを尋ねたのだった。舞台では軽演劇風の滑稽だちの里神楽が演じられており、子供が興味を持つのはそれほど不思議な文脈でもなかった。

鼓手は若い男で、後で知ったことだが、この蘇芳神社の宮司の縁戚のものだった。これぐらいの規模の神社ともなると宮司も常住しているし、札渡し所だって田舎の鎮守社のようにいつも開店休業というわけにはいかない。能神楽保存会の活動も淳の集落のものに比べればずっとコンスタントなものだし、内容も本格的なのだ。神職の装束の着こなしにも堂に入った部分があった。鼓手は年かさの笛吹《ふえふき》に声をかけ、座の本拠を訊いていた。

赤ら顔の笛吹は保存会には長くて事情に通じていたらしく、簡単に説明してくれた。一言でいうと大社専従の保存会とは異なり、座には決まった本拠はないというのだ。座は近隣の蘇芳摂末社《せつまつしゃ》の関係者の寄せ集めで、一種の外人部隊みたいなものだと笛吹は言った。「外人部隊」は淳には却《かえ》って判りづらい比喩だったが、笛吹は淳の質問ににこやかに答えてくれていたので、特にその意味を聞き糺《ただ》したりもできなかった。

その場で淳が聞き及んできた話を、神社神道の歴史と現状についての裕の知識で補って整理すると、だいたい次のような事情が明らかになった。

座は旧郡部の神社数社の神職に縁《ゆかり》のものを寄せ集めた編成で、元来は明治期の神社合祀で「整理」された境外末社それぞれの社《やしろ》に伝わった儀礼や演目を保存する目的で、相身互いの持ち合いで盆節句ごとに寄り合うのである。

神事を扱う縁起物の脇能《わきのう》が奉納の主役、そちらは蘇芳本社にあっては能神楽保存会が担当し、かたや幕間《まくあい》劇にあたる軽めの出し物である間狂言《あいきょうげん》――これを末社間《まつしゃあい》と称したが、こちらは文字通り摂社、末社が任に当たった。蘇芳摂末社にあっては常設の神楽座を擁すべくもないので、そこで件《くだん》の摂末社寄り合いの「外人部隊」が組織されることで神楽座がかろうじて保たれ、祭礼の用に応じて招集されては近隣十数座を巡回することになる。末社間の演目は脇能に比べるとやや俗な味付けのものがしばしば好まれ、仙人物、天狗物といった奇譚《きたん》をこととする寸劇がまま見られたが、まさしく蘇芳末社の一、琴平宮持ち出しの間狂言が「狐狸物」だったということになる。

この話は淳にも腑に落ちた。右の伝では彼の知る集落子供会の民謡保存会とさしたる変わりはない。それで「蘇芳さんの末社」に指定された山間部小社からも関係者が引っ張られて、金毘羅下りの琴平神社からは神職が呼ばれており、弦巻紋の盤領の演目はそちらからの御奉納ということになる。

一方この話は裕には少し意外なことに思われた。琴平宮の社紋は現地で確かめた通りに「丸に隅立《すみたて》四ツ目」だったはずであり、蛇《じゃ》の目《め》弦巻紋はおそらく毛利神社の方の由緒だろうと考えていたのだ。ここにちょっと捩《ねじ》れが生じているようだった。

ところがこの事情は簡単に説明がついた。裕と香織に先駆け、淳は琴平神社の宮司をすでに直接に訪ねていたのである。彼らが琴平宮の太鼓橋のたもとに擦《す》れ違うちょっと前のことだった。

裕の方はなまじ文献から迫っていっただけに、金毘羅下り支流筋の対岸は禁域であり、琴平宮の管轄に禁域への立ち入りを特に許されている巣守郷の方に属すると思い込んでいた。しかし実際にはそうではなかった。禁域が川の向こうからすぐに始まっているのはなるほど事実であるが、対岸だからといってそこまで厳格に立ち入りが禁じられていたわけではなかった。それというのも、思い起こせば田淵佳奈の思い出話にもあったとおり、現地の旧道はたびたび対岸に渡って続いていくのがもともとの道筋であり、生活道そのものがずっと昔には支流筋の両岸に亘《わた》っていたわけである。対岸に渡ってはいけないというのなら旧道を下っていくことも出来ない。裕はこのことを失念していた。

つまり琴平神社ははじめに香織が普通に考えていた通り、金毘羅下り支流筋の集落に宮司と氏子を持っていたのである。宮司自身は今も支流筋の集落に住まっており、琴平神社の管理にあたっていた。

淳は蘇芳神社の御神楽奉納の時に挨拶をしたこの宮司を、集落に改めて訪ねていたのであった。琴平神社から一合ほど支流筋を登った谷間《たにあい》に二十軒にも満たぬ小集落があった。後に聞いたところでは一帯は硯石《すずりいし》の産地であり、職能のある石工が小規模に入植して集落として保たれてきたのだそうだ。琴平姓が多かったが、これは琴平という社号の由来ではない。逆に、所領を頂き勧請を承った宮司が神社の名前から発して名字を戴くことになったのであり、これが今日まで世襲され、縁戚のものが集落に集まっているのである。

「淳君が一人で行ったのか。よく話が聞けたな」

「巣守とは違うんだ。普通のおじさんだった。優しかったよ」

「どうやって話を聞きだしたんだよ」

「自由研究でこの辺りの家紋について調べてるって言ったんだ。あの二重丸……」

「弦巻紋《つるまきもん》って言うんだよ。あるいは蛇の目《じゃのめ》」

「神主さんは蛇《じゃ》の目《め》って言ってた。それはこの神社が元なんですかって聞きに行ったんだ」

「上手い口実を考えたな」

「べつに嘘を吐いたんじゃないんだよ。僕、本当に地域の家紋について調べてるんだ。ノートもあるよ。もちろん集落を訪ねる口実に始めたもんだけど……これが一つきりの……手がかりだったから……」

「そんノート、今度見せてくれな」

「うん」

「君ん家の家紋は何だったと」

「うちは『丸に片喰《かたばみ》』だって。こう、三つ葉が入ってる……。僕んとこの集落は長谷川が多くて、みんな片喰なんだってさ」

「なるほどね……それで蛇の目の方は判ったの」

「それは毛利神社の家紋だって。それで次に巣守に行ったんだもん」

「やっぱりそうか、蛇の目は毛利神社の社紋だったんだ。でも毛利の蛇の目をどうして

[illegible]背負ってるんだ？　蘇芳さんに神楽の奉納に来ていたのは琴平の人だったんだろ？」

「琴平神社が毛利のでん……伝承？——を預かっているんだって。毛利が途絶えたから」

淳が琴平神社宮司から聞いた話を、裕の知識で敷延《ふえん》すると大要こういう話と判った——

——

明治期に内務省神社局主導の神社整理があった際に、琴平宮は本流筋の蘇芳神社の末社としてそちらに合祀された。それまでは、当たり前のことだが琴平宮は独立した神社であり、水神を祭神として支流筋に氏子を抱えていた。そして毛利神社の方はと言えば、古くは琴平神社の末社として長らく琴平別宮の扱いだったというのである。ところが毛利神社氏子講の一同は神社整理の時代に琴平宮と一緒に蘇芳に合祀されることを望まず、無格社として廃社となる道を選んだそうなのである。なるほど巣守郷が付き合いの悪い連中だと後ろ指を指される原因は到るところに転がっているわけだ。淳が琴平で聞いてきたままの言葉で言えば、毛利の氏子講一同は「遠い山向こうの麓の本流筋の神社にお参りするのでは骨だからということで、いっそお取り潰しをお願いした」ということである。このようにして廃社統合の憂き目にあった神社は全国に多くあり、この話自体も珍しいことではない。

そして、このように神社合祀政策に翻弄されて公的な社格を失いながらも、地元の氏子中に細々と、しかし根強く信仰され続け、保たれてきた神社があったこともまた、べつだん特殊なことではなかった。祭祀習俗《さいししゅうぞく》はいっかな解体せず、離村に隠れて維持されていくわけである。かくして毛利神社は近世以来長らく本宮《ほんぐう》として戴いていた琴平神社と切れて、教部省お墨付きの蘇芳神社とも縁故を取り結ぶことなく、山間に草の根で維持される荒社《あらやしろ》として民間信仰の内に密かに保存されることになった。

しかし毛利宮は社格も縁故も失い、放っておけばその神儀のいくばくかは失われ、伝承は途絶してしまうだろう。そこで毛利宮の神儀のうち、里神楽『狐斎子《きつねいご》』の演目を蘇芳摂末社寄り合いの神楽座が保存することになった。目隠しの巫女が柄杓《ひしゃく》で狐を追うという演目は裕も記憶していた。あわせて有形のものとしては目占斎子《めうらいご》の身に着ける盤領《まるえり》の常装束《つねしょうぞく》と、斎子に追われる狐の面を琴平宮が預かることになったのだった。

そしてもう一つ、琴平宮が毛利末社から預かった斎忌《さいき》習俗があり、それが蛇の目の護摩札を魔除け厄除けに要所に貼るという習慣だったのである。

「毛利神社の蛇の目は、ただの家紋じゃなくて魔除けなんだって。だから琴平でも、氏子の家々でも有り難がってるんだってさ」

さもありなんと裕は膝を打って聞いていた。

まだその起源は知れないが、蛇の目の札は何であったか、どこに由来するものであったかは淳の話でほぼ確定した。やはり出所は毛利神社、そしてそれを今日に継承しているのが琴平宮だったのだ。だから琴平宮から金毘羅下り、さらには戦前戦後に拡大する[illegible]氏子の縁者の周辺では、未《いま》だに蛇の目札を貼り付ける習

だが淳としては蛇の目紋の由来が判ったところで自分の目的が果たされたわけではない。

彼は琴平宮の宮司から、蛇の目紋の装束が毛利神社に由来するものであったことを聞き、併せて、既に神楽を奉納する習慣を失っている毛利神社からも一時的に演者、奏者が座に加わる例があったことを聞かされた。もはや社格を失い神儀も単なる真似事と化してはいるが、毛利の神事を執り行うのに神楽座が保存している御神楽の様式を勉強にくる訳である。むろん琴平宮はじめ神楽座の寄り合いではこうした地元の伝統回帰の傾向を好ましく思っているわけで、付き合いの薄い巣守郷から出張ってくるとはいえ旧毛利宮縁者の参加を断る謂《いわ》れはない。そして淳や裕が集落祭礼の時に目の当たりにしていた内の幾人かはまさに、そのために暫時神楽座と同行していた毛利宮ゆかりの演者、奏者だったというのである。

淳が見とがめていた少女と、その連れの者は御巣坊村の毛利宮から「出張」してきていたところだったのである。

こうして淳は自分の捜している少女が巣守郷に住んでいるかもしれないというところまで辿り着いたのだった。

実はこの段階で、琴平神社宮司は目の前の少年に向かって「毛利神社の方は行っても仕方がないかもしれない」と釘を刺していた。社としては施設に何が残っているという訳でもないし、公的にはすでに神社本廰《ほんちょう》に包括される「神社」ですらないということになっている。加えて巣守郷は世に聞こえる偏屈者の集まりで、余所者がちょっと行って話を伺うという訳にもなかなかいかないだろう、と言うのである。淳の曾祖母も言っていた「山向こうはむつかしい」という話である。

ただ偏屈ぶりが敬遠されているというばかりではない、淳は巣守郷に対してかなり明確な差別感情が周辺の村落に蟠《わだかま》っていることに気付かされていた。曾祖母の言う「馬鹿の村」ばかりに留まらない、蘇芳本社の座中の軽口にも、峰を挟んだ隣村と言ってもいい琴平宮司の弁の中にも、何とは言わず巣守を軽んじて蔑むような語勢があり、毛利宮を指して「姥捨《うばすて》神社」と腐す向きさえあった。

この「姥捨神社」には裕が引っかかった。山間に棄老《きろう》伝説があっても驚くほどのことではない。現に近くは信州冠着《しんしゅうかむりき》山は姥捨山の二つ名で知られているし、棄老習俗をめぐる民間伝承は全国各地に残っている。説話類型としては中古文献にも文証《もんしょう》を辿ることができる。しかし姥捨伝説はえてして伝承の残るそれぞれの地域の実態に忠実なものだったとは言い難く、制度化された習俗として姥捨が存在していたと主張できる事跡を欠いている。口減らしのための棄老——それは物語類型には俗なものだが史実の裏付けについては怪しいのだ。毛利宮に事寄せてつぶやかれた「姥捨神社」も信憑性の薄い質《たち》の悪い風聞に過ぎないのかもしれない。それほどまでに巣守は敬遠されていた、いやもっとい読みに、差別されていたということだろうか。

だが自由研究の家紋調べが本当の動機ではない淳としては、もはや巣守郷に行ってみないわけにはいかなかった。宮司の窘《たしな》めにも拘わらず、次の週には勇躍《ゆうやく》毛利神社の場所を確かめにかかったのである。巣守郷はよほどその郷に強い関心があるのでもなければ、なかなか突き止めにくい隠れ里ではあるが、少年にはその大体の位置があらかじめ分かっていた。去年の夏に度々足を運んだ渓谷、その近くに郷があるはずなのだ。

こうして二度ほど山向こうの渓谷沿いを峰の表から裏からと攻めてみたあげくようやく巣守郷への道筋を突き止めた。次には自転車で郷に入っていってみた。よもや手厚い歓迎を受けるだろうと期待していたわけではないが、そこで淳を待っていたのは予想以上に手厳しい拒否の態度だった。だが郷の者が見せる敵意にも似た反応に、紛れ込んできたこの少年はまったく怖《お》じることがなかった。彼は初めから敵地に乗り込んできたつもりでいたのだ。

「はなっからえらく突《つ》っ慳貪《けんどん》なんだよ」

「うん、判るよ」

「さいしょに擦れ違った小父《おじ》さんに、毛利神社はどこですかって聞いたんだ。そしたら『知らんがね』って――」淳は邪険な物言いを濁声《だみごえ》で真似た。

「――ところが先の角を曲がったらもう神社の下だったんだ。知らないわけないじゃん」

「大人げねぇな。一事が万事そんな調子かい」香織も他人事ながら憤慨している。

「そのくせ村を回っているあいだ、なんかついてくるんだよ」

「なんで子供一人にそんなにあからさまな警戒感をだしてるんだろう」

「淳ちゃんが毛利神社に関心を持ってると琴平から連絡がいってたんじゃないん」

「琴平の神主さんから？　そんなことするかな……神主さんは優しかったよ。銅鑼《どら》焼きまで出してくれて……」

「淳君さ、わざわざ巣守郷に来た訳は誰かに話したんかい」

「家紋調べのノートを持っていってた。一応大事な口実だからさ……でも見せるどころの話じゃないよ。誰も話なんか聞いちゃくれない」

　その時の淳は、後ろからの好奇と警戒の視線に耐えながら自転車を押して巣守郷の奥へと進み入っていったのだった。巣守郷は渓谷岸の崖に張り付いて、道に沿って続いていくばかりで、どこまで踏み込んでも集落が面となって拡がる部分がなかった。さきほど後ろについてきていた男はやがてはるか後ろに取り残され、これ以上つけられることはないのかと淳がほっとしたのもつかの間、角を曲がるように痩せ尾根を回り込んでみると二軒ほどの柿葺《こけらぶ》きが道の山側と谷側に分かれて、ずれて上下に重なったように斜面に寄り掛かっている。そして柾《まさき》の生け垣が門を開けているところに初老の男が腕組みをして立っていた。

　淳はぞっとした。後ろをつけてきたものが離れていったと思えば、今度は前で別ののが待ち構えている。自分のことを前後から押さえ込もうとしているのは間違いないと

[illegible]た男は藍の作務衣に草履履きで、頭には豆絞りの手拭いを巻いていた。髭が白かった。生け垣の傍に原付きが押し込まれ、切ったばかりのエンジンにまだ熱が残っているのか、ちんちんと金属音がしていた。

何処かで猫が鳴いたように思った。淳は自分を待ち受けているように見える男の傍に近づいていくのが厭《いと》わしく、自転車を押す手を緩めて道に佇み、鳴き声のした方に顔を上げた。斜面の上の方から聞こえてきたようだった。赤子の声にも似ていた。生け垣の前の男が峰を見上げて首を巡らせ、彼もその声を追っているように見えた。何を思ったか、その男は原付きの脇をすり抜けて納屋のような、家屋に作り付けた物置きの暗がりに駆け込み、すぐに懐手《ふところで》で出てくると淳を一瞥して柿葺きの裏手へと歩み去っていった。猫を追いに行ったのだろうか……いや、あれは猫の声ではない。自分を監視していたかのような男は去ってしまったが、淳はかえって不穏なものを感じ取っていた。あれは子供の泣き声か。生け垣の手前には右手に峰の方に登っていく坂道があり、舗装はないが砂利が敷いてある。先に見た痩せ尾根を登って鳥居に続く階段と、上で合流する坂であると見えた。淳は坂が折れ曲がって続いていくのを見て、たもとの電柱に自転車を凭《もた》せ掛けてから、周りを見回して人がいないのを確かめると坂道を上って行った。ちょっと登って先がどれほどか、どれくらいで神社に出るのか見当をつけようと思ったまでだった。

坂は車で登ることを念頭に置いたものらしく幅を広めにとって、傾斜もスイッチバック式になだらかに高さを稼いでいく。この坂道につきあって九十九《つづら》折りに登っていく意味はないと見た淳は、やがて坂道の折れのところにジグザグの端点を結んだように続き、尾根へ向かってまっすぐ登っていく登山道のような経路を見つけてそちらを選んだ。振り返ると渓谷も巣守郷もすでに遥か下に見おろせた。

登りきると尾根は樹冠も分厚い落葉松の原生林に覆われ、明るかった坂道とはうってかわって周りが暗く静かになった。毛利神社の境内に着いていたのだ。ここまでの話を聞いて裕にも、淳が境内に左手の横合いから登ってくる経路を辿っていたことが判った。

さて、境内に上がった淳はぐるりを見回すが、古ぼけた二堂の他には何もない手狭な山社である。淳は空地の中央に坐《ましま》す社殿の縁の下を覗いてみた。猫が隠れていないかと思ったのである。さきに子供の泣き声かと思ったのは、にゃあにゃあと呼び交わす鳴き声ではなくて、長々と尾を引いて鳴《な》き響《とよ》もす声と聞こえたからだったが、考えてみればこの郷には赤子なんぞいない。過疎の進んだ限界集落がどういうものであるか、分校に通う淳には容易に想像がついていた。過疎もここまで来ると子供など集落にはいないはず、若い夫婦そのものが絶えてしまっているはずなのだ。だから、やはりさかりのついた猫の声かなにかだろうと考えた。少なくとも頭の中ではそんなふうに納得していた。

本殿の裏まで回って猫の姿を探した。淳はなにか焦りを感じていた。猫であって欲しいとすら思っていた。鳴き声を上げていたのが猫ではないとした場合、それは何の……誰の声だというのだろうか。

…振り向くと、祠正面の格子戸が外され、奥に暗がりが拡がっている。淳はちゅうと鼠鳴《ねずな》きを真似て、祠に屈みこんだ。まだ猫がいないかと探していた。

「ちょっと待ってくれ、格子戸が外れるって？」

話を聞いていた裕がここで割り込んだ。淳は当たり前だとでも言うようにきょとんとして頷いた。裕と香織が顔を見合わせている。春日造の格子戸、引き戸、神明造《しんめいづくり》の観音開き、蔵《くら》様式に似た片開き、そうした扉の様子を模して小祠は正面の意匠とする。摂末社の小堂なら、しばしば戸に見えるものも作り付けの嵌《は》め殺し、実際に開《あ》け閉《た》ての機能はないことが大抵である。ところが……

「前の面がね、蓋を外すみたいにそっくり外れるようになってる」

「ほんとかよ」

「それで、その奥があるんだよ」

「奥って……」

「あのお堂は崖際にめり込んでるだろ？　それで石垣みたいに下を囲ってある……」

「ああ、『土塁』って言うんだ。突き固めた土塁――」

「崖の方にね、凹《くぼ》みがあって、そっちに続いてるんだよ」

「ほんとかよ……い、井戸みたいに……？」

「井戸？　井戸なんかじゃないよ。ほんのちょっと奥に土間みたいに拡がっているところがあるだけで……」

「奥に座敷があるんか」

「いや、ほんとに土間だよ。ぺらぺらの……茣蓙《ござ》みたいなのがしいてあって」

「薦敷《こもじ》きか……ずっと奥があるんか」

「いや、ほんとにちょっと……これぐらい」と淳は両手を広げる。

「じゃああの祠には中があって、一坪ぐらいん土間になっとると」

「うん」

「それが牢屋だっていうん」香織が淳に屈みこんで訊く。淳は真顔で答えた。

「だって外から鍵をかけるようになってるだろ」

あっ、と裕が声を上げた。再び香織と顔を見合わせている。どうしてそこに気が付かなかったのか……淳の言っている鍵というのは閂《かんぬき》のことだ。毛利神社、そして琴平宮裏杣道の小祠——いずれも開《あ》け閉《た》ての機能はともかく外から閂を支《か》う構造を模してあった。小社であれなんであれ、和錠で扉を閉ざすのは当たり前のことだ。だが、あのような小祠でありながら正面の柱に持《も》ち桟《ざん》を作り付け、太さ二寸の閂を支うというのは尋常ではない。それは内側から開けられないようにという細工に他ならない。淳が牢屋だと言ったのも道理である。

しかし淳が「あれ牢屋だよ」と言った真意はもっとはっきりしたことにあった。

「どうして判ると」

淳は順序立てて説明した。祠の正面が外されて隙間が空いている、そして門はいま祠の脇に立てかけてあった。中には何も……誰もおらず、ただ蓆《むしろ》が広げてあるばかりだ。その様子は淳に動物の檻を思わせた。いましがた散歩に出たか何かで留守になっているけだものの檻。では中にいたものはどこに行ったのか。

淳は毛利宮正面の参道へ振り返った。すでに人気《ひとけ》はなく、参道を覆う落葉松の茂みが隧道《ずいどう》のように続いていく。淳はそちらに踏み出していった。落葉松の落ち葉が参道に散り敷かれ、足跡一つ残ってはいない。だが淳は棒を引きずっていったような跡を参道の縁にみとめた。落ち葉が一条引き分けられ、下の土に筋が残っている。微かな跡だった。だが微かながらもその跡は途切れとぎれに鳥居へと向かっていた。ひとたびその跡が消えたかと思うと、少し先でまた参道の縁に現れる。それは本当に棒を引きずっていたのではない。途切れがちな跡には確かな律動があった。一定の長さをもった点線のように、跡は途切れては現れ、現れては途切れた。

「それ、あの子の足跡だと思ったんだ。あの子、かたっぽの足が悪いんじゃないかって」

「何で判るん」香織が訊く。

「沢で……あの子の捨てた下駄を拾った話、したよね。奇麗な下駄なのにすごい片減りしてた。下駄のこうしたところが……」

「下駄の歯か。歯っていうん」

「そこんとこがささくれて斜めに削れてた。ずっと足を引きずっていたからだと思うんだ。それで、その所為《せい》でそっちばかり鼻緒が切れたんじゃないかって……」

「そうかい」

「さもなきゃ鼻緒なんてそうそう切れるもんかな。沢で見た時、あの子、下駄を摘みあげてすごく簡単に捨てちまってた。馬鹿だからかもしれないけど、たまたまちょっと切れちゃったっていうだけで下駄を捨てるかな。僕、うんざりしてたんじゃないかと思うんだ。鼻緒が切れるのがいつものことで……面倒になっちゃってたんじゃないかと思うんだ」

「前からそう気付いていたんかい」

「ううん……その……点線みたいな足跡——あれは足跡だよ、それを見たときに、ああそうかって思って。そう思ったら、今年にあの子を見たときも……階段を下りる足音がちょっと変だった」

「変って？」

「つっかかるような変なリズムなんだ。つっか、つっかって……、ちょっと危なっかしいんさ。それで足跡を見た時にああ、これはあの子の足跡なんだって……今しがた通っそこにその子が閉じこめられていて……」

「僕が来たんで、誰かが慌てて連れ出したんじゃないかって、そう思って……」

「そんな……」

「誰だと思う」裕が厳しい声で訊いた。

「髭のおっさんだよ。僕が泣き声に気付いたから、あわてて先回りして連れ出した」

「そう思うと」

「ぜったいそうだよ」

「それでその子がその祠の奥の……『牢屋』に閉じこめられていたと思ったんか」

淳はしばし押し黙った。それが自分の想像に過ぎないと言われたようで不満だったのだ。

「……次ん時は僕、村のやつらに見つからないように裏から行ったんだ。巣守郷はね、沢から上がっていく筋があるんだよ」

淳はそれから何度か巣守郷を訪《おとな》っていた。郷の者達は相変わらず固い拒絶の態度で、歓迎されない少年を遠く近く監視しているようだった。いつ訪ねても毛利神社は何事もなかったかのように静まり返り、末社小堂の正面もまた素知らぬ顔できちんと閉ざされていた。

三度目の時には自転車を盗まれた。神社に上がっているうちに九十九折りの坂道下に停めておいた自転車が消え失せていた。手がかりも心当たりもないままに辺りを捜し回ったが見つかるはずもない。淳は初めから盗まれたものと思っていた。だから郷の者に自転車を見ませんでしたか、などと間の抜けた質問をすることも出来なかった。やつらが盗んだに決まっているんだ……。日が暮れる頃、失意のうちに淳は山道を辿り、県道までやっとのことで出ると携帯電話で父親に連絡をした。巣守郷にも電波が届いていることは知っていたが、父をそこまで呼び寄せるのは抵抗があったのだ。

その夜、母にはきつく叱られたが、淳に探索を諦《あきら》めるつもりは毛頭なかった。意地になっていた。それからは淳は郷には隠れて出入りするようになった。替えの自転車は前のマウンテンバイクに比べると変速機ギア比の幅が狭く、山道を登っていくたびに息が上がって恨みが募った。

やがて尾根の裏側から毛利神社に登っていく獣道を見つけ、そこから崖上にでて毛利神社を見おろすのが恒例になっていた。いつかあの少女を祠に閉じこめようとしている決定的な瞬間を確かめられると考えていた。監視の目を張り巡らせている者達に見とがめられるのに先んじて、こちらから郷の者のあとをつけ、動向を窺ってやった。

そうするうちに毛利神社の坂下の柿葺きが宮司の家と知れた。あの作務衣に白髭の男である。郷では互いを屋号で呼びあっていたが、白髭の男は「宮司」と呼ばれていた。琴平の話では公的には廃社になっているはずの毛利宮であったが、この隠れ里では相変わらず宮司と目されている者が保たれているようだった。

問題の少女はこの郷のいずこかに隠されているものと見ていたが、再びその気配をみとめることは出来なかった。ただ淳は郷の者が淳の立ち入りに気付いていて、それでことさらに慎重になっているのだろうと考えていた。淳ばかりではない、郷の者もぴりぴりと緊張して、いつでも辺りを窺っている素振りがあった。

裕と香織がもう一組の闖入者《ちんにゅう》として巣守郷を訪れたのはそんな折りだったのである。

「けっきょくその子は、その後見つからなかったんかい」

「あの村、十軒ぐらいしかないからね……そのどこかにいると思うんだけど……」

「それで淳ちゃん、その子見つけて、それでどうしようと思っとったと」

「どうしようって……それは別に……」

そう言われると困った。淳自身はどうしようと思っていたのだろう。自分でも判らなかった。別に知り合いになりたいとか、友達になりたいとか、そういう話ではない。ただ……

「だって、あいつらあの子を監禁してるんだよ」

「それもそうと判った訳じゃなかろ」窘め顔に香織が宥める。

「そうに決まってるよ」

「よしんばそうだとしても何か決定的な証拠を摑《つか》まないと……それになにか証拠があったところで……どうすればいいっていうんだ」裕も困惑を顕《あら》わにしていた。

「あんな山奥で……学校にも行っていないんだよ」

「どうして判るん」

「だってあんなところ学校なんかないじゃないか。僕んとこですら分校は二クラスしかないのに……」

それは確かにそうだった。あの郷にいて就学するのはちょっと難しいだろう。

「たしかに知的障碍の子にしたって、子供を就学させるのは義務だよな」

「子供を囲ってるだけで罪になるん？」と香織が訊く。

「罪……っていうんじゃないだろうけど……広い意味で虐待ってことになるんじゃないのか、やっぱり。育児放棄《ネグレクト》ってことだろ」

「勝山さん、知的……障碍？……の子でも学校に行かせないといけないの？」

「そりゃあそうだろ。特別支援学校なりなんなりで教育の機会を設けて——淳君の言ってた、ほら就職ってことさ、ある程度の自活というか、社会化っていうのかな……それを施すと。障碍があるからって郷に閉じこめておくなんて本来なら立派な虐待にあたるだろ。まして監禁してるとかっていう話になると……」

「じゃあお巡りさんに言えばなんとかしてくれるの」

「警察沙汰ってことでもないだろうからなあ。これは……親は何してるんだっていう話で。子供を就学させるのは親の義務だろ」

「児童相談所に掛け合う話じゃないんかい。民生委員とか……」

「村ぐるみで知的障碍の娘を保護して育てているっていえば聞こえは良いが……これで

……淳君、その子さ、なにか暴力を受けてるとか、そういう節はあると」

「暴力……痣《あざ》があるとか？　いや……そういうのはないんじゃ……」

「もし監禁してるとすれば、それだけで間違いなく暴力ってことになるんじゃない？」

香織はすでに淳にすっかり同情して、むきになっていた。

「理屈から言えばそうだよ。明らかな虐待だけども、それで児童相談所が動ける事案かどうかっていうことさ。何か目に見える被害があるとかになると話が違うだろ」

「僕が沢で見た時はびんたされてたけど……」

「迷子になった娘を叱るぐらいなら、ちょっと平手でうったぐらいじゃ暴力とまではいえないんじゃないか。きつく言い聞かせなきゃいけないのは道理だろ」

「でも……まるで犬を叱るみたいに張り飛ばしていたんだ」

「いつもそうやって体罰を受けていれば跡が残るだろうな」

「そんな感じではなかったかも」

淳は沢で見た少女、お宮で見た少女の面影を瞼《まぶた》に描いていた。髪が乱れていたが、つるりとした頬には傷や痣どころか、ひとひらの陰りもなかった。淳の目の前に晒《さら》した裸身にも疵《きず》一つなく、白磁のような肌はまだ目に焼き付いている。ちょっと裕と香織の目を憚《はばか》って顔を赤らめながら、淳は自分に頷いて言い足した。

「……痣なんて……疵のひとつもない……そんなに酷《ひど》いことをされているっていう風じ

やないかも……」

「淳ちゃんさ、その子、着物きて笛吹いてたんでしょ」

「そうだよ」

「やっぱり座に就職っていうのは、そうなんじゃないの。手に職っていうのかな。村の子を座の方で引き取って……そうすると」

香織は裕に視線を飛ばした。その眼差しを受け取って裕が答える。

「そうだなあ、どちらかっていうといい話というか……咎《とが》め立てするようなことじゃないって話になるかもしれない」

淳はしゅんとしていた。これまで、なんとかあの子を助けてやらなくてはならないという気がしていたのだ。子供なりの騎士道精神というか、義侠心《ぎきょうしん》から、捕まっている少女を救ってやらなければならないと勢い込んでいた。だが、郷の者達があの子を村落の中でそれなりに立場を与えて守り育てていこうとしているのならば、そこに余人が介入して難じる余地があるのだろうか。

だが淳には、これはそんな話ではないという直感があった。これはそんな「いい話」なんかじゃない。何かおかしい。何か間違っているという予感があった。だがそんな感じを人に判ってもらえる謂れもない。勝山さんも、香織さんも、やっぱり判ってはくれない……淳は憤懣《ふんまん》に唇を歪めて裕の顔を見上げた。

[illegible]た。[illegible]の表情[illegible]更、[illegible]ごっこ。何か自分の思い込みから余所の村に出

少年の勇み足。幼いヒロイズムを諭し宥めている

という顔ではなかった。

もっと真剣で、もっと切実な表情がそこにあった。裕は淳に向かって言った。

「でもほっとくわけにはいかないな」

別れ際に、裕と香織はあまり巣守郷に足しげく通わないよう淳を諭した。自転車を盗まれるぐらいでは済まない、なにかしら面倒に巻き込まれるかも知れないからと釘を刺しておいたのだった。だがあの少女が監禁されているという考えにとりつかれている少年の方は、諦めるどころか何とか証拠を手に入れてやると決意を新たにしており、その目を見ればこのまま引っ込んでいる気持ちがさらさらないことは傍目《はため》にも明らかだった。

裕は、虐待の事実が確かめられるようなことがあれば、それを自分の親に告げるなり、それが言いづらいように思うのなら、裕の方に連絡してくれれば、こちらから児童相談所なり虐待防止センターなりに通報してあげるから、と約束をした。淳の携帯電話は香織のものと事業者《キャリア》が同じだったので簡単に裕と香織の番号を登録して、うんうんと深く頷いていた。

「だから一人であんまり踏み込んじゃ駄目だぜ。俺はまた巣守郷には行ってみるつもりだから、その時は君の自転車のことも気をつけて見ておいてあげるから」

「ありがとう。でもきっと何処かに隠しちゃってるよ」

「それならそれで、何かの拍子に出てこないとも限らない。ともかくその着物の子のことだけど、虐待が本当なら今はたしか強制的に当局が保護することとか出来るはずだから、その場でことを荒立てないで、こっちに連絡くれな」

「わかった……」

淳はほんの少し気の晴れた顔で裕と香織に微笑んだ。二人が自分のこだわりを頭から否定せず、真面目に取りあってくれたことに心強いものを感じていたのだ。ずっと孤軍奮闘していたところに思わぬ味方が出来た――それも大人の味方が二人も。

市街地に降りてから淳は折り畳みの自転車を広げ、集落へ戻る川沿いの堤の上を軽快に走り去っていった。土手下の二人の車に手を振りながら……

「かえって焚《た》きつけちゃったかな」裕は溜め息をついて言った。

「あん子、あのまま引っ込んどるわけないね。勢いづいてしまってるがね」

「無茶しなきゃいいんだが」

しばしの沈黙の後、信号で止まった時に香織が裕の顔を窺いながら、言い辛そうに口を開いた。

「あの話、どう思う？　監禁って……」

「うーん……普通なら、やたらな勇み足で郷を騒がせるのは損だって言ってやるところだけど……淳君、相当に目から鼻に抜けるくちだよな。単なる憶測や妄想で動いて御為ごかしもそうは言えないだろ」

「うんと聡明な子だったぃね。でもさ淳ちゃんの前だったから言えなかったんだけど……」

信号が青になる。香織は前に向き直って言葉を濁しながら言った。

「その着物ん娘《こ》さ……淳ちゃんと同じぐらいっていうと十二、十三って話だがね。そんな娘《むすめ》がさ……監禁されてるって……ちょっとまずくないかい？」

裕は一瞬訝しむような表情を見せたが、すぐに、ああ、と頷いた。

「話からするとさ……淳ちゃん、言い淀んどったけど……ちょいと可愛い子だったみたいだがね。そんな子が監禁って……」

「なにか性的虐待でも受けてないかって？」

「うはっ、そんなはっきり――」

「そういう心配は確かにあるだろ。……知的障碍のある女児は何かと性的アビューズのターゲットになりがちだからな。まして見端《みば》が良けりゃ当然の懸念だろ。でもさ……」

「なん？」

「その線は薄いかなって思うんだ」

「どうして？」

「監禁って言うけどさ、現に神楽座に出張して笛吹いてたっていうんだろ。その伝ではあんまり深刻な感じがしないっていうか……せいぜい最悪でも未就学ってとこなんじゃないのかな。目に見える外傷やらはないってことだし……。よしんば閉じこめられていたとしても、それは何か悪戯《いたずら》をするためっていうんじゃなくて、悪戯をされないようにっていう配慮なのかも知れないだろ」

「つまり……余所の人から……守ってるってこと？　村の『箱入り娘』だっていうんかい？」

「そういうこと」

「でも奥座敷に囲っとくとかいうならまだそうも言えるかも知れないけど……淳ちゃんの主張では牢屋に入れられてるってことだがね」

「その牢屋が問題なんだよ。子供一人監禁しておこうっていうんなら、人目を憚ってどうとでも閉じこめておけるだろう？　もっと監禁するのに都合のいい場所はいくらもあるじゃないか。いま香織が言った奥座敷なんかばっちりだろ。それなのにさ、何だって余所者が入り込まないとも限らない神社なんかに牢を作っとく必要がある？」

「ああ……そりゃ……そうだぃね」

「ただ閉じこめておくっていうのが目的なんじゃないんだよ。もっと儀式めいた意味合いがありそうじゃないか」

「儀式めいた……？　何のことかね」

「性的虐待を受けてる線はないだろうと思うのは、そこなんだよ。監禁すると言っても[illegible]の娘に何か危害を加えるためじゃなくて、保護しておくためなんじゃないのか、その二に神楽匣に保存されている毛利の神事を見に行かされているだろう？　だから……なにかの祭儀上の意味があって……その子に何らかの役割があって、あの平入りのお堂に閉じこめられる必要があるんじゃないのか。だとすりゃその娘の純潔は祭儀の要件の一つになるぜ。むしろ積極的に守られているはず……」

「何らかの役割って？」

「俺が気味悪く思っているのはそこんとこ。神事に係ることで年端《としは》もいかない娘を閉じこめておくってことだ。そうなるってえと……」

「えぇ、怖いこと言わんでよね」

「先《ま》ず思いつくのは『贄《にえ》』。人身御供《ひとみごくう》だ」

「生け贄ってこと？　そんな伝法《でんぽ》な、この時代に……いくら隠れ里とは言っても……まぁず有り得んがね、滅法な話だがね」

「実際に生け贄にして処女の生き血を絞ろうって話でないよ。何か演劇的に神事を再現するのかもしらん。お芝居ごとさ。思えば神事なんて大抵そうしたもんじゃないか」

「毛利は竜神っつったかい。竜神に捧げる生け贄かね」

「ちょっと出来過ぎか。まるっきり神話的な……御伽話《おとぎばなし》になっちゃうな。でも毛利の祭神は天目さんだろ、鍛冶《かじ》金工の神だぜ。本当に竜神だっていう話でもないだろうし……」

「しっかし……人身御供だなんて、裕《ゆう》ちゃん、ちょっと妄想はいり過ぎなんと違う」

「俺んことまで『ちゃん』呼ばわりにするなよ。まあ、じっさいほとんど妄想だ。妄想ついでに言えば、もう一つ有力な想定がある」

「何かね」

「その娘の役割んこっさ。贄でなけりゃ……あとありそうなのは『巫女《みこ》』だな。神話論理的な役目というか、構造はほとんど変わらないが……」

「巫女さんかい。若い娘が郷に他にいないから？」

「なに言ってるんだ、中世、近世の時代精神からすると、精神障碍とか知的障碍なんていうのは巫女《ふじょ》の条件みたいなもんだぜ。むしろうってつけなんだ」

「巫女さんは……いうところの『馬鹿』の方がいいっていうんかい？」

「巫女っつったって、神社で札を渡したり、舞遊《まいあす》びを舞ったりっていうあれでないよ、ありゃバイトさ。こっちゃ古神道の巫《かんなぎ》だいね。『いち』って呼ばれてたっていうだろ。これ多分どんぴしゃりだぜ。『いち』は『いちこ』だ」

「そん娘の名前かい？」

「違う。市場《いちば》の市《いち》で市子《いちこ》。神憑きの巫女《シャーマン》のことさ。イタコと同じこと」

香織はしばし黙り込んだ。

「じゃあ……その娘はイタコなん」

「ありそうな話だろ。これは単に神話的な役割の問題なんだ。実際に霊感が有るとか、神懸かりでお告げを口にするとか、そんなことが出来る必要はないんさ。神事の主役として、ここにいればいいってだけ―

たのなら淳ちゃんに言ってやればよかったのに」

「だって生け贄だの巫女だのっていう話になったらさ……淳君なら……すぐにでも助け出さなきゃって思い込んじゃいそうだろ」

「そりゃあ……生け贄にされるなんて、淳ちゃんが聞いたらねえ」

「これは俺の妄想に過ぎないかも知れないんだしさ」

「でも巫女の方ともなれば淳ちゃんだって少しは腑に落ちるんじゃないの」

「なに言ってんだ。贄《にえ》も巫《かんなぎ》も結局は同じことだぜ」

「人聞きが違ぅかろ」

「そりゃあな。ともかく巫女の役目をその娘に負わせているっていうんなら……末社の土塁の土間にその子を押し込んでいる、なんてのも『監禁だ』と言って目くじらを立てるほどのことはないのかも知れない。そりゃ神事の前の通過儀礼だろうからな。御籠《おこ》もりだよ」

「御籠もり……」

「普通なら一週間も『御籠もり』の振りが済めば出してもらえるだろ。問題はそれで解決だ。ただ神事が執り行われている間に、社にずかずかと乗り込んでいった淳君や俺達が無粋な闖入者だったってだけのことになる。郷のものがやけにぴりぴりしてるのも神事が進んでるところに邪魔が入るのを嫌っていただけかもしれない……なんてね」

「私らが悪いんか」

「むこうにすりゃあな」

「うーん、裕ちゃんの話は判る」

「裕ちゃんはやめろって」

「判るけどもだ。あんまり話が理に落ちて……どうもなあ」

「理には落ちたが腑に落ちないか」

「うん。それだけのことかなって……」

香織が考えていたのは先ほどに見た裕の反応のことなのだった。「それだけのこと」だとするならば、どうして裕は「ほっとくわけにはいかない」などと言っていたのだろうか。いま裕の言った通りの話なのだとすれば……裕は「ほっておけばいい」と言うべきところだったのではないだろうか。

裕自身が自分の言っていることに納得していない――香織にはそれが判っていたのだ。


（下巻に続く）

まほり　上

高田《たかだ》大介《だいすけ》

令和４年　１月25日　初版発行
令和５年　５月15日　６版発行

発行者●山下直久

発行●株式会社KADOKAWA
〒102-8177　東京都千代田区富士見2-13-3
電話　0570-002-301（ナビダイヤル）

角川文庫 22993

印刷所●株式会社KADOKAWA
製本所●株式会社KADOKAWA

表紙画●和田三造

●お問い合わせ
https://www.kadokawa.co.jp/（「お問い合わせ」へお進みください）
※内容によっては、お答えできない場合があります。
※サポートは日本国内のみとさせていただきます。
※Japanese text only

ISBN 978-4-04-112049-1　C0193

◆◇◇

角川文庫発刊に際して

角川源義

第二次世界大戦の敗北は、軍事力の敗北であった以上に、私たちの若い文化力の敗退であった。私たちの文化が戦争に対して如何に無力であり、単なるあだ花に過ぎなかったかを、私たちは身を以て体験し痛感した。西洋近代文化の摂取にとって、明治以後八十年の歳月は決して短かすぎたとは言えない。にもかかわらず、近代文化の伝統を確立し、自由な批判と柔軟な良識に富む文化層として自らを形成することに私たちは失敗して来た。そしてこれは、各層への文化の普及滲透を任務とする出版人の責任でもあった。

一九四五年以来、私たちは再び振出しに戻り、第一歩から踏み出すことを余儀なくされた。これは大きな不幸ではあるが、反面、これまでの混沌・未熟・歪曲の中にあった我が国の文化に秩序と確たる基礎を齎らすためには絶好の機会でもある。角川書店は、このような祖国の文化的危機にあたり、微力をも顧みず再建の礎石たるべき抱負と決意とをもって出発したが、ここに創立以来の念願を果すべく角川文庫を発刊する。これまで刊行されたあらゆる全集叢書文庫類の長所と短所とを検討し、古今東西の不朽の典籍を、良心的編集のもとに、廉価に、そして書架にふさわしい美本として、多くのひとびとに提供しようとする。しかし私たちは徒らに百科全書的な知識のジレッタントを作ることを目的とせず、あくまで祖国の文化に秩序と再建への道を示し、この文庫を角川書店の栄ある事業として、今後永久に継続発展せしめ、学芸と教養との殿堂として大成せんことを期したい。多くの読書子の愛情ある忠言と支持とによって、この希望と抱負とを完遂せしめられんことを願う。

一九四九年五月三日